U0926184

我们阅读
WOMENYUEDU
花火
魅丽文化
花火工作室

长欢喜

著

江苏凤凰文艺出版社
JIANGSU PHOENIX LITERATURE AND ART PUBLISHING, LTD

图书在版编目（CIP）数据

半粒星辰 / 长欢喜著 . -- 南京 : 江苏凤凰文艺出版社，2019.12
ISBN 978-7-5594-4252-9

Ⅰ . ①半… Ⅱ . ①长… Ⅲ . ①长篇小说 - 中国 - 当代
Ⅳ . ① I247.5

中国版本图书馆 CIP 数据核字 (2019) 第 264573 号

半粒星辰

长欢喜 著

出 版 人 张在健
责任编辑 张 倩 王 青
特约编辑 朵 爷 夏 沅
装帧设计 苏 荼
出版发行 江苏凤凰文艺出版社
南京市中央路 165 号，邮编：210009
网 址 http://www.jswenyi.com
印 刷 湖南关山美印有限公司
开 本 880mm × 1230mm 1/32
印 张 9
字 数 217 千字
版 次 2019 年 12 月第 1 版，2019 年 12 月第 1 次印刷
书 号 ISBN 978-7-5594-4252-9
定 价 38.60 元

C O N T E N T S

目录

C O N T E N T S

目录

第一章

你是我飞跃山川河流的
大梦一场

那段路特别长，

舒窈昏昏欲睡时，

恍惚以为他们要走上一辈子才能走完。

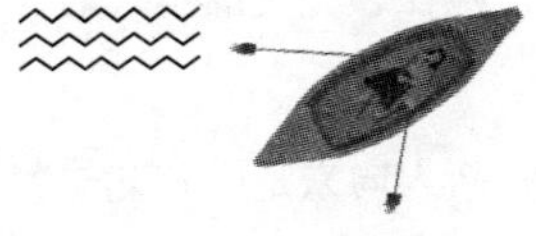

早冬的伦敦起了雾，灰白色的天空渐渐自远方透出一抹亮色，冷气凝结成的霜花在冷硬的落地窗玻璃上散出点点寒意。

温度骤然下降，舒窈出门时没提防，仍穿着晚秋的深绿色羊绒开衫，里面是一条米白色的吊带裙。她一边办理登机手续，一边想着下飞机的时候要不要先把行李箱里的羽绒服拿出来穿上再去跟节目组的工作人员碰面，冷不防手机响了起来。她低头一看，是秦疏打来的。

舒窈不想接，直接拒接了，过了一分钟，他又发了微信过来。

“听说你准备回来了？”

舒窈当初在圈内没待多久，就消失了，总共也没认识几个人，秦疏算是和她交集最多的一个。她的成名作《雪色》就是和秦疏合作的，那也是她拍过的唯一一部戏。

拍电影的时候，她还是个高中生，没有任何表演技巧，被导演直接从学校里挑选出来的，但好在她未经雕琢的表演还算有灵气，加上故事题材好，那一年也没有别的同类型的电影和他们竞争，阴差阳错地，竟然让她拿了个金雀奖影后回去。

年少惊艳，一鸣惊人。

那时，所有的人都觉得她的前途无可限量，各种片约和代言也纷至沓来，可令人惊讶的是，她在领完奖的不久后，突然宣布退出娱乐圈，从此杳无音信。

但娱乐圈这种地方，新人向来是一茬儿一茬儿地往外冒，大家讨论了她一阵子之后，便也渐渐淡忘了。

这几年，舒窈唯一还一直联系着的圈内人，也就只有秦疏了。近两年影视市场虽然显现出了一点颓势，但秦疏起点高，人又努力，发展得还不错，大大小小的奖也拿了不少。

难得的是，他一直没有抛弃她这个糟糠时期的朋友。

舒窈接过工作人员递来的登机牌，慢悠悠地给秦疏回消息：“也不算。”

秦疏："怎么不算？我听经纪人说，你接了冯清的综艺节目？"

冯清正是舒窈现在要去参加的这档真人秀节目的总导演。

真人秀节目名叫《明星公寓》，顾名思义，就是聚集了一些明星，共同住在节目组为大家租的房子里，然后，节目组将艺人们的日常生活状态拍摄下来。大家白天的工作不受影响，但在没有活动的时间里，必须回到别墅。

舒窈早知道秦疏消息灵通，没想到他这么快就了解到她的动向。她正要回复，看到他又八卦兮兮地问："那你知道陆和晏也参加了这档综艺节目吗？我就想知道，陆和晏知道你来吗？他如果知道的话，会不会掉头就走？"

文字后面还跟了一个微信自带的惊恐表情。

舒窈翻了个白眼，摁灭了手机，彻底不想搭理他了。

舒窈在飞机上的时候，想了好多她和陆和晏以前的事情。

被导演选去拍电影时，她高二才读了一个学期，等她回来时，她当初的同学都变成了高三生。她落下了太多课，只好重读一年高二，而她插入的班级，正是陆和晏他们班。

她以前其实听说过陆和晏这么一号人。

他们的学校是南市数一数二的私立高中，在读的学生要么家境特别富裕，要么就是成绩特别好。而陆和晏就是将这两样都占全了的人。他成绩好，但不是书呆子，学校里组织的大大小小的活动，他都参加，偏偏还每一样都做得挺好。他玩得开，加上样貌也好，那时学校里好多女生都喜欢以各种各样的理由路过他们班。

舒窈也曾远远地看过他几次，不过通常都是在他打篮球的时候。少年在球场上挥汗如雨，似乎连头发丝儿上都浸着青春的味道。

但她也就只是看一看，她这人性子淡，也不喜欢凑热闹，哪怕是有那么一点点心动，也会努力克制住。

反正好看的人那么多，优秀的人也那么多，她肯定常常会心动，总不能每一次都让自己暗恋到憔悴。

大言不惭地和秦疏讲这种话的时候，她完全没想到有一天她会成为陆和晏的同桌。

老师的想法很简单，那会儿舒窈刚拍完电影回来，也算是学校里的话题人物了，所以倒不如索性让话题人物就和话题人物坐在一起，免得“祸害”旁人。

在舒窈正式去班上上课之前，老师就安排好座位了，还是陆和晏自己选的，就在最后一排的角落里。

舒窈进门时，他正靠在墙壁上玩PS4，他的手指很长，又细，动作飞快。阳光从被秋风拂开的窗帘里洒进来，令他长长的睫毛在眼下投出一道浅灰色的扇形阴影。

舒窈将书包放到桌子上，瞧见他扬了扬眼角，随即眼角又往下弯了弯。

她站直了身子，听见他轻声笑：“你好啊，同桌。”

直到下飞机时，舒窈都还在为记忆里陆和晏那一笑而啧啧赞叹。

节目组派来接人的车是一辆七座的福田汽车，车里开着顶灯，舒窈刚坐进去，前面的工作人员就架起了摄像机，问她参加这档综艺节目的感想，又问她知不知道别的嘉宾都有谁。

这些问题，节目组都事先和他们沟通过，舒窈按着标准答案回答了一遍之后，摄像师将机器放在一边，客客气气地对她说：“舒窈老师，可能还要麻烦您在这里稍等一会儿，有几个嘉宾的航班还要半个小时才能抵达。”

刚刚舒窈还在想，只她一个人，干吗开这么大一辆车过来。这下懂了，她点点头，让他们去忙他们的，不用管她，就靠在座椅背上给手机开了机。

果然，秦疏这个大嘴巴已经将她回来的事情传得尽人皆知了，刚连上信号，手机就开始震个不停。大部分是问她回来的事情是不是真的，她挑着几个关系不错的回复，还没回复完，手机突然响了起来。

陌生号码。

不想接。

她犹豫了片刻，又担心是节目组的人打来的，接通后，才发现是林书雅。

林书雅是陆和晏的经纪人，当初也曾短暂地带过她一阵子。那时林书雅带她完全是没拿报酬的，因为她素人一个，没签任何经纪公司，林书雅提前投资，指望着她想通了，决定签公司的时候，考虑考虑自己。

没曾想，她后来竟然毫无预兆地就退出娱乐圈了。

但林书雅这会儿打电话过来，舒窈无法确定林书雅只是听说她回来了，所以来问一下，还是已经知道她要和陆和晏上同一个节目。

假如林书雅知道了，那陆和晏会不会也知道了？

舒窈任思绪漫无目的地飘散着，乖乖地叫了一声："林姐。"

林书雅大概在走路，说话时的声音里带点喘，她单刀直入，也没过多地寒暄，问道："最近有没有空见一面？"

和林书雅约好了后天下午的见面后，舒窈又花了大约二十分钟，才将所有的消息都处理完。

工作人员都去接其余的嘉宾了，车里的空气有些闷，她伸手去开车门，想出去透透气，但没打开。

她侧过身子，用两只手去推，还是没打开。

车边有行人慢吞吞地走过，舒窈有些烦躁地往后靠了靠，想打电话问问工作人员什么时候回来，又觉得不好催别人，索性又伸手再去尝试了一下。

这下，车门开了。

不过，不是她打开的，她的手刚碰到门把手，就有人从外面将车门拉开了。冷风灌进来，她哆嗦了一下，听到两道聒噪的嗓音嚷嚷着："快点，快点，冻死了！”

“怎么不进去？”

“队长，队长？你在干吗呢，队长？”

“别吵。”

催促的声音被离舒窈最近的那道略显不耐烦的男声打断，她仰了仰头，完全没有防备地将一张脸暴露在了陆和晏的面前。

站在车前的陆和晏亦是一愣，皱着眉，似乎是有些烦躁地将头顶的鸭舌帽往下压了压，遮挡住了自己的眼睛，须臾又往后退了两步，嗓音低沉：“你们先进去。”

这下所有人都看清了坐在车里笑容尴尬的舒窈，而距离陆和晏最近的李昕在顿了片刻后，很快就爆了句粗口。

“不是吧，舒窈？！”

李昕和陆和晏以及舒窈当年读的是同一所高中，对他俩的事情多多少少有一些耳闻，但他们的另外两个队员江旭和迟秋阳就不大了解了。

尤其是迟秋阳，他是他们乐队里年纪最小的一个，平日里说话就没心没肺惯了，好在其他几个人常常给他打圆场，才没有让他捅出很大的娄子。

譬如这会儿，见陆和晏和舒窈之间的气氛明显不对劲儿，他眨了眨眼，就去扯李昕的袖子：“怎么了？”

李昕也有点烦，节目组之前把所有的嘉宾名字都透露了，就没透露舒窈的，这不是整人吗？！

他往陆和晏的方向看了看，后者双手插在兜里，微低着头，面色如霜，嘴角不带感情地往下压了压。

“晚点再说，先上车吧。”

不等他们几个继续八卦，李昕就率先踏入车里，直接在最后一排坐下了。

迟秋阳虽然满心疑惑，但也知道现在不是说话的时候，于是拉着江旭一起上车了。

等大家都坐下以后，舒窈才发现，后面三个座位都坐满了，副驾驶位上也坐着一位工作人员，现在整辆车上就只有她旁边还有空位。

还真是造化弄人。

她蜷了蜷手指，伸手去拿旁边座椅上的包，想给陆和晏腾个位置。谁知她刚开始行动，坐在后排的李昕突然起身："我和舒窈坐一起吧，老陆不习惯和陌生人挨得太近。"

他的语调生硬，要不是他脸上带着笑，工作人员几乎要怀疑他们和舒窈有仇。

但即便他带着笑，这话听在众人耳里也格外尴尬，气氛一时凝滞起来，舒窈落在背包上的手直接僵在那儿了。

也就迟秋阳这个傻子还没看清局势，欸了一声："队长也没那么挑剔吧？李昕，你好阴险，你是不是想伺机破坏队长的形象？"

李昕回头瞪他："就你聪明？！"

"那当然。"迟秋阳还挺得意，"不信，你问队长呗。队长，你不想和小舒姐坐在一起吗？"

李昕直接被这蠢货气笑了，江旭本来在看戏，也一脸不忍直视地将目光转向了窗外。

"出门在外，哪有那么多规矩？！"半晌，陆和晏才淡淡地出声，低头瞥了眼舒窈停在包上的手，低笑道，"怕是你小舒姐不想让我坐这儿。"

都能开玩笑了，这是缓过来了？

李昕刚刚被迟秋阳拦着，一直没能出来，这会儿听到陆和晏的话，动作也停了下来。

舒窈却直接被他这句话弄得脸热起来，她匆匆把包拿起来，放在自己的腿上，想了想，又小声补充："我没有不想让你坐。"

本来就是一句开玩笑的话，陆和晏想缓解缓解刚刚尴尬的气氛，没想到她会认真地解释。

陆和晏自上车后就把帽子盖在脸上睡觉了，闻言，不由得抬手把帽子往下拉了拉，露出一双眼睛，扭头看了舒窈一眼。

女孩没有看他，低着头，快把自己手里的背包看出一个窟窿来。

他又将帽子拉回去，淡淡地嗯了一声。

“到底怎么回事？队长和舒窈认识？”

后座，迟秋阳被刚刚李昕和陆和晏那一系列的操作挠得心痒痒，才安静了不过十分钟，就忍不住小声地跟李昕八卦起来。

李昕还没答话，江旭先听不下去了：“你是鱼的记忆吗？！以前不是有记者问过吗？！就我们刚出道那会儿，有人扒出队长和舒窈是同学，他当时还说只是普通同学来着。”

“但队长好像确实不太喜欢舒窈。”江旭又补充了一句。

当然，陆和晏也没明说，但那会儿大家但凡提到舒窈的名字，他就黑脸，谁还看不出来他对舒窈有意见？！这可不是简单一句“搞乐队的人都有个性”就能解释得了的，毕竟他陆和晏提起别人时，可没有这副表情。

当然，那些都是陆和晏刚出道时的事情了，那会儿年龄小，年轻气盛的，也不懂得掩饰自己的情绪，后来再听人提起舒窈，他的态度明显就好多了。只是，当初的视频都留着，他们的老粉丝心里都清楚得很呢。

“但队长为什么不喜欢小舒姐？我看小舒姐也不像那么讨厌的人啊……”迟秋阳还是不解。

几人头挨在一起，压着嗓子，窸窸窣窣地聊着天，自以为声音特别小，但车里的空间就那么一点大，他们的话一字不落地飘到了舒窈的耳朵里。

她简直如坐针毡。

本来被人当面八卦就够尴尬的了，而且现在他们八卦的另一个主人公就在她旁边坐着呢……

她正胡思乱想，冷不防旁边的人突然抬起了手，拎起自己的帽子，朝后一扔：“你们干脆去当八卦记者好不好？！”

语气相当冷淡且不耐烦。

迟秋阳本来正听得开心，突然被人打断，不满地欸了一声，对江旭吐了吐舌头，却也没敢再继续讨论了。

他们这个队长，虽然平时不爱跟人计较，但也绝对不是什么好脾气的主儿，惹恼了他，拉着他们训练个三天三夜的时候也不是没有过。

队长的八卦虽然很有趣，但赔上自己的生命就不值了。

迟秋阳拿起陆和晏的帽子，特别谄媚地弯腰，又罩在了陆和晏的脸上：“队长，您是不是幻听了？我们刚刚没说什么啊！”他说完，还不忘拉同盟，“小舒姐，你听到什么了吗？”

舒窈突然被点名，后知后觉地啊了一声，用余光瞧了一眼陆和晏，昧着良心说：“没。”

话音刚落，手机就嗡嗡地震动了起来。

她刚刚听迟秋阳和江旭聊天的时候，顺手就给秦疏发了条微信，问对方以前陆和晏有没有提起过她。

秦疏那时大概在忙，现在才回复她：“提你什么？说他讨厌你啊？”

舒窈心里一紧，问：“他真提过啊……”

秦疏：“你真信啊？”

舒窈回了一串省略号。

见舒窈没说话，过了一会儿，秦疏又发了语音消息过来。

舒窈扭头看了一眼陆和晏，没敢直接听，从包里将耳机拿出来插上，这才点击播放。

“你这么一问，好像还真有过一次，就他当初参加选秀的时候啊，人气挺高，就有人扒他的背景。当时你们高中同学有爆料，说你俩是同学，记者去跟陆和晏求证，他也没否认。

“不过，他提起你的时候，脸色不怎么好，所以后来一直有传言说你们两个不和。”

秦疏换了口气：“我说，当初的事情，你就一直没和他解释过？”

舒窈正要回复，坐在副驾驶位的工作人员又将摄像机对准了他们，让他们准备一下，要拍一点他们在车里的素材。

她收起手机，听到工作人员说：“虽然几位老师可能互相都认识，但还是做个自我介绍比较好。”

迟秋阳最先反应过来，脑袋在前面座椅的缝隙间，笑着跟舒窈介绍：“小舒姐，你好，我是 Gruis 的鼓手迟秋阳。”说完，他还不忘拉仇恨，“也是我们队里年龄最小的一个哦！”

Gruis 是他们乐队的名字。

江旭紧跟在他后面介绍：“吉他手，江旭。”

江旭是几人中年纪最大的一位，看事情总比旁人要透彻一些，许是刚刚从几人的相处中看出了一点端倪，怕李昕又闹出什么幺蛾子，顿了顿，索性帮李昕和陆和晏也一起介绍了：“李昕是我们的贝斯手，坐在你旁边的是我们的队长，也是……”

“主唱，陆和晏。”江旭的话未说完，陆和晏突然从椅子上坐了起来，扭头，朝舒窈伸出一只手来，“你好。”

舒窈有些讶异地抬起了头。

她在来之前，其实已经做好了各种被陆和晏嘲讽、无视，甚至是针对的准备，却万万没想到，他仅在最开始见到她时流露出了一点烦躁之后，这么快就调整好了自己的情绪。

她握住他的手，小声说：“你好。”

两人的手一触即离。

迟秋阳瞅见陆和晏的动作，却在后面嚷嚷了起来：“我也要和小舒姐握手！”

舒窈扭着头，觉得也不能拒绝，刚要把手伸过去，陆和晏突然开口问迟秋阳：“你艺考准备得怎么样了？”

迟秋阳：“？”

迟秋阳：“不提这个，我们还能做朋友。”

陆和晏嗤笑了一声：“你觉得我很想跟你做朋友吗？”

迟秋阳顿时又哇哇假哭起来。

他艺考其实没什么问题，主要是文化课过不了，今年已经是他第二次参加高考了，去年就是因为文化课没达标，不得不又复读了一年，被他的黑粉们嘲笑了大半年。

当时他就发誓今年一定要考个高分，一雪前耻，故而，今年他们很多集体的商业活动都为了他停了，只保留了巡演。其他几人为了堵公司的嘴，各自也都在做一些妥协，参加了许多与音乐无关的活动。

迟秋阳心里感激，也不想再拖他们一年，最近一直都在请人给自己补习文化课。

“你们看热搜榜了吗？”他们几人正在闹，一直没说话的李昕突然插了个新话题进来。

“没有。”江旭摸出手机，“又发生什么事了吗？”

“倒也不是什么严重的事，就是我们的陆大队长又被嘲笑上了热搜榜。”他一副幸灾乐祸的语气，“这不，反正也习惯了。”

陆和晏本来还想打开手机看一看，听到李昕这一副漫不经心的语气，又直接将手机扔了回去。

陆和晏不关心，但另外几个人显然不肯放过这个幸灾乐祸的机会。

“我看看这次嘲笑你什么啊……”迟秋阳总算找到了反击的机会，抱着手机，用一种非常夸张的语气念道，“情势大好的新锐导演、百亿票房的电影女王，竟都不能拯救他！陆和晏——当之无愧的票房毒药！”

陆和晏这次出演的这部电影名叫《最后一封信》，是一部与抑郁症有关的片子。导演刘奕鸣是近几年新冒头的一位年轻导演，很有想法，迄今为止，拍的每一部片子，票房都还算拿得出手。

而陆和晏虽然是歌手出身，人气也一直很高，但大家似乎有一个固定的偏见——觉得流量偶像大多没有什么实力，却忽略了陆和晏本身其实也是正儿八经的电影学院的学生，还是每学期都拿奖学金的那种。

所以，当初《最后一封信》公布主演是陆和晏的时候，遭受到众人好一番质疑，陆和晏的粉丝和黑粉们大战了不知道多少个回合，也没能分出个胜负来。最后，大家约定，等电影上映以后，一切拿票房来说话。

可如今这部电影已经上映约有十天，票房却惨淡得还不到一亿，现在各大八卦论坛飘在首页的帖子，十个里面有六个都在嘲笑陆和晏，说他是票房毒药。

这部电影在国外还没上映，故而，到现在为止，舒窈还没看过，这会儿听见李昕他们说起，不由得也拿出了手机，去论坛看看大家的反应。

“我说这些歌手好好唱歌就行了，能不能别来祸害电影了，一个两个演的都是什么东西？！”

“楼上没看过的能不能不要跟风骂人，小鹿也是正经科班出身的演员好不好，不能因为人家音乐玩得好，就否认别人在其他方面的能力啊。”

“路人，去看了电影，其实，陆和晏演得还不错，电影也挺好，就是题材压抑了些……”

……

总之，评论好坏参半。

江旭还在为陆和晏打抱不平：“我说，《最后一封信》不是你的第一部电影吗，而且，这还是刘奕鸣拍的第一部文艺片，票房不好不是很正常吗，怎么就毒药了啊？”

他虽然这样说，语气里却也没有多少气愤的意味。他们作为当下最红的乐队之一，出道以来，遭受过不知多少莫名的恶意和攻击，这一点小批评，真的不能伤害他们多少。

况且，他看了电影的，陆和晏演得虽然不能说非常好，但起码没给电影拖后腿，怎么也算是及格线以上了。

不，其实比及格线以上还要再好一点。

所以，真的没什么好在意的。

当然，这只是江旭自己的想法。

舒窈收起手机，转头去看陆和晏，瞧见他弓起了背，双肘撑在腿上，正低着头看网友的评论。

车厢里的灯关上了，但外面的路灯还有光，泛着晕黄的暖光随着车子的行驶，一下一下地晃进来，照在男人轮廓深刻的眉眼上。

他脸上没什么表情，也让人瞧不出情绪，但他周身的气压有些低，大概是真的有些失落。

舒窈明白这种感受。

当年她刚获得金雀奖的提名的时候，亦是遭到了无数的质疑，大家说她演技青涩，毫无技巧，若不是导演和编剧功力强大，她根本不可能在这种大奖里拥有姓名。

那时，她也是低落了很久的，逃了晚自习，闷闷不乐地坐在学校操场的看台上看了一整晚的星星。

后来，陆和晏来找她，提了两罐啤酒，他没给她喝，自己也没喝，就只打开了瓶盖儿，放在两人中间，仿佛就只是闻着味儿，也能达到“消愁”的效果。

等酒味儿散完以后，他才抓着她的手腕送她回家。

月光真好，在大地上洒下一片银色。

舒窈停下脚步，想嘴硬说自己没有难过，最起码，她不是因为被人批评了而难过，而是——她实在喜欢这件事情，但此时收到反馈，发现自己似乎做得并不好，是一种辜负了自己所热爱的事情的失落。

可男生像是已经看穿了她心中所想一般，没等她开口，轻轻抬起手，盖在她的眼睛上。

他的手有些凉，上面还散着点点啤酒的味道。

舒窈什么都看不见了，于是，那气味愈加浓郁，他说：“你的电影，我看了，特别好。”

“特别特别好。”他又补充，“我很喜欢。”

想到这里，舒窈几乎下意识地就想打开外卖软件叫人送箱啤酒和一些零食过来。她低头捣鼓着手机，要填地址的时候，犯了难，问工作人员：“我们要住的那个小区叫什么？”

工作人员许是没想到话题怎么突然转到了这里，愣了一瞬，说：“梨花里。”

梨花里是南市地段最贵的一处别墅区，小区不大，在南市西山脚下。

之所以叫这个名字，是因为南市的西山以梨花而闻名，小区里面亦种满了梨花。

每到春天，一簇簇花朵便如云织般浮在整个小区内，香气四散，美如仙境。

而陆和晏当年的住所，也叫作梨花里。

舒窈选零食的手一顿，完全控制不住自己的眼神，又飘到了陆和晏那里。但她仍没死心，抱着最后一点希望问工作人员：“几栋？”

“我记得是五栋。”

舒窈吸了口气，想点外卖的心彻底冷却下来。

先前听说录制节目的地点在西山的时候，她其实就隐约有一点儿猜测了，只是那时候她不敢往这里想。毕竟，在她看来，陆和晏应该是不想回到这里的，否则，他当初也不会在陆叔叔出事之后，很快就把这里的房子卖掉，带着陆昭搬去了北京。

她不大会掩饰情绪，惊讶和不知所措全写在脸上。陆和晏本在低头专心地看网友的评论，被她炽热的目光盯得实在烦了，于是扭过头，摁灭了手机，后脑勺直接贴在车窗玻璃上，面无表情地说：“别看了。”

舒窈心里装着事儿，没意识到自己刚刚一直在盯着别人看，这会儿听到他的提醒，才反应过来，脸瞬间就红了，匆促地移开目光，想了想，又没忍住，嘴硬地反驳一句：“我没看你……”

陆和晏："嗯，你是在发呆。"

舒窈的脸一时更热了。

坐在后面的几人专心看热搜，没注意到他们这边的动静。江旭沉默了一会儿，也不知是良心发现了，还是怎么，终于想起来安慰陆和晏："你也别想那么多了，我记得你下一部电影也快拍了吧？"

陆和晏转回头，脑袋仍贴在玻璃上："嗯。"

江旭："我记得是牧导的片子，叫……"

陆和晏没说完，舒窈接道："《明月几时有》？"

江旭："啊……是，对的，就是这个。"他回过神来，"我记得这部电影的演员还没公布吧，你怎么知道的？"

其实是先前秦疏跟她提了一嘴，说牧导准备拍这部电影，不过，他也没跟她说主演是陆和晏。他当时之所以跟她说这个，是因为她高中那会儿，特别喜欢这部小说，还给他推荐过。不只是他，她还给陆和晏推荐过。她记得自己那时候看完后，戏瘾上来，还曾拉着陆和晏和她一起排过这个故事的话剧，在元旦晚会时，赢得了同学们的一致好评。

晚会过后，话剧社的人一起去庆祝，凌晨的光景，舒窈忙了一整天，累得走不动了，坐在马路牙子边让陆和晏背她回家。

月牙儿挂在树梢上，跟在他们身后慢悠悠地走。

那段路特别长，舒窈昏昏欲睡时，恍惚以为他们要走上一辈子才能走完。

舒窈抿了抿唇，没和江旭多说，只是解释道："只是知道牧导最近要拍这部电影，也是听你们说，才知道是阿……你们队长来演。"

江旭不置可否地嗯了一声："也对，你先前出道时的电影就是牧导拍的。"

舒窈嗯了一声。

他们是第一批到达明星公寓的嘉宾，另外几人要明天才能来。

大家折腾了一天，都累了，简单寒暄几句，就各自回房间睡觉去了。

夜深了，对面的小区里只有零星几户人家还亮着灯，陆和晏正倚在阳台的栏杆上抽烟。

他已经在这里站了不知有多久，旁边的藤木桌上的烟灰缸里已经快堆满烟头。

李昕素来养生，不抽烟，也不喝酒，这会儿就端着一杯牛奶站在陆和晏的旁边吐槽："节目组可真会玩，如果早知道嘉宾中有舒窈，这节目我们就不参加了。"

读高中的时候，李昕和陆和晏不过是点头之交的关系，对陆和晏了解也不深，故而，他只当陆和晏今晚心情不好，全是因为舒窈。

陆和晏也不欲多说，弹了弹烟灰，睨着他，眼里带着点疏离的笑："你敢跟林姐说你不来？"

不等李昕回答，陆和晏又不咸不淡地说了一句："其实也没什么。"他将玻璃窗推开了一点，冬夜的风很凉，好像能把人的骨头刺穿。

确实没什么。

其实，倘若这几件事单个拎出来，都没什么大不了的，当初最艰难的时候，他都挺过来了，根本不怕这一点点意外和打击。

可今天，在他毫无防备的时候，它们偏偏一股脑儿地撞过来了。

他几乎来不及反应。

脑袋是木木的，身体也是木木的，偏偏摄像机还时时刻刻地对着他们，他连失神缓冲一下的机会都没有。

但他们今天来到这里，毕竟是来工作的，他的职业素养不允许自己带太多私人情绪进来。于是，他只能硬着头皮去调解自己，让自己的情绪不要外露，还能若无其事地和大家开玩笑。

但他此时不想跟李昕说这么多，没什么好说的，没必要把自己的烦恼全压在朋友的身上，平白消耗两人的情谊。况且，当年的事情，很多东西其实并不是表面看起来那样简单……

他顿了顿，只是顺着李昕的思路，淡淡地说："她都能这么坦荡，我又有什么可不自在的？！你别管那么多，当普通的合作对象相处就行了。"

说完，他就将烟摁灭了，做出一副送客的架势。

李昕叹了两口气，眼神里还是透出一点担忧。他张了张嘴，似乎还想说什么，陆和晏却忽地朝他笑了笑。

陆和晏说："我只是没有想明白，李昕，你说她突然回来，又和我参加同一档综艺节目，目的是什么？"

他虽然这样问，语气里却也没有十分好奇的感觉，他甚至没有打算听一听李昕的回答，就摆摆手将人请出去了。

隔天，他们四个要去给一个服装品牌站台，舒窈没什么活动，睡到中午才起床，然后就出门把陆和晏参演的《最后一封信》给看了。

她好久没有在众人面前出现过了，也不用担心被人认出，故而，她只穿了件白色的蝙蝠袖羽绒服和一条深黑色的加绒牛仔裤，就出门了。

这个点，学生党和上班族都还在奋战，所以电影院里并没有什么人。《最后一封信》最近的场次在下午三点五十，还有一个小时。舒窈有些恼自己出门时忘记看时间，下楼买了杯杨枝甘露，就坐在旁边的椅子上干等。

微博上现在已经放出了很多Gruis活动现场的路透图，毕竟是要给品牌方做宣传，所以他们几个人的造型全被打理了一遍。舒窈将其他几人的图片全都过滤过去，直接翻到陆和晏的——他今天穿的是一件微微泛了点儿米色的白色丝质印花衬衫，古铜色的细框眼镜将他微微上挑的眼角遮挡了一些，衬衫最上面的两枚扣子开着，露出精致的锁骨。

周遭人潮熙攘，唯独他干干净净，神色淡漠地立在其中。

舒窈没忍住，点击右键，把图片保存到了自己的相册里，随即又去看了一会儿视频，工作人员才通知大家开始检票。

谁知，她电影才看到一半的时候，秦疏突然给她打了电话。她这才想起前一天他俩聊天聊到一半就断了，后面两人都忙，就没再继续。

但她没有立马就接电话，而是先摁灭了屏幕，直到电影结束时，才给秦疏打回去。

秦疏的语气带着几分打趣:“刚和陆和晏重逢,就不打算理我了啊？”

舒窈知道他这是在故意挖苦她，懒得和他一般见识，只问：“你怎么突然给我打电话，是有什么事吗？”

说起正事,秦疏也不再继续打趣她了:“晚上我组了个局,来不来？”

“我又不认识什么人，去干吗？”舒窈兴致寥寥。

“聚一聚呗，都是你认识的人，牧导也来。”秦疏道，“你既然回来了，总不会只参加一档综艺节目就完事儿了，还是要演戏的吧，多和人联络联络总是好的。”

他话说到这个份上，舒窈已经听明白了，今晚这个局恐怕他是专门为她组的。到底是别人的一番好意，她也不好拒绝，问了问时间和地点，就将电话挂了。

饭局约在秦疏的家里。

舒窈拐到和平街打包了一份母油船鸭和碧螺虾仁,才去秦疏的家里。以前拍戏的时候，牧导就特别爱吃苏帮菜，一得空就拉着一帮子人去望月楼陪他一起吃，也不知道这么多年过去了，他的口味变了没有。

事实证明，人的口味还是很难改变的。看见舒窈手里提的东西，牧导眼睛都睁大了，兴奋地跑到秦疏的厨房里拿盘子来盛，还不住地夸奖舒窈：“还是我们舒舒懂事，不像那个小秦啊，简直铁公鸡一个！”

牧导今年五十多岁了，说起话来还像个小孩，秦疏无奈地在一旁赔笑：“我这不是想给舒舒留个表现的机会吗。”

“舒舒不在的这几年，也没见你这么有心，请人吃个饭，还在家里自己做。”牧导毫不留情地拆他的台。

秦疏举手投降，不敢再说话了。

今天来的都是常和秦疏合作的一些朋友，人不多，不过，舒窈瞧着这阵容莫名熟悉。她趁着去端菜的时候，小声问秦疏："我怎么觉得……你是不是有什么阴谋啊？"

秦疏拿毛巾擦拭着盘子上的水，闻言，看了她一眼："我是那种人吗？！"

舒窈顿了顿，说："你不是吗？！"

秦疏鄙视她："你现在要人气，没人气，要作品，没作品，我能骗你什么？！"

舒窈：行吧，扎心了。

她垂着脑袋，一心一意地拌凉菜去了。

秦疏的手艺特别好，舒窈记得以前一起拍戏的时候，她就有幸吃过一阵子。那时，他们在西南山区拍戏，生存条件特别艰苦，像他们这种从小在江南水乡长大的人，不太能吃得惯那边的吃食，于是，有空的时候，秦疏就会自己开个小灶，后来被舒窈发现了。她就每日悄悄嘱咐他多煮一点，再后来，牧导也发现了，编剧也发现了，化妆师也发现了，小锅饭变成了大锅饭，味道也没那么好了。

她回想着以前的事情，再回神时，牧导他们的话题已经由最近大爆的影视题材聊到哪个新演员比较有前途，哪个演员戏演不好，脾气却很大。

舒窈好久没关注过这些事，很多人的名字都叫不上来，也插不上话，只好坐在一旁安静地听他们讲。

秦疏问牧导："您老最近不是正在筹备一部新片吗，怎么样了？"

"现在哪里能看出来？！"牧导夹了一片桂花糖藕，想了想说，"不过，这次这个故事，我个人还挺喜欢的。陆和晏也不错，你也知道，我一开始其实挺不看好他的，实在是……实在是现在年轻一辈的演员，演技拿得出手的太少了。要不是老刘硬给我推荐，我根本不会考虑他。"

老刘是陆和晏的大学老师。

牧导顿了顿，又道："没想到他试戏的时候，还不错，挺让人意外的。

"这孩子有灵气，虽然技巧不是那么突出，但毕竟还年轻，也难得有天赋，好好调教的话，估计要不了多久就能赶上你了。"

他一脸揶揄地看着秦疏，明显在逗秦疏，秦疏于是配合着哀怨地叹了口气："是啊，我过气了，过气了还不算，还得被拉出来和新人对比……"

秦疏简直戏精上身，舒窈听不下去了："红过的人不红了才叫过气，你放心，你的星路一片平坦。"

她表面上好像在夸他的路走得顺，实际上却是在暗示他没有爆红过。

秦疏被她噎住了，伸手要来打她，她连忙起身往后撤。

"行了，行了！"牧导被他俩搞得头大，"你们两个这么多年就这点长进吗？"

舒窈扭过头哼了一声，没想到秦疏比她哼的声音还大，幼稚得要死。

舒窈在心里骂他，心中又透出一点点暖意，她知道他肯定是看她插不进话，怕她尴尬，故意闹了这一出。

虽说他的手法很拙劣，但拙劣得很可爱。

她揉揉眉心，又听见秦疏对着牧导道："好了，折腾半天了，您也别藏着掖着的了，有什么好消息，赶紧跟舒舒说吧。"

牧导靠在沙发上，瞥了秦疏一眼，似乎对他这赶鸭子上架似的催促有些不满。

牧导一时没说话，别人也不知道说什么，气氛莫名就冷了下来。

舒窈不用动脑子，都能猜到秦疏今晚这一出，估计是想给她牵条线，让她去演牧导的新戏。

毕竟她非专业出身，又这么多年没做这一行了，牧导没道理还惦记着她。像他这种地位的大导演，什么样的演员找不到，又何必来用她这样的半吊子新人。

舒窈将后背抵在沙发上，她其实不喜欢让别人尴尬，也不喜欢将自己置于尴尬的境地。她固然很爱演戏，但她之所以选择复出，并不是为了要成名、要得奖、要完成怎样辉煌的梦想，她的出发点其实很简单，只是陆和晏。

只有陆和晏。

她不知道秦疏之前有没有和牧导商量好，又或者牧导此时的态度不过是拿个乔，吊她一吊。这两人都一动不动地坐着，老神在在的，活像两只老狐狸。

她抿了抿唇，将身子往前倾了倾，刚想说点什么，牧导忽地端起了桌上一盏茶。

舒窈立马又坐了回来，竖起耳朵，果然听见牧导慢悠悠地问她："小舒还想演戏吗？"

舒窈的"不太想"几个字被秦疏的挤眉弄眼直接堵回了喉咙里，她含糊着说："想的……"

牧导吹胡子瞪眼的："到底想，还是不想？"

舒窈一凤，大声地回答："想！"

牧导转头看了她一眼，从包里掏出一个文件袋出来。他也没瞒着她，直接说："这个角色，我一直没找到合适的人，你回去看看，三天后来试镜。"想了想，他又补充，"你不要觉得我这就是把角色给你了，我也就是给你一个机会，你演得不好，后头有的是人想演。"说完，他站起身，"时间不早了，也该回家了。"

舒窈捏着文件袋，冲着他的背影弯了弯眼睛，说："谢谢牧导！"

牧导严肃过后，又恢复了先前笑眯眯的模样："行了，你要谢就谢小秦吧，他……"

"牧导您怎么这么八卦啊？！"

牧导话没说完，就被秦疏拦住了。

牧导嘿了一声，他本想帮秦疏卖个好，可见秦疏这态度，又明显不需要。

牧导年纪大了，搞不懂现在的年轻人都在想什么，也懒得管他们了，摆摆手，又告别一次，就转身走了。

舒窈看了眼时间，已经快到十一点了，她也该回去了。

许是念着许久没见，刚刚人多，两个人又没能好好说话，秦疏直接开车将她送了回去。

车子行到半路的时候，舒窈突然想起牧导方才那说到一半的话，忍不住问秦疏：“你是不是答应了牧导什么条件？”

“能有什么？！”秦疏的手搭在方向盘上，一副浑不在意的模样。

见舒窈似是不信，他笑道：“是牧导的儿子，不是刚入行吗？准备拍部电视剧，牧导想让我去帮个忙。”

秦疏自出道以来，拍的都是电影，从未涉足过电视剧。

在大众的认知里，似乎有一个不成文的规则，总觉得电影要比电视剧高贵一些。而专门拍电影的演员倘若转型去拍电视剧，就好像是走了下坡路。

舒窈有些惊讶。

她和秦疏其实也算不上特别好的关系，顶多就是还算聊得来的朋友，毕竟他们两个刚认识的时候，都还只是懵懂的少年。

后来，他们迅速地见证了彼此的辉煌，紧接着，她退出娱乐圈，他一步一步走向被许多人仰望的那个位置。

少年时的友谊，总是有那么几分不同的。

可舒窈不能安心地接受他这样大的牺牲，她本是靠着椅子靠背坐着的，手里还在漫不经心地刷着微博，听闻这话，连微博也刷不下去了。

“你不必这样，其实我也……”也不是非要演这部戏。

她话才说到一半，秦疏突然欸了一声：“你怎么回事啊？！”

他似乎是有些烦躁：“我也不全是为了你，现在是影视寒冬，也没几部好电影可拍。小牧导演的那部剧本，我看了，大 IP，制作班底也靠谱，我也不在乎什么神坛不神坛的。”他说，“你还记得刚入娱乐圈那会儿，你问我的梦想是什么，我是怎么回答的吗？

“我没什么大梦想，不过是希望来这世间走一趟，能留下一点好作品。电影也好，电视剧也好，只要是好的故事，我都愿意尝试。”

他的语调缓慢，面色在窗外不断闪过的路灯的映照下，有些变幻莫测的感觉。

他说得诚恳，舒窈摸了摸自己的鼻子，小声地问：“真的啊？”

“不然呢？！”秦疏笑，“你觉得我是那么伟大的人？你是我什么人啊，我这么大度地舍己为你？”

他这话说得忒不客气，舒窈面皮薄，脸都羞愧得红了。她伸出脚，极小动作地踢了秦疏一脚，后者大呼一声：“你干吗！”

舒窈转头看向窗外，抿着嘴角，停了一会儿，还是小声地说：“谢了啊。”

“嘁。”秦疏把车停在路边，“到了。”

舒窈转头，这才发现别墅已经出现在眼前，她从车子里走下来，路那一头忽地有车灯扫过来。

山中静寂，那车声格外大。

秦疏也下了车，抬头看了一眼：“这么晚了，还有人过来？”

舒窈眯起眼睛仔细看了看，有些无奈地叹了口气：“大概是冤家路窄。”

“陆和晏他们的车？”秦疏听出了她的话外之音，幸灾乐祸地笑了一声。

舒窈没理他，将身子往旁边侧了侧，眼看那辆车就停在了别墅门口。

陆和晏他们几个穿着的还是白天活动时的衣服，但因为天冷，此时每人身上又都罩上了一件一模一样的电影学院的纯黑色羽绒服校服。

舒窈的视线在他们的校服左胸处的校徽上慢慢地滑过，心想：这几人还挺恋旧。

她不知该不该说自己心态超好，这种时候脑海里冒出的第一个念头居然是这个。

秦疏靠在车门上，俯身问舒窈：“你说，我要不要去打个招呼？”

话音刚落，迟秋阳忽地欢天喜地地冲他们挥起了手：“咦？是小舒姐和……秦疏哥？晚上好啊！”

男孩像是真的兴奋，打完招呼后，又想到什么一般，喊江旭：“我的日程本哪里去了？”

江旭：“我怎么知道？！”

李昕扭头问他：“那玩意儿你买回来以后，就再也没用过，这时候找它干什么？”

“找秦疏签名啊！”迟秋阳说，语毕，又似乎觉得有点儿不好意思，抿着唇，期期艾艾地看向秦疏，“可以吗，秦疏哥……”

Gruis 是近两年才出道的，而且除了陆和晏以外，其余几人并未涉足影视圈，故而秦疏和他们并没有多少交集。他们仅有的几次会面，也都是在一些时尚晚会的后台，大家的圈子不同，也没说过什么话。

秦疏倒真没想过迟秋阳会是自己的粉丝。

舒窈本来还因为突然碰见陆和晏而觉得忐忑，这会儿全被迟秋阳搅没了，她一副看好戏的模样靠在一边，果然，李昕开始吐槽：“我怎么不知道，你什么时候成了秦疏的粉丝？！”

“这不、这不……”他嗫嚅了一会儿，语不惊人死不休，“我是看着秦疏哥的电影长大的嘛！”

“噗！”

秦疏皱眉：“我那么老了啊？”

“不是，没有，我不是那个意思！”

见迟秋阳慌了，秦疏也不再继续逗他了，接过他不知从哪儿扒拉出的一张明信片，龙飞凤舞地签起名来。

签完名，秦疏顺手翻了一下那张明信片，看到照片上的内容，这下是真的惊讶了。

舒窈也有些诧异，那是当年她和秦疏一起演的《雪色》的剧照。

迟秋阳连脸都涨红了，悄悄朝他们做了个保密的姿势，又冲舒窈眨眼道："你们千万千万不要告诉队长他们啊，我是你俩的CP粉来着！"

"……"

舒窈："好。"

签完名后，彼此又礼貌性地寒暄了一会儿，秦疏就驱车离开了。

舒窈和迟秋阳一起往里走。

大概是刚拿到偶像的签名，迟秋阳显得很兴奋，一路叽叽喳喳，不停地说着什么。舒窈有一句没一句地回着，眼角的余光却全在陆和晏那儿。

他倚在车子上，手指夹了根烟，正低着头和李昕、江旭说话。他们大概在说白天活动的事，舒窈听见陆和晏叮嘱江旭："晚点让他们发条声明吧。"

难道是他们今天的活动出了什么意外？

舒窈刚这样想，迟秋阳就在她的耳边说开了："对了，小舒姐，你有没有看热搜？今天活动结束之后，我们遇到私生饭跟车了！对方跟得很紧，当时队长有个东西落在现场了，找到后回来上车的时候，被他们的车子给撞到了……"

他说话大喘气，舒窈的脚步一下子就顿住了，想回去看看陆和晏有没有什么事，可又找不到立场去关心陆和晏。

"那……那他受伤了吗？"

"嗯！不然我们怎么会回来得这么晚？！小腿被伤到了，你没看他现在走路都一瘸一拐的吗？！不过也不是很严重，医生说好好休养几天就好……"

他年纪小，没有心机，什么事儿都往外说。

"那肯定很疼吧？"

舒窈没忍住，话题又扯到了陆和晏的伤上。

晚上，舒窈翻来覆去，怎么也睡不着，索性坐到客厅里看书去了。

别墅里暖气开得很足，书是她从书房里随手拿过来的，是本哲学书。她看得昏昏欲睡，想趁着困意赶紧上楼睡觉时，楼上最西边的那个房间突然亮起了灯。

她本来没在意，谁知没过多久又听到几声凌乱的脚步声，随即嘎吱一声，那门被打开了。

她靠在楼梯的扶手上，仰着头，好一会儿才见陆和晏从屋子里走出来。他一只手撑着墙，另一只手里拿着一个大号马克杯。

舒窈没提防，眼神正好和他的撞上。

四周静极了，舒窈屏住呼吸，只能听见墙上那座旧式的西洋摆钟不断发出咔嚓咔嚓的、时光流逝的声音。

她干巴巴地收回目光，也不知道能说点什么，只好抬手指了指楼梯旁的饮水机，问他："你要喝水吗？"

陆和晏居高临下地看着她，他穿得很薄，只有一件浅咖色的纯棉睡衣，眉间好似笼了一层霜，眼神看着十分冷冽。

舒窈觉得他如果一直不说话，自己大概能在他的眼神里被冻成冰块。

她抿了抿唇，又软着嗓子补充："你的腿……这样走下来可能会吵到人，要不，我来帮你接水吧？"

她在想，以陆和晏的性子，听到她讲这样的话，或许会转身关上门，宁愿渴着，也不要在人前示弱。

他以前总是这样的。

高三那年，他们学校举办运动会，陆和晏代表七班参加了三千米的长跑，拿到了第一名。他从跑道退出来的时候，全班都在欢呼，簇拥着把他举起来。但是，从头到尾，他没有表现出任何的异样，直到人群散了，他始终微笑着的表情才有一点裂缝。他看着舒窈，额前湿漉漉的，像是汗水。

他说："窈窈，你能陪我去一下医务室吗？"

他胃炎发作，却还是那样忍着疼痛跑完了全程。

那时舒窈也问过他，为什么不告诉大家？

“没必要。”陆和晏扬了扬眉毛，少年人的轻狂全写在脸上，“我就算受伤了，也比他们跑得快。”

舒窈说：“那你刚刚跑完了，为什么还要继续装……”

陆和晏更加理直气壮了：“跑完了还跟人家说自己其实生着病，这不是更打击他们的自信心吗？！”

舒窈沉默了一会儿，觉得他说得似乎也没什么毛病。

“那你为什么告诉我？”

从操场到医务室要经过琴房，每天里面都有人在练琴，舒窈记得，那天琴房里响着的音乐是周杰伦的《晴天》。

陆和晏安静了两秒，没有回答她的问题，而是随着音乐哼起了歌。

天色湛蓝，耳畔歌声悠扬动听，那样的年少时光，终究是走远了啊。

舒窈无声地叹了口气，她的脚尖有意无意地点着昏黄廊灯下的木质地板，她觉得自己也是太无聊了，居然在心里计算着陆和晏在第几秒的时候会转身离开，可——

“好。”

舒窈的动作一顿，有些诧异地看向陆和晏，后者依旧没什么表情，但眼神似乎没有那么冰冷了。

舒窈半张着嘴，有些语无伦次：“那、那我……”

陆和晏说：“还要麻烦你上来拿一下杯子。”

楼梯不太长，是旋转式的，坡度很大，舒窈慢吞吞地走了很久，才走上去。

这还是重逢以来，她和陆和晏第一次单独处在一个空间内，他还是很瘦，但好像长得更高了，以前她的头顶还能蹭到他的耳朵，现在只到他的下巴处了。

但她仍不敢仔细看他，飞快地将杯子夺过来，就匆匆跑下了楼。

像只受惊的兔子。陆和晏在心里这样想，转而又为自己竟然在她身上用了个这样可爱的形容而感到懊恼。

第二天上午，他们都没有工作。

舒窈夜间辗转反侧，直到天边透出了一点晨曦才睡着，故而，等她起来时，客厅里已经坐满了人。

另外的两个嘉宾其实前一天晚上就到了，只是舒窈他们回来得晚，没见着，今早大家总算在楼下的客厅里会合。

这一看，竟然还都是舒窈认识的。

两个嘉宾都是女生，一个是现在正当红的小花梁菲菲，她出道以来，出演的每部电视剧收视率都很高。

不过，舒窈知道她，却是因为她和陆和晏传过绯闻。

陆和晏他们读大学的时候，曾参加过一档关于乐队的选秀综艺节目。那时候节目组大概为了增添趣味性，有一期，曾给每个乐队请了一个明星来帮帮唱，而当时和陆和晏他们搭档唱歌的就是梁菲菲。

他们两个人长得都好，加上节目有意引导，之后吸引了好一批CP粉。

舒窈怀疑《明星公寓》的节目组这么请人，十有八九是故意的，只是不知道陆和晏先前知不知情，倘若知情，又是什么样的态度。

另一个嘉宾是童星出道的女明星姜甜，到明年一月份才满十八岁，长了一张娃娃脸，样貌十分讨喜。

一见到舒窈从楼上下来，她就歪着头和她打起了招呼：“小舒姐，你来迟啦！”

小姑娘有点儿自来熟，说完以后，还十分熟络地走过来挽住了舒窈的手。

舒窈于是就顺口问：“什么来迟了？”

姜甜说：“我们在分配今天的工作，每人都领了一样，李昕哥去给花园除草，江旭哥和我打扫室内卫生，菲菲姐做饭，迟秋阳给她打下手，小鹿哥哥要出门去买菜。”

小鹿是陆和晏刚出道的时候，粉丝给他起的昵称，时间久了，许是为了表现亲昵，身边的人也开始跟着这么叫他。

姜甜苦思冥想：“我实在想不到还有什么事可以让小舒姐做啦！”

她话音才落，迟秋阳就在后面接道：“这有什么可愁的，让小舒姐和队长一起去买菜不就得了。”

“买菜哪里需要这么多人的呀。”梁菲菲坐在沙发前的地毯上，讲话轻声细语的，眼里带着几分笑，看着舒窈，“要不你……”

“要不我就去买菜吧。”舒窈看了一眼陆和晏放在沙发旁边的拐杖，是他的助理一大早送来的，想了想，还是截断了梁菲菲的话，“况且，阿晏的腿还伤着，有人和他一起总是好一些的。”

舒窈这个人，平时都是很好说话的，但在某些特定的时刻，似乎又出奇叛逆，别人越不想让她干什么，她就偏要反着来。

听到她的话，梁菲菲脸上的笑瞬间就退去了，但她掩饰得好，很快就笑盈盈地说：“那也行。”顿了顿，她又像是开玩笑一般说道，“那就把我们小鹿交给你了啊。”

她一边说，一边去看陆和晏的反应，后者架了一副黑框眼镜，正坐在沙发的角落里看书，就好像眼前的暗潮涌动和他一点关系也没有似的。

倒是迟秋阳，他好像特别不喜欢梁菲菲，总要呛她两句才开心：“菲菲姐这话说的，我们家队长什么时候就变成你们家小鹿了啊？”不等她有所反应，他又转头问舒窈，“小舒姐，你会开车吗？”

话题冷不丁转到自己的身上，舒窈愣了一下，才说：“会的。”

迟秋阳说：“那就好，我们队长腿上有伤，可能不能开车，所以，有小舒姐陪着一起过去真的太好啦。”

他的语气轻快，像没察觉到自己说错了什么话。舒窈望着梁菲菲裹着披肩转身回房的背影，扶了扶额，心想：迟秋阳这家伙可真会给我拉仇恨。

虽然，这仇恨最开始其实是她自己拉到自己身上的。

午饭过后，舒窈和陆和晏才出门。

昨天夜里下了一场雪，马路上的积雪虽然被环卫工人一早就清理掉了，但地面仍有些滑。

车子是赞助商提供的，舒窈用袖子包住手掌，一边拿扫帚刮着车前玻璃上的积雪，一边念关于这车子的广告词。陆和晏拄着拐杖从屋子里出来时，她刚在车顶上堆出一个小雪人。

午后出了一点太阳，但光很稀薄，没什么热度，天还是很冷。

舒窈的脸被她呼吸时喷出的那一点雾气挡住了一些，她的皮肤很敏感，一遇冷，脸颊就泛起了淡淡的红色。

江旭从屋里端了杯热咖啡出来，故意吐槽陆和晏："队长，你也不去帮忙，让一个女孩子扫雪，太没有绅士风度了吧。"

陆和晏冷冷地瞥他一眼，静了片刻，突然伸手夺走了他手里的咖啡。

江旭一脸蒙："你干吗？"

陆和晏说："扫雪去。"

江旭更蒙了："啊？"

陆和晏呵了口气，语气淡淡："让一个女孩子扫雪，太没有绅士风度了吧。"

最终，车子上的雪全被江旭火急火燎地扫干净了，只留下车顶那一个没有眼睛也没有鼻子和嘴巴的小雪人。

车子在雪地里停了一夜，里面温度很低，舒窈扣上安全带，又打开了空调，陆和晏才被江旭扶着走过来。

原本舒窈想自己去扶他的，都怪江旭，扫完雪了，还不赶紧离开，在这儿站着干吗呢？！

她没忍住，瞪了江旭一眼，后者望着车子疾驰而去后的尾烟，半晌也没想起来自己究竟哪里得罪她了。

果然，女孩子的心都是海底针。

他们住的地方比较偏僻，车子大概需要开上半个小时才能到一个稍微大一些的商场，商场的超市在二楼。舒窈推了一辆购物车过来，让陆和晏在边上等着，她自己一个人跑去挑食物——

他的腿受伤了，应该买一点大骨头炖汤喝。

陆和晏很爱吃干煸茶树菇，这东西一定不能落下。

水果也要买一些，虽然她很讨厌榴梿的味道，但陆和晏喜欢，那就……也买一点好了。

……

她的嘴巴嘀嘀咕咕个不停，一转身，差点撞到旁边一个小孩儿，小孩儿的妈妈赶紧把小孩儿捞走了，临了，还回头瞪了她一眼。

舒窈也被人扯着手臂往后拉了拉，她手里的一堆酸奶没捧住，全掉进了那人的购物车里。

她讪讪地对那人说了声“谢谢”，弯腰去捡，看到购物车里的东西，这才发现不太对劲，抬头，果然看见陆和晏露在口罩外面的一双略显冷淡的眼。

他今天戴了眼镜，黑框的，衬得他整个人多了几分书卷气。

舒窈觉得自己刚刚真是蠢哭了，有些羞恼地问他：“你……你什么时候过来的呀？”想了想，她又补充，“不过，还好你来了，不然我明天可能就要上热搜榜了，标题我都想好了，就叫……就叫‘南市某超市惊现舒窈，舒窈疑似回归’？”

她想给自己“挽尊”，语气特别夸张，欲用胳膊比画，却被怀中她刚捡起来的几瓶酸奶给阻碍住了。

陆和晏的手支在旁边的货物架上：“刚过来。”

他的目光在她手中的酸奶上轻轻扫过，那是Gruis代言的一个牌子，他们四个人，每人代表一种口味——迟秋阳代表的是草莓口味，李昕代表的是杧果口味，江旭代表的是水蜜桃口味，而他则代表的是原味。

舒窈此刻怀里抱的，加上刚刚掉在购物车里的，大约有十几瓶，瓶身一水儿的乳白色，全是原味的。

他收回目光，漫不经心地从她的手里接过酸奶，笑了声："你把你的影响力想得也太大了。"

他这话像是嘲讽，但语气又分明不是那么犀利。

舒窈心里简直开出了花，她完全忽略了陆和晏这是在讽刺她，还开开心心地附和他："也是哦。"

难得见陆和晏对她态度这么好，她心里像被小猫挠了似的，又忐忑又兴奋，想趁着气氛好多跟他说两句话，但又怕自己一句话没说好，他又对她面无表情、冷冷淡淡了。

她正纠结，手机突然响了起来，她看了一眼来电显示，脸上的笑容顿时就没了。

"哎呀，我忘记了！我和林姐约了今天下午见面来着！"

陆和晏刚从旁边的架子上拿下一瓶胡椒粉，闻声，顺口问道："哪个林姐？"

"就……就……"她眼睛一闭，破罐子破摔道，"林书雅。"

陆和晏的动作顿了顿："哦。"

"她之前就问我要不要跟她……"舒窈看了一眼陆和晏，不知道是出于什么心态，低声问他，"你觉得呢？"

她心里慌得很。

虽然说原本这就是她自己的事情，她想怎么决定，并不需要去询问陆和晏的意见，但他们两人当年毕竟有过那么一段不是十分愉快的过往，她在他不知情的情况下，突然跑来跟他参加同一个节目，就已经很是刺激他了，倘若她再和他共用一个经纪人，这不是……欺负人吗？！

舒窈也不知道自己是怎么得出"欺负人"这样的结论的，总之，她不想让陆和晏不开心就是了。

她小心翼翼地观察着他的表情，但他又好像真的不在意似的。

“这是你自己的事情吧，舒窈？”陆和晏侧了侧身，为后面的人让出一点路来，眼里带着点冷峭的笑，“我不知道你突然回来，是真的想继续演戏，还是有别的什么原因，但你真的不必事事顾及我，当年你的选择也没有什么错，你只是走了一条对你来讲更好的路。”

他说：“我早就不怪你了，舒窈。

“那时候年纪小，眼里看到的天地也小得很，以为眼前的人就是自己的全世界，但世界明明那么大，我们每一个人，其实并没有自己以为的那么重要。

“小时候说的话都不作数的，你也不必放在心上。”

他的语气淡淡的，甚至还带着一点散漫的笑意，就好像他真的已经不计前嫌，能心无芥蒂地和她重新做朋友了似的。

舒窈本来还担心他一直记着她那时辜负他的事，对她的恨太过浓烈，令她难以化解。她想了无数种方法——想慢慢靠近他，想润物细无声地让他放下从前的事——可此刻他真的说出自己已经不在意，她却又觉得自己的一颗心好像突然被人掏空了一般，她整个人飘浮在半空中，没有了着落。

一个人怎样才会放下对那个曾狠狠伤害过自己的人的恨？

——完完全全不在意的时候。

她抿了抿唇，眼眶莫名就有点酸涩。她仰起头，将快要掉下来的眼泪逼了回去，又深吸了一口气，很努力才让自己的声音里没有太明显的哽咽。

她说：“嗯，你……你不在意了就好。”

可话说出来，呜咽声还是露了出来，她一急，连眼泪也控制不住了，啪嗒啪嗒直往下掉。

陆和晏在一旁看着她，也没有说话。

她哭的时候，始终低着头，掩耳盗铃般地不想让人知道，陆和晏索性也就没有拆穿她。

等哭够了，她才给林书雅回了电话，恰好林书雅也在这附近，她们就约在了商场五楼的咖啡厅里见面。

陆和晏没有过来，舒窈本来想让他一起的，可他说他这时候出现不合适，就先去地下车库等她了。

舒窈在店里等了约有十分钟，林书雅才到。她刚结束一场饭局，喝了点儿酒，脸上泛着冷白。

见到舒窈时，她没有立马走过来，反而是先靠在旁边的立架上静静地看了舒窈一会儿。

舒窈感受到她的目光，转头，就笑了："林姐在看什么？"

舒窈知晓林书雅的性格，尽管许久未见，也没有和她生疏。

林书雅走近，在舒窈的头顶比画了一下，叹道："长大了，成熟了很多。"

她坐到舒窈的对面，又是一副雷厉风行的职场女强人的架势，拿出早先为舒窈准备好的合同，递到舒窈的面前："你看一看。"

她补充道："给你的合同，和小鹿他们几个的差不多，只是细节上会有一点不同，毕竟你的重心应该是在演戏上。"

舒窈大致浏览了一下，她对林书雅的能力没有什么质疑，先前唯一担心的就是陆和晏那边的问题，但刚才他都那样说了，她也没什么可顾虑的了。

她想了想，歪头问林书雅："有笔吗？"

林书雅大概没想过她会这么干脆，微微怔了怔："不用再想一想了吗？"

"不用了。"舒窈说，"我相信林姐。"

林书雅脸上的笑容彻底放松下来："那我一定努力不辜负你的期望。"

签了合同之后，因为林书雅说她那边还有别的事情要处理，两人很快就散了。

舒窈绕到超市的零食区，又买了一堆零食，才乘坐客梯去了地下停车场。

她找到他们的停车位时，看见陆和晏正站在车边打电话。地下车库里的光很暗，温度又低，顶上的灯光泛着冷冷的青灰色，但他脸上的表情是温柔的。

他眼角微微翘着，是很标准的桃花眼，从侧面看，弧度格外好看。

舒窈晃了晃手里的购物袋，里面的包装纸相互摩擦，发出一阵聒噪的声响。陆和晏转过头来，看见她，按开了车锁，随即又简短地和电话那头的人说了两句什么，就挂断电话了。

舒窈坐到车里，陆和晏看了一眼她拿在手里的合同，挑了挑眉："签了？"

"是。"她想了想，笑着对陆和晏说，"以后你就是我的师兄啦。"

陆和晏笑了笑，没说话。

他们赶上下班的高峰期，路上堵车堵得厉害，又因为是雨雪天，高架桥上限速已经限到三十码。

舒窈有些烦躁地敲着方向盘："我们今晚该不会要到半夜才能吃上饭吧？"

她正说着，手机就响了，是姜甜打来的，大概是想问他们什么时候回去。

舒窈车技不好，路又这么难走，她不想分心接电话，索性对陆和晏说："阿晏，可以帮我接一下吗？"

她叫习惯了，不知是出于什么样的心理，也没刻意去改。

陆和晏没在意她的称呼，嗯了一声，倾身捞过她的手机，按了接听键，但他没听，而是将手机放到了舒窈的耳边。

车里的空调打得很足，但陆和晏的手指依然是凉的，舒窈被他的手不小心碰到，身子微微战栗了一下。

姜甜在那头嚷嚷："小舒姐，你们什么时候回来啊？"

“堵车了，还不确定。”

“啊？那我们现在要先做点什么吗？”

“冰箱里有火锅底料吗？”舒窈皱了皱眉，正犹豫，陆和晏突然在她的旁边开了口，“如果有的话，先将火锅底料放在锅里煮着，今晚我们吃火锅。”

许是怕对面的人听不见，他说话时，将身子往舒窈这边凑了凑，细弱的呼吸扫在她的耳朵上，弄得她一颗心也跟着痒痒的。

结果，姜甜的电话刚挂掉，舒远又给她发来了视频电话。

舒窈低头看了一眼屏幕，哀叹这些人怎么就爱挑她最忙的时候来找她。

她本来不想接的，可转念想起她来到南市以后，还没有跟哥哥报平安，于是只好又转头心虚地看了看陆和晏。

后者接收到了她的信号，皱了皱眉，终究还是将躺在前置物台上的手机又拿了起来，在一旁举着，面无表情地给她充当人形支架。

舒窈有点儿不好意思，对着舒远就是一阵控诉：“哥，你怎么现在给我发视频……我开车呢。”

“哦，我们家窈窈可真是翅膀硬了啊，出去以后，一个电话也没打回家就算了，我给你发个视频，你还嫌我烦。”舒远撇了撇嘴，故意装出一副受伤的语气。

虽然知道他是故意这么说的，但舒窈还是觉得有些愧疚，轻轻笑了笑，道：“你这是什么语气，我又不是小孩子了……”

舒远：“在哥哥眼里，你永远都是小孩子。”

见她沉默，舒远又问：“你这是干吗去呢？”

舒窈说：“买菜。”

舒远：“哟，会自己做饭了啊？”

舒窈：“当然！不过，这次我只负责买菜……”

舒远啧了一声，明显不信她的话，她刚要反驳，舒远突然将头往镜头前凑了凑，问道："你旁边坐着的是谁？"

舒窈的心突地一跳："啊？"

舒窈："啊什么啊，别装蒜，黑色衣服，帮你拿手机的？"

舒窈一愣，这才发现陆和晏的一只肩膀不知何时入了镜头，她皱了皱眉，有些不知道该怎么跟舒远解释。

"就……就是一个同事，一起录节目的……"她心虚地岔开话题，"哥，你现在在干吗呢？"

舒远将镜头转了个方向："和你明冬哥哥打球呢。"

舒窈哦了一声，又想到了什么，问："明冬哥哥最近怎么样啦？还跟老爷子闹吗？"

她正说着，车子突然驶过一个坑洼，车身剧烈地颠簸了一下，她被安全带狠狠往后一带，陆和晏亦没防备，手机啪的一声掉在了车前置物架上。

"怎么了？你们没事吧？"舒远有些担心地往前探了探头，直到他们这边稳定下来，他才对着意外入镜的男人略微迟疑地唤道，"阿晏？"

陆和晏捡起手机，许是没想到镜头会转到自己这边，愣了愣，将嘴角往下压了压，须臾，眼里晕开一点浅淡的笑："好久不见，舒远哥。"

"是好久没见了……"舒远也有些意外，须臾想到什么，问道，"你们现在在参加同一个节目？"

"是。"

"那还挺巧。"

"嗯。"

舒远沉默了一会儿，说："你们两个以前关系就好，中间不知道具体因为什么，突然不联系了，那段时间窈窈天天躲在房间里哭鼻子……"

他还欲多说，被舒窈羞愤地打断了。

"哥，我们录节目呢……"她指指周围，"这都是摄像头。"

舒远一愣，果然停了话头，埋怨舒窈："你怎么不早点和我说？！"

顿了顿，他又问，“我刚刚没说错什么话吧？”

“没，没，没！”舒窈只想快点结束这个话题，“我晚上回去再给你回电话！”

说完，她飞快地按了挂断键。

前面的路上总算没有再挤得那么紧实了，暮色渐渐笼下来，一排乳白色的路灯渐次亮起，高架桥两旁的房子在风雪里像一排排成群结队的游船。

舒窈被舒远那一通电话搅得满颗心都是羞愤，解释的话在脑子里兜兜转转半天，也不知道怎么跟陆和晏开口。

“我哥不知道我们俩……”她讪讪地揉了揉自己的脸，看了眼车上的摄像头，改了措辞，“不知道我俩当初到底发生了什么事。”

陆和晏靠在座椅上，手里提着一瓶开了瓶盖的矿泉水，闻言，似是笑了一声。

“我没在意。”

第二章

你是我不能拥抱的短暂梦想

当年那件事的实情，

你为什么不告诉陆和晏啊？

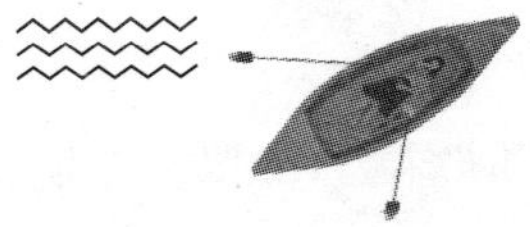

车子在路上堵了一个多小时，他们才回到梨花里。火锅的汤底已经准备好了，大家把舒窈他们买回来的菜分拣好，又迅速地洗好、切好，就围坐成了一圈，准备开吃。

舒窈回来后，先回房间卸了妆，又换了一身轻便的家居服。等她出来时，大家已经坐好了。

梁菲菲和陆和晏坐在一起，而唯一给她留下来的座位，就在陆和晏的对面，两边分别是姜甜和迟秋阳。

她刚一坐下，姜甜就用眼神示意她看对面，梁菲菲正笑容甜甜地给陆和晏夹菜。

姜甜在她的耳边小声地八卦："之前那些谣言该不会是真的吧？"

舒窈问："什么谣言？"

姜甜说："就说小鹿哥哥和梁菲菲在谈恋爱呀！"

"怎么可能？！"

舒窈还没接话，迟秋阳首先抗议起来。他的反应有点大，周围的人看过来："你们仨说什么呢，这么激动？"

"在八卦！"姜甜说得理直气壮。

江旭有些好奇："哦？什么八卦？"

姜甜："不可说！"

"嘁。"江旭朝姜甜扔来一个白眼，姜甜又朝他吐了吐舌头。

舒窈被他俩逗笑了："二位贵庚？"

"三岁！"

"不能再多！"

……

闹了一会儿后，舒窈还惦记着之前的八卦，问迟秋阳："为什么不可能啊？"

姜甜也来问："对啊，我看梁菲菲不是挺喜欢小鹿哥哥的吗？"

迟秋阳想了一会儿，似乎是在犹豫自己知道的内情能不能说："具体原因，我也讲不清楚，反正队长不可能会喜欢梁菲菲的！”

舒窈顿了一会儿：“我听说……你们队长也不喜欢我……”

迟秋阳：“不可能！”

舒窈帮他回忆：“第一天，在来这的车里，江旭跟你八卦的时候说的。”

迟秋阳努力回想着：“啊……那是……那是……”

舒窈：“没关系，你不用帮他找借口。”

迟秋阳憋了一会儿：“反正我觉得我们队长不讨厌你，我说不上来为什么，但他对你肯定不是讨厌。”

小男生讲话时有股执拗的倔劲儿，连脸都涨得红红的。

舒窈忍住笑意，说：“好，我相信你。”

“我不是在安慰你……”

迟秋阳还想解释，姜甜却已经说起了别的话题：“说起来，小舒姐和梁菲菲也算有点渊源呢。”

“嗯？”

“就你和秦疏演的那部《雪色》，后来不是出了个电视剧版的吗，你当初演的那个角色——蒋寒语，在电视剧版里就是梁菲菲演的。”

这个舒窈倒真没听说过。

那会儿，她刚去伦敦不久，印象里秦疏是跟她提过一次，说《雪色》又拍了个电视剧版。她那时忙得没日没夜，也没心情关注这些消息，敷衍两句就将这个话题忽略过去了，却没想到此时它竟在这里等着自己。

难怪她一直觉得梁菲菲看自己的眼神不是那么友好，起先她还以为是陆和晏的原因，现在看来，又似乎不止。

晚饭过后，迟秋阳他们非嚷嚷着要一起组队玩游戏，舒窈刚洗完碗回来，就听李昕在叫陆和晏：“到底玩不玩？”

看样子，他们似乎已经劝他很久。

陆和晏半躺在沙发上，用手臂盖住自己的脸，一副懒洋洋的模样：

"不玩。"

"你这人，怎么这么不合群呢？！"李昕忍不住吐槽他。

迟秋阳抬头，朝刚走过来的舒窈招手："队长不玩就算了！小舒姐来呗！"

除了一些简单的单机游戏，近几年流行的那些游戏，舒窈全没玩过，她有些为难："我不会……"

"人家不会就别强求了吧。"李昕听见他们这边的动静，总算放过了陆和晏，但对舒窈加入的抗拒也很明显。

舒窈可以很明显地感觉到李昕不喜欢她，理由她也知道，十有八九是在为陆和晏打抱不平。她有些头疼地捏了捏自己的鼻子，又听迟秋阳说道："那有什么关系？！反正我们也就是随便玩玩嘛，又不是要打比赛。况且，这个很简单的，小舒姐，我教你呀！"

迟秋阳行动力惊人，说话间，已经走到了舒窈的跟前："你先把游戏软件下下来。"

别墅里很久没人住过，晚上网络不是很稳定，舒窈下了约十分钟，才将游戏软件装上，在迟秋阳的指挥之下，随意注册了个账号。

她坐在沙发边的地毯上，一边按着迟秋阳说的步骤进入游戏，一边叮嘱他："等一下你记得提醒着我一下啊，我真的对这个一窍不通。"

"行！"迟秋阳顺口应了一声，停了一会儿，等所有人都进入游戏了，他才又说，"比如说现在啊，你就老老实实在那稳住别动，等下我让你在哪儿下，你就在哪儿下。"

舒窈对这个是真的不太懂，各种操作也没整明白，听见迟秋阳的嘱咐，才发现自己刚刚不知道点到了哪里："我好像已经下了……"

迟秋阳啊了一声："你在哪里下的？"

舒窈看了眼屏幕："不知道，可能是一所……学校？"

迟秋阳："……"

舒窈："那我现在……我该干点什么？"

迟秋阳那边可能正在忙，有些为难地看了舒窈一眼，又看向陆和晏，求救似的："队长，你快帮小舒姐看一下呗！我这儿走不开！"

舒窈一听他在向陆和晏求助，莫名就有点尿："要不，我就站在这里等别人来'杀'我好了，'我'死掉的话，应该也不影响你们……"

"手机给我。"

她话音未落，倏忽有一只手从她的头顶伸了过来。

陆和晏仍坐在沙发上，身子快弯曲成六十度，他半个身子都罩在舒窈的头顶，许是有一会儿没开口了，说话时，嗓子有一点点沙哑。

舒窈满鼻尖都是他身上淡淡的雪松香味，她连头也不敢转，怕碰到他的下颌，只木讷地将手机递到他的手里，等他接过去以后，身子撤回去了，她僵硬的身体才松懈下来，双手合十，若无其事地对他笑道："感谢救命之恩。"

陆和晏心不在焉地嗯了一声，手指飞快地在手机屏幕上游走着。舒窈索性回身坐到他旁边，看他怎么操作。

她其实也看不懂，思绪早飞到九霄云外去。

她在回想牧导给她的那段剧本的内容，她要试镜的那个角色是一位一直暗恋男主角顾明月的女孩儿。

那个女孩儿喜欢顾明月，却从来没敢让他知道，甚至最后为了他死掉了，他也毫不知情。只是在得知她的死讯时，他在脑海里回想了一遍她的面容，轻轻地感叹一句："那个小姑娘啊，倒是可惜了。"

她的戏份不多，但形象格外讨喜。

舒窈回神时，迟秋阳他们已经打完了一局游戏，几个大男孩兴致勃勃地讨论着方才他们哪一步走错了，而哪个操作又实在太聪明。

陆和晏将手机屏幕退回到桌面，正想还给舒窈，忽而叮的一声，一条微信跳到桌面。

秦疏："你之前一直没回答我，当年那件事的实情，你为什么不告诉陆和晏啊？就这样放任他误会你、恨你，有意思？”

陆和晏的眼睛一闪，舒窈突然凑过来：“有人给我发消息吗？”

“是吗？”陆和晏敛了心神，将屏幕摁灭，递给舒窈，“我没注意。”

舒窈哦了一声，打开锁屏，瞧见秦疏发来的消息，心脏顿时就是一沉，也不知道陆和晏刚刚看到了没有。

舒窈闭了闭眼，给秦疏回复：“我现在好想打你一顿哦。”

秦疏：“？”

舒窈继续控诉他：“都怪你，陆和晏好像看到这条消息了。”

秦疏：“啊？”

大概怕微信上讲不清楚，秦疏又打了电话过来，舒窈看了一眼众人，索性上楼回了房间。

秦疏问：“怎么回事啊？”

舒窈说：“他刚刚在用我的手机打游戏。”

秦疏：“什么毛病啊，这是，他自己没有手机？”

“我一时半会儿跟你讲不清楚。”舒窈翻了个白眼，“总之，我现在特别想和你打一架。”

秦疏自知理亏，干笑了两声：“你别这么悲观，说不定他看到了是好事儿呢。你看，他看到我这样说，肯定会好奇以前到底发生过什么，对吧？然后，他一去调查，就会发现你其实是有苦衷……”

“没用的。”舒窈道，“不管我有什么苦衷，我都是在他最艰难的时候，离开了他，在他备受打击的时刻又狠狠地在他的身上压了一块大石头。”

她说：“我狠狠地伤害过他，这是事实。”

“这……每个人都有自己的难处啊，他应该……”

“你不要再费力安慰我啦。”舒窈眯了眯眼，想了片刻，又气呼呼地说，“总之，从今天起，一个月之内，别让我再看到你的电话和微信，还有短信、qq、微博！一个都别出现！”

说完，也不等秦疏回应，她就鼓着脸挂断了电话。

秦疏望着亮起的屏幕，失笑：“真是小没良心。”

顿了片刻，他翻开陆和晏两分钟前给他发的短信：“秦疏老师，冒昧地打扰一下，最近方便见一面吗？”

他揉揉脑袋，回复：“抱歉，最近一个月恐怕都不方便呢。”

舒窈隔天是被陆和晏的敲门声吵醒的。

她昨晚睡觉时，忘记给手机充电，半夜，它自动关机了。

陆和晏来找她时，天还没有亮透，窗帘外乌蓝的天幕里只透出一点隐约的亮光。她连眼睛都没睁开，就迷迷糊糊地裹着睡袍下床去开门。屋里没开灯，走廊里的灯也没开，陆和晏用手机照着，正靠在她的门框上静静地等着。

舒窈有些意外他这个点就来找她，又怕吵到隔壁的人睡觉，微微踮起了脚尖，小声问他：“有什么事吗？”

她睡觉的时候，只穿了一条吊带裙，这会儿睡袍裹在外面，但裹得不紧，左半边肩膀全露在了外面，一同露在外面的还有一条浅绯色睡裙的带子。

陆和晏淡淡地扫过去一眼，又很快不自在地移开了视线。

舒窈没有察觉，又问了他一遍：“怎么了？”

陆和晏往后退了一步，将灭了的手机重新摁亮：“林姐来了。”

舒窈有些惊讶：“现在吗？”

“嗯，出了点事。”

“啊……”

舒窈喉咙里发出一个没意义的音节，随便整理了一下自己，就直接随陆和晏一起去了他的房间。

路过梁菲菲的门口时，她听到里面似乎有细微的脚步声响起，她念叨了一句“梁菲菲今天的活动居然这么早”，就没再注意了。

迟秋阳、李昕和江旭几人也已经等在了陆和晏的房间里，见舒窈进来，林书雅就问："看热搜榜了吗？"

舒窈说："还没来得及看。"

"你们呀……可真会给我添麻烦。"林书雅看向舒窈，"你昨天怎么没跟我说你是跟小鹿一起的？"

陆和晏晚了舒窈几步进门，正低着头扣门锁，闻言，顺口回道："是我没让她说。"

"唉，你真是……你说你们瞒着我干吗呀？！"

陆和晏摸了摸鼻子，静静地站在门口挨批评，没答话。

舒窈问："是发生什么事了吗？"

林书雅把手机递给她："你自己看。"

林书雅的手机此时正停留在热搜榜的界面上，最上面的一条是——"陆和晏、舒窈在超市"，而紧跟在那下面的，还有"舒窈、秦疏""舒窈、蒋寒语""舒窈为什么退出娱乐圈"等等。

不用点进去，舒窈都能想到这些热搜里的内容究竟是什么，这些网友，一旦发现某个人的新闻，就非得把这个人的过往都扒个底朝天才甘心。

舒窈随手翻看了几条，原来是昨天她和陆和晏逛超市的时候被路人拍到了。先是有人在网上发了照片，问粉丝图片里的人是不是陆和晏。

确定是陆和晏之后，又有人注意到站在他旁边的舒窈，紧接着就有人拿舒窈以前的照片过来做了对比，于是他们就顺理成章地上了热搜榜。

舒窈有些不好意思地看向林书雅："签约第一天就给你惹来这样的麻烦……"

"你想多了。"林书雅摆手打断她，"经纪人本来就要负责帮你们处理这些事，况且，这也不算是负面消息，主要看我们怎么利用。"

其他的都还好，只是"陆和晏、舒窈在超市"这一条稍微难处理一些。

《明星公寓》的节目组本来计划把舒窈的回归作为一个噱头，在节目开播之前再公布的，如果他们此时就澄清说超市之行是在录节目，那就打乱了节目组的计划，可如果现在不澄清的话……

林书雅思索了片刻，问他们：“你们两个介意顺水推舟来炒个CP吗？”

“炒CP”也算是明星们比较常用的一种为自己增加热度以及吸粉的营销手段了。

陆和晏从门口走过来，稍长的袖子被他松松散散地挽在手腕处。

林书雅喝了口水，兴致勃勃地给他们科普：“当然，炒CP的话，一定要严格把握好一个度，不能表现得太明显，不能太直白、太亲昵，但又必须有一点亲昵，必须让粉丝觉得这个人对你来说是跟别人不一样的……总结来说，就是——似是而非，欲拒还迎，给粉丝留足想象的余地。”

舒窈屈腿坐在单人沙发旁的地毯上，又顺手抱了一个小抱枕窝在怀里，听完，有些目瞪口呆：“这里的事居然有这么多讲究。”

“不然呢？！你以为这种事情是好做的啊。这里头学问可大着呢，一不小心就会遭到反噬的。”林书雅给他们举例，“你看之前梁菲菲想和小鹿炒CP，小鹿这边没配合，结果她一转头就去卖惨，到现在，小鹿还被她那帮粉丝追着骂渣男、骂忘恩负义呢。”

舒窈长长地哦了一声，完全关注错了重点：“陆和晏为什么不配合啊？”

“这个我知道！”迟秋阳坐一边听了半天，总算找到了插嘴的机会，“我不是跟你说了吗，队长不喜欢梁菲菲！”

话音刚落，李昕瞪他：“怎么哪儿都有你的事儿？！”

迟秋阳反驳他，声音还委屈巴巴的：“我说的是队长，又没说你……”

李昕：“你知道什么呀，你就在这儿乱说？！”

迟秋阳眨了眨眼：“那队长不烦梁菲菲吗？！”

李昕一噎，林书雅一巴掌拍在迟秋阳的头上：“我早就跟你说过，说话要注意，祸从口出，你知不知道？！”

迟秋阳撇撇嘴。

李昕接话：“就是！你自己惹到麻烦不打紧，别连累队长跟着你一起被骂！”

几人一唱一和，完全当陆和晏不存在似的。

陆和晏大概见惯了他们这样互怼，完全没有要搭理的意思，就当成耳旁风。

他伸手从床头柜的烟盒里拿出一支烟来，在手里掂了掂，许是想到了屋子里还有这么多人，刚掏出打火机，又扔回到桌子上。

林书雅见话题越扯越远，懒得和他们打嘴炮了，转头去问陆和晏：“你觉得怎么样？”

陆和晏将烟也扔下了，单手拎了一把凳子坐在舒窈边上。

他们住的这栋房子看起来很旧了，装修全是二十世纪三四十年代的风格，窗帘是深蓟色的法兰绒，影影绰绰地映着外头参天大树的枝丫，头顶的吊灯倒是简朴，但散发着暖橙的光，又透着几分华丽的味道。

陆和晏低垂着眼，长长的睫毛往下耷拉着，他用指骨节擦了擦鼻尖，须臾，漫不经心地说：“没必要。”

林书雅乐了：“什么叫没必要？”

陆和晏道：“再录两天，第一期节目就可以剪出来了，可以和节目组商量一下，提前开个发布会。”

林书雅忍不住说：“虽然我总说炒CP有风险，但事实上，这里头好处也有很多的。不管是热度，还是话题度上，都能让你们再上一个台阶，况且，你们都是我的艺人，我总不会厚此薄彼地去坑谁。”

林书雅本来只是随口一提，这么给他们分析了一通之后，她倒真的有些动心了。

陆和晏低头看着手机，半个身子都懒散地往后倾斜着。

“不用。”

他再一次拒绝了她。

林书雅不由得嘿了一声：“你也忒固执……”

她本想调侃他，目光却瞥到坐在旁边许久没发言的舒窈，小姑娘垂着眼睫，情绪没收拾好，嘴唇翘起，几乎可以挂上油瓶，估计是以为陆和晏在嫌弃她。

陆和晏也看到舒窈的反应了，但他大直男一个，根本没想那么多。先前梁菲菲想和他炒CP，被他无声地拒绝了，虽然后来CP粉伤心地回踩，把他骂得挺厉害，但他的粉丝也把梁菲菲攻击得不轻。

他就是觉得如果今天这个上了热搜榜的事儿有别的方法可解，那就没必要搞得腥风血雨的，到时候又惹得舒窈被骂，他还得去哄她，麻烦得很。

但舒窈的失落也在脸上写得明明白白，连李昕都看出来了，趁林书雅不注意的时候，偷偷摸摸在他们的小群里发了微信。

李昕：呼叫老陆@陆和晏，舒窈该不会还喜欢你吧？我怎么觉得她这状态不太对劲呢。

陆和晏的手机就在手里，他一眼就看到了李昕发的消息。他淡淡扫了舒窈一眼，她的小手茫然地乱扯着，快把地毯上那一块的毛给扯没了。

他别开眼，双肘撑在腿上，慢悠悠地给李昕回复："你看谁都不对劲。"

李昕："真的！我在她正对面，看得清楚，都快哭了，我会骗你？！"

江旭："真的，我也看见了。"

迟秋阳："真的，我也看见了＋10086。"

迟秋阳跟完风之后，又觉得不太对劲。

迟秋阳："所以，队长和小舒姐？"

李昕："滚一边儿去，没你的事，少八卦。"

迟秋阳：大哭.jpg

林书雅的手机在口袋里嗡嗡震了半天，拿出来一看，果然是这几个小子在群里偷偷聊天呢。她也没仔细看内容，没好气地骂他们："我说怎么突然没声儿了，敢情你们在这边开小会呢。"

下一秒——

林书雅将舒窈拉入群聊。

众人一惊，先是李昕骂了一句脏话："我发错群了！"

紧接着——

迟秋阳撤回了一条消息。

李昕撤回了一条消息。

迟秋阳撤回了一条消息。

迟秋阳撤回了一条消息。

江旭撤回了一条消息。

李昕撤回了一条消息。

陆和晏撤回了一条消息。

舒窈望着屏幕上一连串的撤回，忍不住打了一串省略号，李昕仍在旁边哀号："你们坑我！就我那条消息撤不回去了！"

林书雅瞧了一眼李昕那句话，眼里微微露出一点讶异，但很快就被她掩饰过去了。

林书雅冷笑："新加群的人看不见之前的消息，你们的智商是被狗吃掉了吗？"

四人一时都有些无言。

江旭脸皮颇厚地为自己"挽尊"："我们三个本来就没有智商，被狗吃掉智商的只有队长。"

李昕鄙视他："谁跟你'我们、我们'的啊，你承认自己没智商，别带上我。"

迟秋阳举手："也别带上我！"

林书雅要被他们气死了："还能不能讨论一点正事了？"她用下颌指指陆和晏，"所以，这个事儿你们就这么定下来了吗？"

许是因为刚刚在和他们闹，陆和晏的眼里也难得蓄起了一点笑意，被暖光灯照着，像蒙上了一层温柔的滤镜。

他清了清嗓子，有些懒懒地道："就这么着吧。"

林书雅又问舒窈："舒舒呢，你这边怎么看？"

舒窈脑子里都在想他们刚刚撤回的是什么，有些心不在焉，闷着声音答："就按照你们商量的来吧。"

"那行，那么这个事儿就这么定了啊，晚一点我去找节目组商量。"林书雅站了起来，"你们几个收拾一下，该睡回笼觉的，睡回笼觉，该起床工作的，赶紧给我起床工作。"她顿了一下，又转头问舒窈，"我记得你今天要去试镜牧导的电影？"

试镜的时间是下午两点半。

舒窈睡到十点才起床，洗了个澡，又仔仔细细地化了妆。因为《明月几时有》是个民国背景的故事，故而，她穿了一件改良版的国风盘扣上衣，下面是一条深蓝色的 A 字形百褶裙，上衣外面又罩了件奶白色的法式娃娃领呢子外套，整个人乍一看，倒真有几分故事里江欲雪的样子。

江欲雪就是舒窈这次要去试镜的角色。

舒窈从别墅里出来时，林书雅已经等在门口了，她开来的是陆和晏他们几个的那辆保姆车。舒窈拉开车门，发现里面坐着的还有陆和晏以及他的助理。

许是因为夜里没睡好，一大早又去赶通告，陆和晏戴了一副眼罩，此时正靠在后排的座位上补觉。车子是陆和晏的助理在开，林书雅坐在副驾驶位上。

上午，他们拍香水广告去了，故而这会儿陆和晏身上还残留着一点香水的气味，有些像玫瑰的味道，又混杂着一丝丝古木林下雨之后幽静的气息，闻起来特别安心。

林书雅一只手扒住椅背，回过头来，问舒窈："都准备好了？剧本看完了吗？"

舒窈怕打搅陆和晏睡觉，声音很小："就只有一小段，早就看完了，那本书我看过好几遍，我是书粉！"

林书雅点点头："那就好，等会儿好好表现。刚好小鹿也要去和演员们一起搭戏，也可以照应你一下。”

舒窈在车上看到陆和晏的时候，就猜到他要去帮忙搭戏，这会儿听林书雅这么讲，也没有特别惊讶。她点点头，转而又有些不好意思：“我好久没演过了，恐怕问题很多……”

陆和晏闷声嗯了一下，将眼罩从脸上拿下，却没转过脸来，眼睛依旧微微闭着。

“你高中那会儿也没有经验，不一样演得挺好？！”

林书雅以为他说的是舒窈演《雪色》那时候，点头附和：“就是，你也别太担心，昨天你练习的时候，我在旁边看了一会儿，问题不大。”

舒窈低低地说了声：“好。”

她的心里却有些讶异。

陆和晏说的肯定是他们高中的时候在话剧社演《明月几时有》的事。

她也不知道自己是如何坚定地得出这个结论的，但她脑中的第一反应就是这个，但陆和晏怎么会突然跟她提起高中的事？她捏了捏自己的鼻子，心里像被无数只小爪子挠了似的，痒得很。

有什么东西在那里蠢蠢欲动着。

舒窈将下巴抵在前座的椅子靠背上，脚尖在座椅底下晃呀晃的，转头，软软地开口：“阿晏呀。”

她蹬鼻子上脸特别有一套。

陆和晏闭着眼，没理她。

舒窈觉得不好意思，但心里那根狗尾巴草挠得她愈发厉害。

她又叫他：“阿晏。”

林书雅在前面刷微博，舒窈怕她注意到自己这边的动静，将声音压得特别低，脑袋又往陆和晏的方向凑了凑。

她的头发很长，烫卷了，额前的刘海儿被她用一个缀满珍珠的发夹夹在了后面，露出光洁的额头。

陆和晏被她垂下来的头发蹭到了手腕，往旁边挪了挪，有些不耐烦地开口。

“干吗？”

舒窈问：“你觉得顾明月喜欢过江欲雪吗？”

陆和晏皱起眉头，不知道这姑娘又发什么疯。他懒得和她计较，反正节目就录两个月，他不想在这两个月里又节外生枝，给他自己惹了麻烦还不算什么，别到时候连李昕他们几个也被他拖累。

没必要。

就当作普通同事——或者说，再亲近一点，当作普通同学，和平相处，就够了。

没什么好闹腾的。

大家都是成年人了，每个人的生命里都有各种各样的事情等着自己去做，年少懵懂时那一点被抛弃、被辜负的愤懑，提起来丢人，还让人笑话，不如不提。

他坐直了身体，从旁边捞过一瓶矿泉水，一口灌下，仿佛声音里都含着水汽。

“没有。”

他回答得很干脆。

舒窈闷在一旁：“为什么啊？”

陆和晏瞥她一眼，似乎是低笑了一声，她顿时觉得自己无聊得紧，没话找话的心思被他看透了。

果然，下一秒，陆和晏声音冷淡地开了口：“我建议你回去好好看看原著，再过来试镜。”

舒窈：“……”

她无法反驳。

他们到时，距离试镜开始的时间还有半个小时，此时已经有不少人在那里等着。

牧导听说舒窈来了以后，就让工作人员直接从侧门将他们领了进去。

舒窈演《雪色》的时候，是被牧导直接定下来的，她没经历过试镜，这会儿看什么都好奇。

试镜的地方像个小演播厅，几个主创人员排排坐，坐在底下的椅子上，台上光秃秃的，什么也没有，只有头顶的吊灯散发着惨白惨白的光。

舒窈刚走进去，牧导的眼睛就一亮，上下看着她，脸上还带着点若有似无的欣慰："小舒今儿的装扮倒是看起来很符合江欲雪这个人物。"

编剧也点头："像从书里走出来的一样。"

在编剧的右手边，坐着个年轻人，他本来在低头玩手机，听见牧导他们的话，不由得抬起了头，打量了舒窈几眼，语气有些流里流气的："你们也太夸张了。"

他的姿态特别嚣张，说话间，甚至两条腿直接架到了桌面上。

牧导似是不耐烦地皱了皱眉，刚要发作，被旁边的副导演拦住了，副导演声音里带着笑，给舒窈和林书雅介绍："这位是赵乾坤赵先生，东泰的表少爷，东泰娱乐的副总。"

东泰的老板早年是做电子配件起家，在南方开了不少电子工厂，后来大赚了一番之后，不知怎么就把主意打到了娱乐圈里，趁热闹开了家娱乐公司。许是因为财大气粗，这娱乐公司竟也被他做得有声有色。

因为牧导现在拍的这部戏就是东泰娱乐投资的，所以，林书雅在来的路上，给舒窈简单地科普过一些东泰的事儿。

据说，东泰的少东家沈明冬一心都扑在考古研究上，毕业以后，甚至还开开心心地在大学里当起了老师，死活不肯接手家里的生意。但东泰的老板一个人又管不过来这么多事儿，在东泰娱乐稍微稳定一些后，索性就直接丢给了妻子的外甥赵乾坤。

虽说赵乾坤是副总，但总经理沈明冬从来不理事，公司里大大小小的事基本上是由赵乾坤一手负责。

"赵乾坤的口碑很差，听说东泰娱乐的艺人很多都被他骚扰过。"

舒窈记得，在车上的时候，陆和晏的助理小周曾补充过这么一句。

她抬眼看了看赵乾坤，后者也正笑看着她。他的眼睛很小，倒三角的形状，笑着看人时，总给人一种不大舒服的感觉。

舒窈被他盯着，皱了皱眉，正想问牧导什么时候开始，又听他嚷嚷道：“刚刚菲菲不是挺好的吗？牧导不满意吗？这没必要再试其他人了吧？”

他顿了顿，又朝舒窈颐指气使：“你去翻翻看还有没有别的更适合你的角色，小姑娘家家的，别总想一口吃成一个大胖子。”他对林书雅点着下巴，“你说对不对？”

舒窈简直被他气笑了。

林书雅也有些不耐烦了，脸上的笑容全是职业化的僵硬。气氛正僵持，忽而有人从里间推门出来，陆和晏穿了身月牙白的长衫，头发用一次性染发剂染黑了，梳成了三七分，碎发零零散散地垂在额前。

他连眼神都变了，几分纯良，几分肆意，被灯光照着，流光溢彩。

舒窈呼吸一滞，听见他带了点笑意地问：“怎么了？不是说要给窈窈试戏吗？”

牧导首先回神，不等赵乾坤反应过来，直接问舒窈：“你这边准备好了吗？”

舒窈一愣，硬是把陆和晏方才那一声“窈窈”从脑袋里扯了出来，抿唇，吸气。

“开始吧。”她说。

于是，等赵乾坤反应过来时，他已然失了先机。

陆和晏随手从下面拎了张椅子上去，坐下，眉目冷峻。

那是1930年的春末，顾明月在江家养了许久的病。南方的春日多潮湿，已阴雨连绵数日，他坐在窗下读张岱的《陶庵梦忆》，书的扉页上被人用钢笔写了一行小字：

“少为纨绔子弟，极爱繁华，好精舍，好美婢，好娈童，好鲜衣，好美食，好骏马，好华灯，好烟火，好梨园，好鼓吹，好古董，好花鸟，兼以茶淫橘虐，书蠹诗魔，劳碌半生，皆成梦幻。”

这是张岱自作的墓志铭。

簪花小楷，清秀雅致，一看就是女子的字迹。

他看得有趣，这些小字才刚念到一半，就有人敲了门走进来。

女孩抿着唇，神情里写满忧愁，却是江家那个不受宠的小女儿，是叫江欲雪吗？

她每日都躲在人群后面小心地看他，不敢上前，等人群散了，才指指他的伤口：“是不是很疼？”

可不等他回答，她又跑了，脚步声由外传到里面，原来是她的姐姐过来了。

他同她交集不多，仅有的印象也就这些了。可她此时满是悲伤，脸上没涂好的胭脂不大均匀地分散在两边，显得有些滑稽可笑。

她的裙角被她捏得起了一道道印子，她微微仰起头，声音细弱：“顾家哥哥，”她说，“你明天真的要去香港吗？”

去香港吗？香港不过是个幌子，他真正要做的另有他事。

他低着头，敛目轻笑，却答道：“是。”

女孩的睫毛轻颤，暮春的风从堂内穿过来，裹着白玉兰的清香。

半晌，她总算是抬起了眼，声音还是细细的。

“那你，还会回来吗？”

直到旁边响起掌声，陆和晏才从舒窈的眼神里回过神来，牧导忍不住夸赞她：“小丫头怎么回事？比几年前演技还好了不少！”

舒窈有些不好意思地解释：“在国外的时候，修过两年话剧。”

编剧接话：“怪不得！我就说你这表现，看着不像业余的呢！”

牧导在一旁乐呵呵地笑，看着对舒窈更欣赏了，赵乾坤撇撇嘴：“我瞧着也不比菲菲好到哪儿去啊。”他丝毫不觉得自己破坏了好好的气氛。

牧导想继续说话的心情顿时就没了。

“那你们今天就先试到这里吧，具体的结果，我们几个商议一下，争取这两天就给你们答复。”

舒窈应了声“好”，和林书雅一起往外走。

因为陆和晏接下来还要跟别的演员搭戏，所以就没有跟他们一起出门。林书雅想等结束的时候载着他一起回去，所以就先带舒窈去附近的商场里置办了几套之后参加活动时会穿到的衣服。

舒窈想起先前赵乾坤提到的“菲菲”，不由得问林书雅：“江欲雪这个角色，一共有几个人来试镜？”

林书雅低头在手机上给人回复着邮件，笑着说：“我刚给你打听完。这个角色一共就只约了两个人来试镜，一个是你，另一个就是梁菲菲。不过，你是牧导挑过来的，而梁菲菲是投资方那边提的。”

舒窈了然地点了点头，随后又想到什么，问道：“所以梁菲菲和那个赵乾坤？”

“你倒是敏锐。”林书雅笑得有点讽刺，“梁菲菲和她原公司的合约快到期了，圈里都在传东泰那边最近在接触她，今天看赵乾坤这么用力，八成是想拿江欲雪这个角色给她做个见面礼。”她补充，“梁菲菲最近想转型了，可能想用牧导的电影做个突破口吧，所以——”

她转了个身子，三步并作两步绕到舒窈的前面，眉头微蹙。

舒窈说：“我知道，这个角色我十有八九拿不到了。”

她的语气轻松，没有被打击到的样子，林书雅说：“我开始还担心你承受不住。”

舒窈说：“我本来也没有特别强烈的欲望，说一定要拿下这个角色，只是刚好是自己喜欢的小说，秦疏的盛情又难却，我就来努力了一下。”

但说一点儿也不遗憾也是假的，毕竟这个故事不管是于她，还是于陆和晏，抑或是于她和陆和晏两人之间的感情来讲，都还算是一个比较特别的存在。

虽然她说自己完全不在意，但林书雅还是觉得有点儿愧疚："你放心，改天我就给你挑部好本子来，这一部没拿下，咱以后拿下更好的！"

舒窈被她哄孩子似的语气逗笑了，但心里又有一点感动，从一旁挽住她的胳膊，也没拒绝她的好意，下巴在她的肩膀上蹭了两下。

"那我就好好等着林姐来罩我了啊。"

快到七点，陆和晏那边才彻底结束，舒窈和林书雅将车开到时，他和小周正分别靠在门前长柱的两边低头玩手机。

舒窈买了好多东西，车后座快被她堆成了小山，陆和晏打开门后，发现自己连下脚的地方也没有。

舒窈显然也发现了，有些讪讪地把各种纸袋一股脑儿全堆在了自己的腿上，纸袋堆得特别高，没一会，她就只有两只眼睛露在外面了。

陆和晏立在车门口，一只手揣在裤兜里，另一只手臂上挂着自己刚脱下来的羽绒服。

他没立马进来，舒窈以为他是在嫌弃自己余留在车座上的那两个袋子，欲抬手将它们往自己的腿边拉一拉。谁知她的动作还没开始，一只大手突然伸过来，紧接着，她腿上的纸袋被人一把提起，陆和晏裹着窸窸窣窣的声音就面无表情地坐了进来。

小周也被眼前的"小山"惊呆了，赞叹："女人真是购物狂。"

舒窈也不知自己是哪根筋搭错了，竟然接了他一句："错，应该是——漂亮的女人都是购物狂。"

小周顿了片刻："您说得对。"

舒窈的脸都红了，哼唧了两声，在陆和晏压下的眼角里，沉默着接受了小周毫无灵魂的附和。

陆和晏大概真的觉得她很好笑，连声音里都染上了几分笑意，他的手背抵住下颌，似是无意地发问："对了，上了热搜榜的事情怎么样了？"

小周："公司的官博今天一早就发了声明，说你俩只是同学，没有别的亲密关系，没具体解释怎么会一起出现在超市。”

陆和晏低低地嗯了一声。

小周又说：“不过，我后来观察了一下，其实就算没澄清也没什么，反正也没人相信。”见没人接他的茬，他索性自说自话起来，“你们想啊，陆哥这边，陆哥的粉丝是肯定不可能相信陆哥会喜欢别人的嘛，小舒姐……反正也没几个粉……”他话说到一半，陡然意识到自己说漏嘴了，于是语声一顿，片刻后，面无表情地道，“哈哈。”

舒窈没忍住，学他：“哈哈。”

小周以为舒窈是在责怪他，连忙回过头：“小舒姐，我没别的意思……”

舒窈无聊得很，故意吓他，垂下眼睛，一副伤心欲绝的模样，低头打开自己前两天刚注册的微博，含泪道：“你说得对，我才二十几万粉丝，其中有一些还是微博看我太可怜，赠送给我的僵尸粉，我还不够你陆哥的零头。”

小周吓坏了：“二十几万粉丝已经很多了！”

舒窈继续抹泪：“你不用再安慰我了，我有多不招人喜欢，我自己清楚，反正我这辈子都比不上你们陆哥了，我连梁菲菲都比不过……”

她胡诌得正欢，下一秒，当啷——

“‘Gruis-陆和晏’成为您的粉丝。”

舒窈手一抖，听到身旁的人冷冷地开口：“闭嘴，别哭了。”

舒窈沉默了一会儿：“我没哭……”

“哦。”陆和晏瞥她一眼，极冷淡地笑了声，“别演了。”

舒窈：“哦。”

她低头，也点击关注了他。

当晚，小周收到舒窈发来的微信：“小周周，你明天想吃什么？我请客！”

小周：“？”

小周拿被子捂住脑袋，给陆和晏发了微信：妈呀，太可怕了，陆哥救我！小舒姐好像准备打击报复毒死我！”

想了想，他又有了别的猜测：“或者，小舒姐总不会是看……看上我了吧？”

两秒后。

陆和晏：“……”

陆和晏：“滚。”

晚上七点四十，舒窈几人回到《明星公寓》。

先前在车里的时候，李昕就给陆和晏打过电话，问他们什么时候回来，得知他们快到了以后，就让众人暂时别吃饭，等着他们回来一起吃。

他们回来时，其余人正坐在花园的圆桌旁聊天。

舒窈一进门就听见迟秋阳的大嗓门儿：“后天，我队长要去巴黎看秀！我队长不约！”

“明天节目不是要开发布会吗？后天就飞巴黎……小鹿可真是够忙的。”这是梁菲菲的声音。

“没办法。”迟秋阳这家伙永远不懂何为低调，“红的人都这样。”

陆和晏端了杯红茶从后面慢悠悠地走过来，从后踢了迟秋阳一脚，语气里夹了三分冷峭的笑意：“不吹牛能死？”

“队长，你什么时候回来的啊？”迟秋阳往后张望了一下，“我哪里是吹牛……”

陆和晏睨着他，没说话。

梁菲菲特亲昵地问陆和晏：“舒窈呢？没跟你一起回来吗？”

“换衣服去了。”

陆和晏啜了口红茶，走到旁边的凳子前坐下。冬夜天寒，热水过了他的舌尖，令他在说话时，腾出的白雾更厚了一些。

梁菲菲又说：“我听说她今天去试镜了牧导的电影，哎哟，这事儿你们怎么不早点跟我说，牧导呀，之前就说……”她顿了两秒，弯着眼睛轻笑，“唉，瞧我在这儿说什么呢，你们别多想，我也就是怕舒窈失望，白浪费了力气不是。”

阴阳怪气的。

迟秋阳不知道他们在暗中较什么劲，总之，呛梁菲菲就对了，反正他一贯是口无遮拦的人设。

于是，他扭过头，特真诚、特崇拜地说“那小舒姐一定表现得很好吧，牧导早就说过的嘛——”他咳了两声，不伦不类地学着梁菲菲的语气，“牧导呀，特别喜欢小舒姐，早就说想和她再合作一部戏。”

梁菲菲懒得和迟秋阳这样的小鬼打嘴炮，闻言就笑：“那就祝你小舒姐试镜成功啦。”

而此时此刻，《明星公寓》的导演看了看前方传来的视频，咬了咬后槽牙：“这……有点精彩啊。”

后期制作的人点头：“摄像头都是隐藏在他们周围的，也没有工作人员跟着，他们可能忘记自己是在录节目了……也可惜夜里有些位置的摄像头关了，不然，可能会更精彩。”

顿了顿，他又补充：“恭喜导演了，节目播出后，热度肯定特别高。”

导演笑嘻嘻地拍了拍他的脑袋，脸色一正：“我觉得你说得对。”

后期制作的人：“？”

后期制作的人还想再说什么，就见迟秋阳那傻白甜又回头问陆和晏：“我说得对不对啊，队长？”

夜色醉人，陆和晏的后背抵着椅背，面容被他手里的红茶隐没在一片清香的水雾后面，须臾，他转头，望着刚从房间里走出的舒窈，眼眸微动，懒懒地应道：“嗯。”

第三章

你是薄荷味儿的
年少风光

陆和晏，我要，

这个角色，我也要。

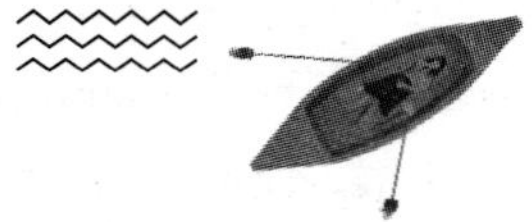

周六，《明星公寓》发布会。

舒窈无聊地坐在后台，一边听着前头众人的采访，一边低头看着手机。

林书雅靠在旁边的架子上，抱着双臂，问她："紧张吗？"

正好前面的记者在问梁菲菲："这是菲菲和小鹿第二次合作了吧？"

"是的呀。"梁菲菲答，"上次小鹿还是个大男孩儿。"

记者："您是说小鹿现在老了吗？"

梁菲菲笑："不，小鹿现在是个成熟有魅力的男人了。"

记者："所以，菲菲和小鹿的新合作，又擦出了什么不一样的火花吗？"

梁菲菲咯咯地笑了两声："这个就需要你们去看节目了。"

记者转而又去问陆和晏："那小鹿怎么看待和菲菲的第二次合作呢？"

陆和晏的回答特别简洁凝练："很荣幸。"

舒窈回头看了一眼林书雅，心里莫名很雀跃，又有一些激动。她抿了抿嘴，尽量平静地回答她："有一点点。"

她话音才落，就听到前面有人提到了她的名字。

记者："前段时间网上曝光了一组小鹿和舒窈一同逛超市的照片，对于这件事，小鹿怎么看？"

陆和晏还没说话，李昕先答了："公司不是发了声明吗？"

记者："声明只澄清了你们两个的关系，并没有解释你们为什么会出现在同一家超市里哦。"

陆和晏轻声笑："这个恐怕需要舒窈亲自出来解释。"

一句话，引起哗然。

现场的记者们显然也有点儿激动，原本以为只是一个普通的发布会，最大的话题也无非是梁菲菲和陆和晏再度合作，没想到还能出现这样的意外惊喜。

陆和晏说完，就主动走到舞台的旁边，Gruis 的其他几个成员见状，也纷纷跟随他的脚步走在了后面。

梁菲菲虽然不太情愿，但看到姜甜也不声不响地走到舞台的另一边，皱了皱眉，还是跟了过去。

现场一时静谧下来，所有的人都屏住了呼吸。很快，后台的帘子被人用手撩开，舒窈今天穿了条珍珠白的晚礼裙，裙子的下半部分又罩上了一层黑色的纱，纱上用同色的丝线绣了小花，微卷的长发在头顶绾好了一半，气质高华，又藏了几分少女的俏皮与轻盈。

她平日里多是素净的打扮，今天的妆容却是浓郁的，唇色是珊瑚红的，眼下用黑色的眼线笔画了朵极小极小的玫瑰花。

陆和晏眼角微挑，听她声音软软地和众人打招呼："好久不见，我是舒窈。"

闪光灯与话筒齐齐凑上来。

发布会结束以后，舒窈觉得自己的脑袋都要被弄炸了。

她坐的仍是陆和晏他们的保姆车，整个人都歪倒在椅子上，没骨头似的。

迟秋阳还在兴致勃勃地表达着他的惊叹："小舒姐今天好漂亮啊！"

舒窈条件反射地反问他："你的意思是，我平时就不好看了？"

迟秋阳："不是，平时也好看，但是，是不一样的好看。今天上台前，我和江旭还说担心你会紧张来着，没想到你一点也没有。"

她不仅没有紧张，反而格外从容、自信、游刃有余。

李昕靠在后座上，不知想到了什么，难得好脾气地参与了有关舒窈的话题。

"那你是没看到我们高中那会儿。"

高中时，舒窈和陆和晏一样，是学校里的风云人物，那时候喜欢她的人特别多，喜欢陆和晏的人也特别多。

偏偏她和陆和晏又走得很近，关系很好，这样长得漂亮又得男神另眼相看的女生，在学校里总是不大受女孩子欢迎的。

于是，在那年的元旦晚会，将要上台去主持节目的她，不知怎么就被人锁在了礼堂后的道具室里。

那个房间很小，堆得满满当当的全是东西。

可陆和晏找到她的时候，她正拿着一根铁丝撬着锁，一脸淡定，丝毫不见慌张。

只是，她出来时，场上已经在做开场倒计时，她脸上还蹭着灰呢，裙角也是破的。

陆和晏看见她这副模样，直接从道具室里拿了把剪刀，把自己的衣服也剪破了，又伸手摸了把灰，抹到自己的脸上，拉住她上了台，第一句话就是笑盈盈地问大家："我们是不是你们见过的最酷的主持人？"

男生声调缱绻，眉眼肆意，青春放旷。

后来，那场晚会，他们主持得特别好，虽然身有泥污，但仍自信满满。

舒窈轻侧着头，听迟秋阳喃喃："没想到队长还有这种时候。"

"哪种时候？"江旭刚刚一直在打游戏，没听他们的对话，这时游戏结束了，摁灭屏幕，顺口问道。

迟秋阳说："我没法形容，就是……特别阳光，特别青春，特别自信……怎么说呢？朝气蓬勃，无所畏惧。"

"我认识他的时候，他就是这样的一个人。"李昕想到了什么，失笑道，"我比他低一届，是真的每天都活在他的阴影之下。班里的女生们开口闭口都是他，老师们的嘴里也全是他。那时候，我天天都在心里想，像陆和晏这样的人生赢家，什么时候能遇到一个挫折，也体会体会我们平凡人的苦恼……"

他话说到一半，突然停住了。车子行驶得很快，路边两排乳白色的路灯，如两排标兵一样，笔直地挺立，不断地后退。

车内一时陷入寂静之中，江旭有些尴尬地找着话题："也不知道队长现在登机了没。"

发布会一结束，林书雅就直接带着陆和晏飞巴黎去了。

顿了顿，江旭不知又看到了什么，指着热搜榜上的话题说："梁菲菲的粉丝脑洞可真是大。"

迟秋阳："她又干什么了？"

江旭："今天发布会上，记者不是问队长第二次和梁菲菲合作，什么感觉吗？队长当时说很荣幸，这明显就是不知道说啥了，随便敷衍一下啊，结果，梁菲菲的粉丝居然说什么'喜欢才会放肆，而爱是克制'，所以，队长是对梁菲菲爱到深处了……我真是服了，我可去她的爱到深处吧！"

迟秋阳惊呆了："还可以这样理解？"

江旭啊了一声，正要说话，手机突然嗡嗡震起来。不止他的，迟秋阳的、李昕的、舒窈的，都在震。

林书雅在群里发了消息。

林书雅："告诉大家一个好消息！《最后一封信》入围了柏林电影节的新生代单元！"

林书雅："虽然不一定能拿奖，但总归是一个好消息。之前，小鹿因为这部电影被黑得很厉害，这下可以好好扬眉吐气一番了！"

林书雅在大家心里一直是那种很淡定、很冷静的形象，难得见她这么激动，几人乐呵着，已经在群里自发地排起了队形。

迟秋阳："哇，队长好棒！"

李昕："哇哇，队长好棒！"

江旭："哇哇哇，队长好棒！"

舒窈正低头打字，突然跳出来一条。

陆和晏："你们幼不幼稚？"

舒窈："哇哇哇哇，队长好棒！"

陆和晏：“……”

舒窈臊得不行，她根本没想到陆和晏会在这时候插进来，显得她那一声“哇哇哇哇”像个傻子似的。

迟秋阳都笑疯了，半个身子歪在李昕的身上，李昕很嫌弃，把他往旁边推：“滚，别妨碍我打字！”

舒窈默默地加上一条：“恭喜恭喜@陆和晏。”

很快，陆和晏：“谢了。”

迟秋阳：“队长，你怎么不跟我说谢谢！”

陆和晏：“滚一边去。”

迟秋阳：“？”

这下换成李昕在一边笑疯了。

江旭看不下去了，问陆和晏：“你们还没登机？”

江旭：“什么时候回来啊？给你开庆功宴去。”

陆和晏：“嗯，在托运行李。”

陆和晏：“最早后天回。又不是得奖了，有什么可庆的？”

李昕：“那也得庆祝！你别想躲，等你回来请客。”

陆和晏漫不经心地看着手机，林书雅回头叫他：“他们又在闹腾什么呢？”

陆和晏钩住手里一枚钥匙扣，心不在焉地转了两圈：“让我请客，说要庆祝。”

林书雅笑开了：“是得庆祝庆祝。”

陆和晏：“嗯。”

他低头，瞧见舒窈在五秒前发的，直接复制的李昕的话。

舒窈：“那也得庆祝！”

后面还跟了个小猫拍掌的表情。

他抿了抿唇，眼里蓄起一点连他自己都未注意到的柔和的笑意，他的手指在屏幕上慢悠悠地戳着。

陆和晏："好。"

陆和晏的新电影被提名的事儿，当天晚上就在网上传遍了。他的粉丝们当然是高兴坏了，有部分年纪小的，没控制住自己，得意扬扬地去那些曾经唱衰过他及这部电影的大V博主的微博里炫耀。而成熟一点的，则一副冷静的态度，说一部电影的成功，离不开每一个工作人员的努力，感谢电影节组委会对这部电影的肯定，小鹿以后会继续加油。

当然也有一些不和谐的声音，说只是提名而已，又不是得奖了，让他们先别这么得意。

这天是个晴天，晚上，淡白的月亮挂在空中，舒窈跷着腿坐在自己房间里的单人沙发上，百无聊赖地刷微博。

她先是用大号给陆和晏的电影被提名的微博点了个赞，随即又切换成小号，兴致勃勃地刷起了八卦。

却没想到，她那天去试镜《明月几时有》，竟被人偷拍到了照片，发到了微博里。

只是，发她照片的那位博主语气却不怎么好，一副挑事儿的口吻说，有人拍到舒窈试镜了《明月几时有》里江欲雪一角，先前网传这个角色将会由梁菲菲出演，你们觉得，舒窈和梁菲菲，谁更加适合江欲雪这个角色呢？

配图是网友偷拍她那天试镜时的照片，以及几张梁菲菲的民国风精修图。

底下的热评基本上都是梁菲菲粉丝的控评，只有那么一两条，是路人帮舒窈讲话的，但都一水儿地被梁菲菲的粉丝打成了水军。

梁菲菲那边大概联动了营销号，没一会儿，这件事就爬到了热搜榜上。于是，在同一天梁菲菲也去参加了试镜的消息也被"爆"了出来，而且爆料人还称，牧导更加中意的人选似乎是梁菲菲，舒窈恐怕要沦为陪跑了。

舒窈倒是看得兴致勃勃，明明是她自己的事，她却像个没事人似的，随手截了张图，发给林书雅，就把手机扔在一边，端着个杯子去楼下倒水喝。

谁知，她路过梁菲菲的房间门口时，对方突然开了门。

梁菲菲似乎是喝了些酒，两颊酡红，靠在门框上，斜着眼睛看舒窈。

“我们上热搜榜了。”

舒窈挑了挑眉，不知道她干吗跟自己说这个，按说，两人现在是竞争关系，况且上热搜榜这事儿本就是梁菲菲那边搞出来的，她此时怎么还能这样心安理得地站在自己的面前说这件事？！

舒窈挑了挑眉，说：“看到了。”

梁菲菲看了一眼摄像头的方向，压低了嗓音，附在舒窈的耳边说：“你别缠着小鹿，我把这个角色让给你。”

梁菲菲大概是真的喝醉了。

梁菲菲是出了名的事业心强，不然，也不会在短短几年内就爬到今天这个位置，这话要是在她清醒的时候，绝对不会说出口。

舒窈却是直接被她气笑了。

舒窈平日里总是一副软绵无害的样子，大概大家真的觉得她挺好欺负，谁都想上来挠一爪子。

可俗语有云，兔子急了还咬人呢，况且她才不是什么温驯的兔子。

她将后背抵在身后的墙上，她的个子本就比梁菲菲高，这下气场全开，颇有一股子睥睨天下的味道。

她居高临下地看着梁菲菲：“你真觉得是我缠着阿晏？”

梁菲菲不知想到了什么，咬了咬嘴唇，还欲说什么，舒窈却突然往前走了一步。

“这事儿我本来不想跟你计较，但你非得寸进尺，送上门来让我不痛快。”舒窈微微弯下腰，眼里漾开几分散漫的笑意，“既然这样，那我今天就把话搁这儿了，陆和晏，我要，这个角色，我也要。”

她俩的声音小，走廊的声控灯都灭了，李昕从楼下走上来，棉质的拖鞋底和木质地板摩擦，不足以将灯点亮。他用力拍了一下手，灯刚亮起来，就看到走廊里那两位明显不太对付的女孩儿。

梁菲菲喝醉的时候，和平常不大一样，平时她说话、做事滴水不漏的，这会儿整个人却显得没心没肺极了。

“李昕。”听到脚步声，她侧过头，叫了一声李昕的名字，随即抬手指了指舒窈，又指了指自己，问道，“你觉得你家队长更喜欢谁？”

她说这话时加大了声音，迟秋阳从另一头的房间里露了个头出来，睡眼惺忪的样子：“你们几个大半夜不睡，都在这儿干吗呢？”

李昕没理他，停了片刻，掏出手机来，低头不知道在捣鼓什么。

估计这酒的后劲儿挺大，梁菲菲见自己被无视了，抓住舒窈的手腕，拉着她就往李昕所在的方向走，彻底发起酒疯来。

梁菲菲推推李昕：“问你话呢！”

空气静谧，停了一瞬，李昕手机里突然传来一句掷地有声的话：“问什么话呢？”

他开了外放，陆和晏清冽的声音在电波里有些失真。

李昕倚在墙上，一副看好戏的姿态，对着电话那头的陆和晏说：“问你——梁菲菲，舒窈，你喜欢哪个？”

“你有毛病？”

陆和晏刚拍完一组照片，正坐在街边的咖啡店里休息，李昕的电话打来时，他和林书雅打了声招呼，便独自走到门口，接通了电话，谁知李昕上来就是这么一句没头没脑的问话。

听到他的反问，李昕哂笑一声，依旧是那副看热闹不嫌事大的语气：“选一个呗。”

迟秋阳光着脚从房间门口走过来，虽然不知道到底发生了什么事，但这并不妨碍他精神亢奋。

他站到舒窈的旁边，小声地问：“怎么回事？”

舒窈说：“梁菲菲喝醉了，发酒疯呢。”

迟秋阳一副“我懂，我懂”的表情，吐槽了一句：“这女人怎么一喝醉了就这样啊？！”

这话听着像是有故事，舒窈想仔细打听，但现在这里也不是说话的地方，就没接迟秋阳的话茬。

他们站得离李昕的距离很近，这一点窸窸窣窣的声音全被陆和晏听了去。他还以为是李昕、迟秋阳他们几个闲得无聊，故意没事找事呢，也没放在心上。将另一只手揣进兜里，懒懒地靠在来时的车上，也不知起了什么少年心性，他竟然配合李昕演起戏来。

他慢悠悠地说：“你也知道，我这种被初恋伤过的人，又一根筋得很，不撞南墙不回头，哪里会贸然地去喜欢别人。”

这话还是当初李昕说给他听的。

他们大一刚开学那会儿，李昕看上了他们学校戏文专业的一个姑娘，风风火火地追了人家大半个学期，搞得尽人皆知。谁知道就在他以为自己可以“守得云开见月明”之时，对方却突然跑去跟陆和晏告了个白。

她表白的那天，还是农历的情人节，李昕和陆和晏一起打了半天的篮球，回宿舍后，匆匆洗了个澡，就去外面买花了。

李昕挑挑拣拣用了半个多小时，可想打电话将对方约出来时，那电话怎么也打不通了。

他又在人家的宿舍楼下等了将近一个小时才离开，心不在焉地走到男生宿舍楼下时，却见对方正在自己楼下站着呢。

她对面那人，李昕也熟悉得很，两个小时前，他和那人还在篮球场上挥汗如雨。

盛夏的季节，头顶的树叶被晚风吹得哗啦啦响，李昕走过来的时候，恰好听见女生问陆和晏：“你要不要跟我谈个恋爱？”

她说话这样直接，同和李昕相处时完全不一样。

陆和晏斜斜地倚在树上，手里把玩着一个打火机，直到女生把话说完了，他才转头，盯着不远处的李昕看了一会儿。

那段话就是李昕那个时候讲给陆和晏听的，说他既然没有喜欢上别人的能力，就别去招惹人家小姑娘。

陆和晏闻言，只是轻轻嗤笑了一声："你先管好你自己再说。"

他却也没再继续提这个话题了。

男生之间的友谊没那么多弯弯绕绕，况且他们也都不是什么小心眼儿的人，说开了，就好了。

李昕倒没想到陆和晏还记得这一茬儿，他大抵也觉得自己那时候话说得太重了，没忍住，笑了两声。

舒窈却被陆和晏那似真似假的叹息弄得整个脑袋都烧起来，迟秋阳等人显然也没想到自家队长居然还是个"情种"，一个个站在旁边此起彼伏地赞叹起来。

陆和晏也听到了他们这边窸窸窣窣的声音，眯了眯眼，大概猜到了什么。

"你旁边都有谁？"

"迟秋阳、梁菲菲，还有……"李昕一脸一言难尽的表情，"还有舒窈。"

陆和晏哦了一声，下一秒，电话被挂断了。

剩下几人对着突兀静默的手机茫然地发呆。

梁菲菲已经醉得站不直了，整个人都瘫倒在旁边的地上，迟秋阳问李昕："队长的初恋是谁啊？你认识吗？"

李昕大概实在看不下去梁菲菲这副模样了，况且他们还在录节目呢，也不好表现得太过分，便俯身去扶起了梁菲菲，准备把她送回房间，心里思索着该怎么让林书雅和节目组的人协商，把这一段删掉。

迟秋阳见李昕没答他的话，又问了一遍："所以，队长的初恋是你们当初的同学？"

李昕被迟秋阳扰得烦不胜烦，只好抬头看了一眼舒窈，后者正靠在楼梯扶手上，双手无意识地摩挲着手中的杯子，一副心不在焉的样子。

他伸手拍了拍迟秋阳的脑袋："小孩儿别那么八卦！"

说完，他就直接扶着梁菲菲回房去了。

迟秋阳气坏了，在他的身后嚷嚷："谁是小孩儿？你等着吧，我就快成年了！"

不过，迟秋阳的话只换来李昕的一声冷笑。

舒窈回到房间以后，才发现林书雅先前给她打了电话，那会儿，她在外面，没接到。

她走到窗前给林书雅回拨电话，铃声才响一声，那边就接了，想必是一直在等她忙完了回拨过去。

一接通，林书雅就问舒窈："你的心情还好吧？"

舒窈其实并没有被热搜榜的事情影响到，她顶多就是觉得有点烦躁，因为原本梁菲菲抢到角色，她也没多大感觉，可梁菲菲偏要把事情闹到热搜榜上，踩着她上位。

她是不爱跟人计较，可这并不代表她可以任人欺负。

林书雅见她一时半会儿没答话，以为她是气坏了，于是安抚道："圈里这种事情其实很常见，你也不要太把它当一回事，等下次你拿自个儿的演技怼回去，他们也就没话说了。"

舒窈嗯了一声，说："我没事。"

谁知她这样说，反而更加让林书雅认为她在强颜欢笑，她解释了半天，也解释不通，最后索性自暴自弃地道："是，我真的委屈死了，凭什么我要被梁菲菲踩着，让大家觉得梁菲菲比我强啊。"

她说这话，本来就有几分闹着玩的情绪，声音软软糯糯的，一字一句里都写着委屈。

听筒里似乎是安静了一瞬，许久，才有一道慵懒的男声悠悠地响起："嗯，梁菲菲不如你。"

舒窈一顿，脑袋有点蒙。

陆和晏顿了顿，又说：“刚刚的电话，我说的那些话，是故意怼李昕的，和你没关系，你别想那么多。”

他点了根烟，手搭在窗沿上，慢悠悠地吐了个烟圈。

原本，他没想跟舒窈解释，可林书雅又极尽渲染舒窈现在是多么不开心，虽然不知道她的不开心究竟是因为梁菲菲，还是因为刚刚他那一段话。

但他既然已经将电话接了过来，多说两句话似乎也没什么。

舒窈的声音有些含糊，她说：“那你刚刚为什么突然挂电话啊？”

语毕，那头忽而响起一声轻笑，陆和晏说：“摄像头拍着呢。还是说，你想被所有的观众知道你跟我谈过恋爱，你还伤害过我？”

他说“你伤害过我”的时候，声音莫名低了几分，但他的语气不太正经，明显在开玩笑。

没等舒窈答话，他紧接着又说：“没多大点事，你收拾一下去睡觉吧，等明天早上，热搜榜上就没有你的事了。”

不仅热搜榜上没了，舒窈还接到了牧导的电话，说江欲雪这个角色已经定下来由她来演了。

牧导有些意味深长地说：“没想到你人缘还挺好，一个个都来帮你说话。”

昨晚舒窈把截图发给林书雅的同时，还顺便发给了舒远，想必舒远是找沈明冬帮忙去了。

不过，沈明冬也没给牧导施压就是了，只让他尽管按照自己的标准来选角色，梁菲菲还是舒窈，全看他自己的需求，不必有顾虑，不必偏袒谁，有任何事，沈明冬这边都会顶着。

这是在间接地表示——不用管赵乾坤怎么想，不管他选谁，东泰都不会撤资。

沈明冬可是东泰正经的小少爷，牧导当下就放下了顾虑，乐呵呵地给舒窈打了电话。

舒窈却有点没想明白：“除了我明冬哥，还有谁也找您了啊？”

既然沈明冬已经为她去联系了牧导，那她也懒得在牧导面前隐瞒她和沈明冬认识这件事了，免得让别人觉得她不真诚。

牧导轻轻笑了一声，说："小鹿啊，他没跟你说过吗？"

当天下午，《明月几时有》的官博就官宣了江欲雪一角将由舒窈来演这件事。

梁菲菲的粉丝大概之前得到过什么消息，一个个摩拳擦掌地等着恭喜呢，结果一看到微博的内容，直接傻眼了。

傻眼之后，他们便是各式各样的猜测，舒窈一边用小号看了一会儿大家的评论，一边给舒远打电话，告知他事情已经解决了。

舒远也一直关注着这件事的后续呢，只说解决了就好，他大概实在不明白她为什么放着家里好好的闲散日子不过，偏要蹚娱乐圈这趟浑水，还遇到这种糟心事，忍不住又叨叨了她两句。

舒窈都听烦了，左耳进，右耳出，一心刷微博。

舒远说了半天，都没见她有什么反应，不由得问她："你在干什么呢？"

舒窈说："刷微博。"

"那有什么好刷的，小孩儿！"

"有啊，我给你念念——"舒窈随手点开一条，捏着嗓子给舒远念，"当年舒窈能拿奖，有一大半是靠运气吧？况且，她又退出娱乐圈这么多年，这一回来，就拿下了牧导的电影，还 PK 掉了梁菲菲……不知道是不是我小人之心了，这里面该不会有什么故事吧？"

底下还有好多人附和她的言论。

其中有一个，和这位博主是互相关注为好友的关系，大概知道点什么，又知道得不全，阴阳怪气地说："可不是吗，某人攀上高枝了呗，你们等着看吧，纸是包不住火的，过不了多久就会爆出来了。"

舒窈简直看得乐了。

舒远原本还有点担心她，但见她这样一副没心没肺的样子，索性随她去了，又叮嘱了一声让她别忘记去跟沈明冬道声谢，就挂了电话。

恰好沈明冬最近正在南市进行学术交流，舒窈本就打算约他见面，两人商量好了时间和地点，她便在大学城附近的一间私人会所里订了个包厢。

其实，舒窈小时候和沈明冬比同自家哥哥还亲近，沈家虽然是做生意的，可沈明冬本人却不知怎么回事，浑身上下都透着一股浓浓的书卷气。

大抵是他看起来太温柔了，那时候舒窈总爱黏着他，黏得舒远还吃味了。

有一次趁爸妈不在家，舒远把她关在家里，特别幼稚地质问她究竟谁才是她的哥哥，最后还是沈明冬过来把她带了出去。

后来，舒窈大一些，有了男女之别的意识，便没有那么黏着沈明冬了，但沈明冬是家里的独子，身边也没有兄弟姐妹，仍一直将她当妹妹照顾，一直到后来沈家搬到北京，两家才少了些联系。

但这个“少”也只持续了几年，因为没过多久，舒窈一家也搬到了北京。

舒窈订的这间私人会所设计得颇具古韵，进门便是一座池塘，里面亭台楼阁错综交织，虽建在闹市区，但许是人均消费过高，里头相当安静。

舒窈进去时，里面几乎没有什么客人，只有两个年轻女孩坐在角落里哼唱着当地的民歌小调儿。

温温软软的声音混合在滴滴答答的水声里，让人觉得恍若进入什么人的梦中。

临近中午，沈明冬才过来，一进门，就有些嗔怒地批评舒窈：“你等多久了？我早说让你别来那么早。”

舒窈都等得困了，上眼皮粘着下眼皮，快要睁不开。听见沈明冬的话，她揉了揉眼睛，嘟囔道：“没多久。”

沈明冬又说：“还有，你需要帮忙，怎么不早跟我说？！还要劳烦你哥哥来告诉我，我竟不知道，我们两个的关系什么时候这么生分了。”

他是学考古的，有时不注意，讲话便文绉绉起来。

舒窈也自知理亏，只是，她当时没想那么多，觉得跟舒远说和跟沈明冬说反正效果差不多，况且，沈明冬又不会真的怪她。

她睁开一只眼，小心瞄了沈明冬一眼，见后者眉眼里果然漾着一点笑意，于是故意放软了声音，期期艾艾地说：“我错了，明冬哥哥。”

沈明冬叹了口气，显然拿她没办法。

因为沈明冬早先订好了下午的飞机回北京，故而，他们没聊多久，就分别了。

舒窈回到梨花里时，在门口遇到正要出门的梁菲菲。她看见舒窈，显然没什么好脸色，嘴角扯着些似笑非笑的弧度：“恭喜你了。”

舒窈弯了弯唇，温声道：“谢谢。”

也不知她这个态度怎么又惹到梁菲菲了，梁菲菲一时间脸色更差了，但许是觉得现在还不是撕破脸的时候，梁菲菲皱了皱眉，便匆匆走了。

而舒窈则是直接回房睡了个午觉。

她这一觉睡得沉，恍惚梦到当年她和陆和晏分开后的某一天，她其实是回国来看过他的。那时他正在参加那场选秀比赛，她到现场观看的正是有梁菲菲给他们帮帮唱的那一场。

那天的第二轮比赛是他们的单独表演，他们选的是一首闽南语的歌，似乎是叫《志明与春娇》。

他的嗓音清澈，干净中透着一点嘶哑，在台上很用力、很用力地唱：“我跟你最好就到这，你对我已经没感觉，到这冻止，你也免爱我。”

她独自在满室爱慕与欢呼里，仰头看他良久，最后却几乎是落荒而逃。

但等节目录制结束后，她还是将车子悄悄地停在了他们聚会的那间酒店门口。

他们的聚餐持续了好久，好在中途陆和晏出来过一次，在黏稠的夏风里，倚在门前的石狮子上抽烟。

他穿得简单，一件宽宽松松的黑色T恤，脸上的妆容已经洗掉，露出干干净净的模样来。

他干净得让舒窈觉得时光仿佛又倒退到了他们读书的时候，那会儿陆父总是有各种应酬，偏偏心脏又不太好，有时喝得太多了，总让人觉得会从此醒不过来。

在进过两次医院之后，陆父再喝酒时，陆和晏便会去找他，不管多晚都会去。

有时时间还早，舒窈就和他一起去。他们不敢闯入大人的酒局，只好蹲在酒店的门口等。

蹲着的人是舒窈，陆和晏一直都是站着的，他站得笔直、坚挺，仿佛没有什么能将他的脊背压弯。

那会儿，他们刚刚开始探索生命及人生的意义这类事情，舒窈等得无聊了，就会问他："你这一生最大的梦想是什么？"

陆和晏小时候在军区大院里住过一阵子，他一直向往能够成为祖父那样为国鞠躬尽瘁的军人，好像很多男孩子少年时期都做过这样的梦，盼望铁骨铮铮，盼望保家卫国，盼望人生无憾。

"那如果没做成呢？"舒窈问。

陆和晏歪了歪头："应该不会吧。"

"不可能做不成。"

那晚，舒窈将额头抵在车窗上，望着站在她不远处的、神色淡漠地抽着烟的陆和晏时，脑子里反反复复一直回荡的，只有这一句话。

有那么一瞬间，她甚至有股冲动，想走下去，想抱抱他。

可当她摁开车门的锁，他突然抬眼朝她这边看过来时，她脑袋里想的东西瞬间就停了下来。

她究竟在想什么啊？！

她僵着身子，脑子里各种想法交织着，又想，他为什么突然往这边看？他是不是发现她了？

好在很快梁菲菲就从餐厅里走了出来，两人站在那边聊了几句什么，就进门去了。

舒窈松了口气，望着头顶黑沉沉的夜幕，心里却又涌出一股莫名的失落来。

她这一觉睡到了傍晚，直到睁开眼，那股子失落和怅然还若有似无地在她的心间萦绕着。

整个公寓里就她一个相对比较闲的人，她下楼时，只有迟秋阳和江旭工作回来了。

Gruis 有时候也会分开行动，因为每个人的气质不一样，契合每个人的商业活动也相对有所不同。

舒窈从楼上下来时，他们正在打游戏，整个客厅里全是他们游戏的音效声以及两人大骂队友的声音。

舒窈倒了杯柠檬水坐到边上，脑袋里还有些不清醒，迷迷糊糊地在想，他们也不怕被网络那一头不知姓名的陌生人认出声音来。

迟秋阳听见她这边的动静，无精打采地冲她打了个招呼："晚上好，小舒姐。"

说完，他就又低头打游戏去了。

只是，没打两分钟，他又想起什么一般，突然抬起了头，像是想说什么，却欲言又止，只干巴巴地盯着舒窈眨眼睛。

舒窈被他这态度弄得莫名其妙，又转头去看江旭，谁知他也是一脸复杂的神情。

舒窈更加莫名其妙了。

只是，屋子里有摄像头拍着，他们两个既然没有直接说，想必也不是什么可以在大庭广众之下讨论的话题，于是，她只好摸出手机，在群里 @ 了迟秋阳和江旭，问："怎么啦？"

迟秋阳很快就分享了两条微博过来，舒窈点进去，一眼就注意到了配图。照片里的场景是今天下午她和沈明冬见面的那间私人会所的门口，主人公正是她和沈明冬，动作是拥抱。

沈明冬不是娱乐圈的人，平时也不关注这些，哪里懂得这些弯弯绕绕。他当时不过就是遵循本心拥抱并且鼓励一下独自在外“打拼”还差点受了委屈的妹妹，哪知就被有心人利用了。

发微博的人的语气也很微妙，说偶遇了舒窈和东泰的少东家沈明冬在某会所相会，两人抱在一起，貌似关系匪浅，又说《明月几时有》是东泰投资的，不知道这两者之间是否有什么不可言说的关系。

那人所有的话都没讲明，可话里话外又分明引导着众人往他想引导的那个方向想。果然，评论里已经闹翻了天，一些不知道究竟是真路人还是梁菲菲的粉丝的人大呼——

“路人，此时有点心疼梁菲菲。”

“我早就说过舒窈不简单，谁还记得之前梁菲菲的粉丝可是信誓旦旦地说江欲雪这个角色肯定是由梁菲菲来演，如果不是得到了什么消息的话，粉丝不敢这么硬气吧，我个人猜测，八成是舒窈动用了这位少东家的关系截了和呗。”

“就是因为这样的人太多了，才导致好的角色总是轮不到好演员来演，反而被这种人糟蹋了！真心求求‘舒窈们’别再这样祸害好剧本了！”

“对舒窈粉转黑，没想到她是这样的人。”

网络上的很多人就是这样，他们根本不了解你，也根本不知道究竟发生了什么事情，但他们很善于猜测，只要给他们一点苗头，他们就可以描述出一个完整故事的轮廓，然后对此深信不疑。

尽管很多时候，他们所坚信的那个故事并不是事情的真相。

舒窈还没看完，林书雅的电话就打了过来。

她大概也看到了迟秋阳发在群里的微博，有些担心地问舒窈：“你和沈明冬认识？什么关系？”

舒窈也不想让她担心，便说了实话：“邻居家的哥哥。”舒窈顿了顿，又补充，“一度比我亲哥还亲。”

“没有更进一步的关系？”

舒窈一开始没反应过来“进一步的关系”是指什么，愣了愣才答：“怎么可能？！我一直把他当家人的。”

听她这么说，林书雅便也放下心来，又忍不住批评她：“你跟沈明冬认识，怎么不早点跟我说？！”

舒窈有些气弱：“一开始没打算找他帮忙……”

她对角色被不被抢这件事并没那么大的执念，顶多就是觉得烦躁罢了，偏偏梁菲菲非要得寸进尺，往她跟前“送人头”。如果她这次不反击，指不定梁菲菲以为她多好欺负呢。

其实，这次的事情不难解决，毕竟大家也没有证据，都是一些捕风捉影的猜测。当天晚饭之前，林书雅就将热搜榜上的事撤了下来，紧接着，又用公司的官博发了条声明，让大家不要胡乱散播谣言，无端损害舒窈的名誉。

只是，声明这种东西，从来相信的都只有粉丝以及没有个人立场的路人，那些不信的人，任凭你怎么说，他们依然不信。

加上有梁菲菲那边的水军刻意引导，所以收效甚微。

不过，这个也不重要，立场先摆在那儿，等《明月几时有》上映之后，舒窈自然能靠自己的演技来证明自己。

演员说到底还是要靠作品说话。

只是，他们不在意，还有别人在意，当天晚上，沈明冬的一条微博，就让本已渐渐平息的事态再次哗然起来。

@沈明冬：我和我妹妹拥抱一下，怎么了？

底下配了好几张照片，分别是舒窈在不同的年岁和沈明冬拥抱的样子。

当然，也有人质疑，说沈明冬是家里的独子，怎么可能有妹妹？！

但沈明冬的配图里有几张，又分明是舒窈小时候的样子，由此可以推测，即便不是亲妹妹，那两人也是青梅竹马一起长大的关系。

于是，又有人问：那您有没有动用自己的关系给舒窈安排角色呢？

沈明冬回答得特别言简意赅：她得到的，都是她应得的。

沈明冬的微博自从注册以后就一直荒在那里，偶尔更新一两条消息，也都是关于考古知识的科普，唯一一条私人微博，就是今天这条为舒窈澄清的。

想来，他是听身边的人提到了，不想让他家的小姑娘因他而遭人非议，所以特地登上微博，用他自己的方式保护她。

舒窈的眼眶忽地就有些酸，心里的暖流交织、冲撞着，弄得她整个人都暖融融的。

而与此同时，舒窈先前转发的那条角色官宣微博也被人转发了，转发的人像是为了印证沈明冬回复别人的评论时的那一句“应得”似的，他的转发理由写的是：你好，最好的江小七。

转发人是陆和晏。

七是江欲雪在家中姐妹里的排行，在故事里，顾明月许是记不清她的名字，总爱这么叫她。

而“你好，江小七”也是书里顾明月第一次见到江欲雪时，同她说的第一句话。可陆和晏此时却在“江小七”前面加上了一个定语——最好的。

不是直白简洁的“江小七”三个字，而是“最好的江小七”。所以，这个角色是她应得的，当下的安排，就是最好的安排。

显然，其他人也想到了这一点，李昕吸取了上一次的教训之后，这回终于学聪明了，确认了好几遍，才将消息发在只有他们四个人的小群里。

李昕：“老陆 @ 陆和晏，你微博里的是什么意思？”

陆和晏正在办登机手续，发完微博之后，就没再管了。这会儿见李昕一副质问的语气，他皱了皱眉，一只手扶住箱子，另一只手慢悠悠地回复："什么什么意思？"

李昕："你是不是在帮舒窈说话？"

李昕："你为什么还要帮舒窈说话？"

迟秋阳这时插了进来："为什么不能帮小舒姐说话啊？"

李昕没理他，仍一心质问陆和晏："你究竟怎么想的？！你当初被她伤害得还不够吗？"

迟秋阳："？"

李昕："我说，她是不是跟你有仇啊？！每次你刚刚好一点，她就要出现一次，她就见不得你过得好一点吗？"

他后面越说越过分，连江旭都看不下去了："李昕，你是不是吃错药了？！说话有必要这么过分吗？！"

李昕也没理江旭。

陆和晏的手指有节奏地在行李箱上敲击着，停了好一会儿，群里有消息再进入。

陆和晏："李昕，你自己遇人不淑，别觉得所有的人都和你遇到的那位一样。"

陆和晏："舒窈是伤害过我，但她是什么样的人，我自己也很清楚，不该她背的锅，别人也别想往她的头上扣。"

陆和晏："李昕，你管得太多了。"

陆和晏平时虽然看起来脾气不太好，但同他相处久了的人都知道，他其实鲜少生气，如今天一般语气严厉的时候更是少之又少。

群里的人一时都没敢说话了。

停了一会儿，江旭才私聊陆和晏道："李昕今天遇见那谁了，可能心情不好，你别和他一般见识。"

李昕本来在自己的房间里坐着，看见陆和晏那段话，骂了一句脏话，便提着衣服出门去了。他下楼时，舒窈正好从楼下上来。

舒窈自知李昕不喜欢自己，平日里也尽量少跟他接触，这么多天过去了，两人至少能够维持表面的平和。

可李昕今天似乎连表面的平和也不想维持了，看见她，本就黑着的脸更黑了。也不知他哪来那么大火气，一点形象也不顾了，抬脚就朝旁边的凳子猛地一踢，凳子应声而倒，等舒窈反应过来的时候，他已经开车走掉了。

这大晚上的……

舒窈抬头看了看听到动静后刚打开门的迟秋阳，莫名其妙地问："他怎么了？"

迟秋阳想到李昕生气的原因，也有点尴尬，吞吞吐吐地说："和队长吵架了。"

"啊？好端端的，怎么突然吵起来了？"

这个……迟秋阳更加答不上来了："就……就李昕自个儿发疯呗……"

而江旭已经在后面给林书雅打起了电话："有两段视频，可能需要你联系节目组，删一删……"

林书雅简直崩溃了："我就两天没在，你们又惹什么事了？！"

陆和晏正靠在椅子上假寐，听见林书雅的话，将帽子往上抬了抬，扯了扯嘴角，面无表情地说："李昕疯了，别理他。"

陆和晏黎明时才回到梨花里，林书雅和小周将他送到地方后，便各自回家补觉去了。

冬夜长，黎明前的黑暗快要来临，四周依旧一片寂静。众人都还在睡梦之中，只有两只流浪猫在墙头蹑手蹑脚地爬过。

他拖行李箱的声音有些大，怕吵醒人，索性单手将箱子提了起来。

这栋房子设计的时候大概出了点 bug，灯的按钮没在门边，而是在靠近厨房的位置。他把行李箱放在门口，打开手机里的手电筒，想去找按钮，微有些冷白的光在客厅里亮起来的时候，沙发那边突然传来一点响动。

舒窈只知道陆和晏是昨晚的飞机，并不知道他几点会到家，她也不知道自己为什么要在这里等着，总之，看到他转发她的微博，并且写着“最好的江小七”的时候，她的脑袋就没办法好好思考了。

她发现她永远都无法抗拒陆和晏的温柔，哪怕这点温柔，其实只是他的礼貌，哪怕这所有的缱绻遐思其实都只是她的臆想。

陆和晏显然也有些意外她会在这里，他在门口安静地站了一瞬，才状若无意地问她：“怎么在这里睡了？”

舒窈拥着毛毯，神思还有些模糊，软着嗓子回答他：“坐在这里看书，看着看着，就睡着了。”

恰好沙发边散落着一本芥川龙之介的《罗生门》，她随手将书捡起来，放到茶几上。陆和晏点了点头，也没多想，走过去将客厅的灯打开，灯是老灯，泛着陈旧的黄色，他的行李箱也被提了进来。

舒窈还有些呆呆的，就坐在沙发上看着他。

山里鸟雀多，窗外的树上已有啾啾的鸟鸣声此起彼伏地响起来，舒窈脑子有点不是很清醒，看见他脸上明显疲惫极了的神色，突然起身说：“我去做早饭。”

她在沙发上窝了一夜，刚刚还不觉得有什么，这会儿站起来，才发现自己腿麻了，像有一万只蚂蚁在她的小腿上攀爬。她不得已又坐下，脸上露出一点尴尬的神色。

陆和晏闲散地站在门口，望着她，有些似嘲非嘲的模样。

“你到底想说什么？”

他的身上还裹着丝丝从外面带来的凉气，说话的语气也是冷的。

舒窈抿了抿唇，说：“谢你。”

陆和晏似乎是笑了一声，依旧是冷峭到极点的那种笑：“谢我什么？”

舒窈说：“谢你帮我转发微博，还为我讲话。”

她的腿已经不麻了。她又站起了身，说要做饭，也没食言，转身便进了厨房，叮叮咚咚地行动起来。

陆和晏竟也没回房间，就在沙发上坐下了。

晨曦渐渐从远处的天空透出来，又沉又浓重的蓝里露出一点点亮光来，鸟鸣声更嘈杂了。

厨房里的围裙还是上一次他们两人去超市买的，米黄色的，没有任何花纹。围裙里面是舒窈过分可爱的、零零散散地贴了很多草莓布贴的粉红色家居服。

她睡觉不老实，额前的头发被毛毯压得变了形，刘海儿翘到了头顶，从侧面看起来，有些傻气得可爱。

这气氛温馨得有些不像话了。

陆和晏用手肘撑着两膝，脑海里模模糊糊地闪出这样的念头。

等舒窈将早饭全部煮好以后，陆和晏已经睡着了，男人终于卸去清醒时所有的棱角与愁绪，面容沉静，嘴唇却有些干了，透出几点红色来。

舒窈忍了好久才忍住为他涂一涂唇膏的想法。她把落在地上的毛毯扯过来给他盖上，就有人从楼上下来了。

先是迟秋阳，随后是江旭，走在最后面的是李昕。

李昕的状态已经好了很多，只是见到舒窈时，面色仍有些不自在。

舒窈根本不知道他究竟在闹什么脾气，故而，也没注意到他那点不自在，只是见到几人要说话，下意识做了个噤声的手势，声音压得低低的："你们队长在睡觉。"

她话音才落，江旭就笑了起来，他也学着舒窈的样子压低嗓音，用一种奇奇怪怪的语气说："你刚刚的样子，特别像我妈跟我说——别吵哦，你爸爸正在睡觉呢。"

他将妈妈的神情学得惟妙惟肖，显得有些滑稽，其余几人都笑了，只有舒窈脸红通通的，没答话。

迟秋阳不知是什么脑回路，笑完之后，又发现了别人没发现的亮点：

"我要告诉队长，你刚刚叫他爸爸了！"

"你还能不能抓住重点了？！你语文考试是不是从来没及格过？！"江旭脸上的笑瞬间就僵住了，毫不留情地反击迟秋阳，"我记得过完年你就要高考了吧，我看你如果今年再没考上，会不会被你那些黑粉嘲笑死。"

迟秋阳朝他吐了吐舌头。

江旭简直被他磨得没了脾气。

但被他们这么一闹，陆和晏也是真的睡不下去了。他把毛毯扯过头顶，声音里透着浓浓的不耐烦："你们真是要烦死爸爸了。"

他大概神思还处于混沌之中，语气比平时软了很多。听见他的话，从刚刚就一直沉默的李昕总算有了点反应。

李昕上前去，按住陆和晏头两边的毛毯，将他闷在里面，恶狠狠地道："你说你是谁爸爸？"

他的语气听起来凶，但又莫名透出几分示弱的意思。

迟秋阳和江旭都不说话了。

陆和晏也顿了片刻，随即笑起来："谁问我就是谁的。"

李昕按得并不紧，陆和晏轻轻松松就将他的手拨开了。

陆和晏从沙发上坐起来，因为刚刚的动作，头发显得有些凌乱。

江旭看了眼桌子上冒着热气的白粥和小菜，去厨房拿了碗筷出来，骂他们："你俩三岁小孩吗，这都什么幼稚的对话？！"

陆和晏的后脑勺抵在沙发上，没说话。

李昕反驳他："你才三岁小孩。"

江旭才懒得理他，催促几人："快洗手吃饭！"

他们今天都没有别的工作，因为节目组早就让大家空出档期，为了使节目播出后显得不那么枯燥，他们决定让大家进行一次出行活动——两两一组，分别去三个比较有特色的古村落里生活三天。在此期间，他们没有任何生活经费，只能靠自己的双手挣钱，让自己不被饿死。

每个人的搭档是谁，将由抽签来决定。说是抽签，但其实节目组都已经安排得明明白白了。签有不同的颜色，每个颜色代表不同的人，他们该抽哪个颜色，自己的任务卡上都写得清清楚楚。

但由于他们一共有四个男生和三个女生，故而，有一组势必要由三个人组成。节目组原先安排的是由三个女生来抽，最后剩下的一个人，想要和他组队的队伍自行向前一步，然后再由这个人来反选。

但迟秋阳这个幼稚鬼非说这样不公平，凭什么男孩子就要处于被动的位置。节目组没办法，只好让大家黑白配，决定由哪三个人去抽签。反正他们每个人的任务卡上都写清楚了自己该抽哪个颜色的签，这一点改动也无伤大雅。

最终抽签的三个人分别是陆和晏、姜甜和李昕。而闹得最凶的迟秋阳折腾半天也没能得到抽签的机会，被大家好一番嘲笑。

姜甜是女孩，第一支签由她来抽，她在签筒边磨蹭半天，最终选择了一支红色的签，相对应的人是迟秋阳。

他们两个人的性格都是比较闹的那种，凑在一起，倒也好玩。

第二组则是李昕和江旭。

江旭显然很失望："为什么大家都有好看的小姐姐，而我却要和这个人组队啊？"

李昕把签往他的身上一扔，笑骂："那你滚去自己一个人一队吧，我不要你了。"

江旭又撇撇嘴，说了些嫁鸡随鸡、嫁狗随狗的话，还说了些既然李昕选了他，他也不好辜负对方等等令人发笑的话，惹得李昕恨不得将签还回去，勒令节目组立马允许他重新抽。

节目组的工作人员显然对他们的表现也很满意，综艺节目最喜欢的就是这种能够自带梗的艺人，这样也省得后期费劲去为大家抠笑点。

抽签环节已经进行得差不多了，众人就笑眯眯地等着陆和晏抽完，然后各自出发了。谁知道到他这里，居然出了问题。

依照编剧的设定，陆和晏应该过去抽走一支橙色的签，因为橙色对应的人是梁菲菲，他和梁菲菲有很多 CP 粉，观众应该还蛮爱看。

可陆和晏直接上台，抽走了一支紫色的签。

紫色的是舒窈。

导演急得大喊："错了！错了！"

"什么错了？"众人疑惑地看向导演。

编剧却在他的耳边嘀咕起来："好像这样也可以，陆和晏和舒窈……也算有些看点，而且，等一下不是会让梁菲菲选择进哪一组吗？"

反正梁菲菲最后也会选择和陆和晏一组。

导演显然也想到了这一点，在众人莫名其妙的眼神里，喊了一声"继续"，就将喇叭又放在了一边。

此时已经进行到梁菲菲选人的环节，按照一开始讲好的，三组人的任务卡上都写了要站出来，表示自己很想和第三人组队，然后让第三人来反选。

结果，没想到陆和晏这里又出问题了——他没站出来。

导演的脸都黑了，对着这边就是一通吼："陆和晏，你怎么回事儿？！"导演要气死了，"你看任务卡了吗？你怎么不按流程来！"

陆和晏侧了侧头，随即从上衣的口袋里摸出一张被挤压得有些皱巴巴的任务卡，递到导演跟前，还是那副漫不经心的语气："您说的什么流程？"

"任务卡上还有别的……"导演一噎，望着陆和晏任务卡上的字，直接傻眼了。

只见那上面写的是：陆和晏抽紫色的签，陆和晏不上前选择第三人。

这怎么和一开始说好的不一样？！

编剧显然也有些蒙，拿着任务卡看了半天，怀疑是不是自己的眼睛出现了问题。

停了几分钟，还是导演先反应过来，皱着眉问："这个任务卡是谁做的？”

“应该是新来的那个实习生。”这时，旁边有人答道，“是叫……小刘？”

导演挥了挥手，让陆和晏先回去，自个儿琢磨了一会儿，不知想到了什么，突然又说：“要不就这样得了。”

编剧问：“不重录了啊？”

导演脸色黑黑的：“不重录了，我怕陆和晏那群不喜欢梁菲菲的粉丝的唾沫淹死我。”

其实，他原本也没打算一定要让陆和晏和梁菲菲组队，毕竟按照最近几天的故事发展走向，显然陆和晏和舒窈更有看点一些。但那天梁菲菲来找他了，一点小忙，他顺手就帮了，反正他俩在一起肯定会特别有话题度，对宣传节目也有益处。

但他安排是安排好了，这中间出了问题，也怪不得他。

“或许天意如此。”

梁菲菲去质问了半天，却只得到这样一句回答，气得脸都绿了。可此时他们三队人马已经站在了不同城市的土地上，正在机场等待节目组的人过来将他们接到录制地点，再说什么都已经无济于事。

梁菲菲看了一眼旁边正聊着下一张专辑的灵感的江旭和李昕，感觉自己被孤立得厉害，一时间更加烦躁了。

她又问导演：“那个写错任务卡的工作人员，您找到了吗？”

导演说：“找到了。”

“开除了吗？”

“还没。”

“这样的人还留着干吗！”

“人家签了实习协议的。”导演摸了摸脑袋，笑眯眯地说，“也不要那么不留余地，等实习完了，我不给她转正不就得了。况且，等录完这三天回来，我也要罚她的，既然在我这里实习，该有的规矩，我总得教教她。”

梁菲菲才懒得听这些，又问：“她现在在哪里？”

导演顿了顿：“应该在陆和晏那一组？去了樱里。”

此时，樱里。

陆和晏他们几个到达节目组给他们准备的住处时，正是一天中太阳最毒辣的时候。

他们住的地方在整个樱里的最东边，门前便是一条长河，河上架了木桥，河里时不时有小鱼悄悄吐个泡泡儿。

房子全是木质的，里面的设计有些古典的韵味，窗明几净，舒服得不像个村庄，反而像是哪个旅游胜地里的豪华民宿。

舒窈将卷帘窗全拉起来，回身时，瞧见陆和晏正站在院子里和一个陌生女生说话。

他站得松松垮垮，手指间还夹着一根烟，因为个子太高，同人讲话时，习惯性地往下弯了些许。

舒窈走近，听见他声音冷淡地问对方：“为什么要改任务卡？”

同他的闲散相比，女生明显拘谨很多，低着头，声音小小的：“就……您不是不喜欢梁菲菲吗……”

“我为什么不喜欢梁菲菲？”

“我是您的老粉丝，当年发生的事，我都知道的。虽然没几个人记得了，但我也不能让梁菲菲再来——”她说到一半，被陆和晏若有实质的目光盯着，气息没来由地弱了，但仍硬着头皮说，“我总是要……要保护您一下的……”

她的话音刚落，站在对面的男人忽而轻笑了一声，她本以为他会感动，可他只是淡淡地问：“那你有没有想过你这么做的后果是什么？”

小刘几乎要哭出来了：“我知道，被开除，或者导演不给我转正。”

陆和晏将烟摁灭，但烟蒂没扔，仍夹在手里，说："你这样做太任性了。不仅对工作不负责，还对自己不负责。"

他的语气仍是冷淡的，舒窈在旁边听着，都开始为人家小姑娘担心了。虽说行为不对，但对方好歹捧着一颗真心、一腔喜欢，他这样铁面无私，虽说也是为了对方好，但未免过于……淡漠。

她犹豫着要不要上前说点什么，缓和一下这冷到冰点的气氛。

"你们啊……"未料，她才刚这么想，陆和晏突然又轻轻叹了口气，他半个身子往后靠着，眯了眯眼，"有什么好保护的？！我是三岁小孩吗？！"

他扬了扬眉，指尖有一下没一下地点在自己的裤子上："年纪小小的，好好工作，好好生活，瞎追什么星？！你要一直记着，你们人生的重心是你们自己和你们身边的家人、朋友……总之，不能是我，你们更不应该为我而做出对自己有害的举动。"

他顿了顿："就像我的人生的重心不可能是你们一样。我有我自己的路要走，我也不可能会为了你们，而改变我自己人生的轨迹。"

他的语调舒缓、轻慢，又那样直接、不留余地，完全不给人遐想的机会。

舒窈看见小姑娘的眼睛都红了。

但红归红，小刘心里还是有几分感动的。她追星多年，如今又是半只脚踏入娱乐圈的状态，见多了明星与粉丝的相处状态。很多人都是当着粉丝的面，温柔可亲，可一旦背离大家的视线，举手投足间，根本就没有把粉丝放在与自己同等的位置上。

这还是她第一次听见一个明星说——你不要把过多的精力放在我的身上啊，你要过好你自己的生活，毕竟，我也是有自己的路要走的。

我们彼此之间是独立的，只不过在这一段路上，我们遇见了，然后相互扶持了一下罢了。

偶像之于粉丝是精神支柱，是心之所向，粉丝又何尝不是在尽自己所能地支持着自己喜欢的人，让他们放心地走出每一步。

小刘摸了摸自己的鼻子，一颗心被烤得暖烘烘的。她往后退了一步，有些郑重地看着陆和晏，轻轻歪了歪头，声音俏皮，隐约带了几分哭腔。

她说："能喜欢你，真的很好啊。"

她们家小鹿，真的是一个很好很好的人啊。

而此时，她们的很好很好的小鹿，正在为来到樱里后的第一顿饭发愁。

这个大房子好看是好看，可柴米油盐酱醋茶样样没有。舒窈的肚子饿得咕咕叫，已经引起了陆和晏的好几次侧目，她窘迫得满脸通红，为自己找回场子："你不饿吗？"

陆和晏睨了她一眼："饿。"

舒窈："那你的肚子怎么不叫？"

陆和晏于是就似笑非笑地看着舒窈。

舒窈也觉得自己刚刚那个问题问得太傻了，讪讪地闭了嘴，趴在桌子上，开始一遍又一遍地重复："我好饿哦！"

陆和晏看着她，许是嫌她太吵了，没两分钟，就径自出了门。

舒窈撑着下巴抬起脸，对着摄像头问："他怎么突然走了？他干吗去了？"

当然没有人回答她。

她又去找出节目组给他们准备的旅行包，里面除了几个广告商赞助的护肤品外，就没有别的东西了，她生无可恋地瘫在沙发上："我不会被饿死在这里吧？"

她话音才落，陆和晏就回来了，不仅回来了，手里还拎了个篮子，篮子里有稀稀落落的几棵生菜、西红柿、鸡蛋和一包挂面。

舒窈眼睛都睁大了："你从哪里弄来的这些？"

陆和晏又睨了她一眼："你是不是没看任务卡？"

舒窈打开自从进门后就被她打入冷宫的任务卡，看到任务卡的最下方有一行小字写着：悄悄地说，节目组为你们准备了一个惊喜大礼包哦，快快去寻宝吧！

舒窈看完，又看了看篮子里的“惊喜大礼包”，脸上不由得露出一个一言难尽的表情。

“节目组也太抠门了吧……”

陆和晏对此不置可否，转身将东西提到厨房里。

舒窈又四处逡巡了一下，看到墙壁上挂着鱼钩、渔网之类的东西，想着下午他们可以去钓鱼，开开心心地准备向陆和晏请示时，却见男人已经挽起了袖子开始做饭了。

他将来时穿着的外套脱掉了，此时身上就只有一件黑色的毛衣，毛衣很宽大，松松垮垮地罩在他的身上，无端显得身形愈发修长、好看了。

也不知是谁给他挑的衣服，这模样看起来竟然意外地……甜，甜里头还夹杂着三分不羁。

舒窈靠上厨房的门框，佯装不经意地问：“你什么时候学会做饭的啊？”

她记得以前这位大少爷可是十指不沾阳春水的。

有一回，她生病了，可爸妈又不在家，哥哥也在外地上学，陆和晏来看她，他不知道在哪搜到一堆照顾病人的攻略，非要给她煮粥喝。

舒窈那时也没自己做过饭，但想着粥这样简单的东西，煮起来应该也不难，便由他去了。结果，那次他差点把她家的厨房烧了，最后还是出门买菜的阿姨回来了，才把乱糟糟的厨房收拾好。

从那以后，舒窈就不敢再让陆和晏进厨房了。

可此时陆和晏的手法娴熟极了——切菜娴熟，打蛋也娴熟。

女孩的思维发散得漫无边际，她忍不住又想，这么多年，陆和晏究竟吃了多少苦，才会长成这个和从前完全不同的模样。

紧接着，她又被自己的脑补弄得心疼又心酸极了，胸腔突然胀大，被人填进去一股带着不明情绪的气流。

陆和晏却不知道她的思绪都飘到了哪里，等水煮开，将面条扔进去，又搅拌开后，才漫不经心地回道："有几年了。"

舒窈的眼神一暗，想到当年的事情，也低着头不敢再开口了。

下午，他们还是没能捕成鱼，因为下雨了，西南的天气变幻无常，尤其多雨。

节目组把他们的手机都收走了，舒窈没了娱乐活动，只好坐在窗前看书，只是那书页半天也没翻过去，她满心都在想：也不知道这雨什么时候才停？他们的晚饭还能不能有着落了？

她实在无聊得很，想去找陆和晏说点八卦解闷，可这里的摄像头比他们在梨花里时夸张多了，是不能乱八卦的。于是，她又跑回房间里拿了本记事本出来，在纸上涂涂画画了两分钟，才把本子推到陆和晏的跟前。

后者正在认认真真地看书，面前冷不防多了个东西，他微微一愣，有些茫然地抬起头来，好久才反应过来，看到本子上舒窈歪歪扭扭的字迹：我们聊聊天呗。

陆和晏轻轻嗤笑："幼稚。"

舒窈："哎呀，你配合一下又会怎么样？"

陆和晏继续低头看书："不配合。"

舒窈："但我好无聊。"

陆和晏："看书。"

舒窈："不想看书。"

陆和晏就不理她了。

他们来到这种地方，好像下意识都暂时压下了那些生活中的琐碎纠葛，相处方式竟是难得的放松。

舒窈又站在门口听了一会儿雨声，拿出相机拍了两张照片，还是无聊。

于是，她又坐回到桌前，拎起那本被陆和晏嫌弃的记事本，继续在上面写：聊聊呗，聊聊呗。

想了想，她又补充：求你。

她小心翼翼地将记事本推到陆和晏的跟前。

陆和晏瞥了一眼上面的字，顿了片刻，终于还是被她磨得怕了，放下书，声音冷冷地问她："聊什么？"

舒窈在本子上写：梁菲菲以前对你做过什么？

负责他们这一组的副导演也注意到了他们这边的动静，问他们："你们干吗呢？"

舒窈等着陆和晏的答案呢，哪有心情理别人，故而大声地回道："聊天！"

副导演指挥摄像师："去拍拍内容。"

舒窈顿时如临大敌，伸手就去夺本子，想将它藏到自己的怀里。

谁知陆和晏此时似乎也有相同的想法，于是两只手握在一起，舒窈没有他力气大，直接被他带进了怀里。

清冽的雪松香味一股脑儿地涌入她的鼻腔里，她的脑袋就抵在他的胸膛上，头顶抵住了他的下巴，一只手撑在他的腿上，另一只手则是匆忙之际为防止摔倒，而搂住了他的腰。

舒窈的耳根倏地一下就红了，她觉得自己此刻大概十分像一只烤虾。

她保持着僵硬的姿势半晌没敢动，须臾，许是头顶的男人觉得不耐烦了，声音冷淡地问她："你还不起来？"

男人的声音清冽而温雅，这样近距离地听，似乎更加撩人了。

于是，腾地一下，舒窈的脸更红了。

她匆匆忙忙地从陆和晏的身上起来，此时导演也没再拍那本记事本了，眼睛闪着光地朝他们竖起大拇指，脸上的表情仿佛在说："你们很懂啊！"

舒窈尴尬得手都不知该往哪里放，眼睛胡乱地瞟着，又看见她刚刚问陆和晏的那个问题，想知道，可这会儿又不知道该怎么若无其事地进行下一个话题。

她正纠结，突然伸过来一只手，将那本记事本拿了过去。

陆和晏伸长两腿，起身从旁边的书架上拿下另一支笔，也不知是出于什么样的心理，居然认认真真地回答起了她的问题。

彼时，陆和晏他们还在参加那档选秀节目，半决赛的时候，节目组为了节目好看，给每一支乐队请了一个明星来帮唱。

后来，大家都知道了，给陆和晏他们帮唱的人就是梁菲菲。那时梁菲菲虽然还没有现在这么红，但也有了一些名气。在彩排期间，她一直对陆和晏照顾有加。

陆和晏本来对她印象还不错，觉得多交一个朋友也没什么不好，所以在最开始的时候，他们两人的相处还是很愉快的。

可谁知那天录完节目聚餐时，众人都喝多了，于是节目组直接在酒店的楼上开了房间，分别给他们住下。

陆和晏睡到半夜，隐隐约约听见有人敲他的门。他虽然半只脚才踏进娱乐圈，但圈子里的那些龌龊，他还是听说过一些的。一个男明星住在酒店里，半夜给人开了门，这样的新闻放在哪里似乎都不太好看。

可门外的人见敲门不行，又打了他的电话，他一看，是梁菲菲。

他皱了皱眉，假装自己才睡醒，用含糊的声音叫了一声梁菲菲的名字。后者的声音里却似乎带了一点哭腔，她说："小鹿，我这边好像遇到了一点麻烦，我可以去你房间里躲一下吗？"

她的语气焦急，不似作假，陆和晏犹豫了片刻，想到对方这几天对自己的照顾，终究还是开了门。

谁知他的门刚刚开了一条缝，梁菲菲就直接抱住了他。，他静静地站着，两只手背在身后，瞬间便明白过来自己这是被人设计了。

"摄像头里拍到的便是梁菲菲笑着敲我的门，后来却满脸愤怒、衣衫不整地出去了。"

陆和晏扯了扯嘴角，有些自嘲地这样写道。

舒窈简直震惊了："然后呢？"

陆和晏继续写字："从接到梁菲菲的电话的那一刻起，我就开始录音了。"

他说得云淡风轻，可舒窈能想象出当时情况的险恶，一个还未出道的选秀歌手若出现这样的负面新闻，无异于自杀。以后他不仅出不了道，唱不了歌，演不了戏，甚至连作为一个人的人品亦会长久地受到质疑，也不知道究竟是谁非要这样将他往死里整。

舒窈说："我有点想不明白，梁菲菲这么做的理由是什么？"

陆和晏顿了顿，眼里忽地漾起一抹似笑非笑的意味，他说："你还记得王铭吗？"

王铭是陆和晏的发小，决裂了的那种发小。

他们从小一起长大，年纪又相仿，难免会被大人拿来比较。可偏偏陆和晏这人像是人生开了挂，每样事情都做得特别好。

小一些的时候，他学钢琴、学油画比王铭学得快，后来被爷爷们拉去练枪，也比王铭瞄得准。而从小到大，不知是不是孽缘，他们一直被分在同一个班级里，他的成绩也始终压着王铭一头。

所以，王铭和陆和晏其实算是从小就不对付。只是，那时候陆和晏并没有发现他们两个不对付罢了。

王铭大他几个月，性格比他温和、稳重许多，总是像兄长一样照顾着他。

陆和晏的母亲早早地就去世了，父亲又工作繁忙，常年不在家，爷爷毕竟年纪大了，和他没有多少共同语言。故而，在他小的时候，有很多很多年，同他关系最亲密的人大抵就是王铭了。

甚至在他十八岁以前，你若问起他最信任的人是谁，他只会给你两个答案：舒窈和王铭。

可偏偏就是他最信任的这两个人，一个在他最需要陪伴的时候，悄无声息地退出了他的生命。

另一个则像是突然变了一个人一样，完全收起了从前的温文尔雅，极尽所能地对他进行嘲讽、羞辱，甚至是故意设局伤害他。

那天的雨一直下到深夜，舒窈也失眠到了深夜。

隔天，舒窈顶着巨大的黑眼圈，一大早就被工作人员从被窝里拉起来。她双目无神地在床上坐着，起床气发作，不停地嘟囔："我觉得我才睡着……"

工作人员闻言，便笑她："小鹿都把早饭做好了哦。"

这下，舒窈瞬间便醒了神："你们怎么也不早点叫我……"

工作人员无言地抿唇笑。

他们今天的任务是给村子里的老人送信。

如今通信技术已经这样发达，很少有人写信了，舒窈念完任务卡，还以为这是节目组事先安排好的，让大家临时写的信。未料，导演却似乎猜到了她心中所想，慢吞吞地吸了口烟，说："是真的信。"

老人不像年轻人那样对新事物接受得那么快，在这个古老的村落，人与人之间联系依旧是通过信件。

舒窈想起以前看的那些电影——邮差送信时，发现一堆无人接收的信件，紧接着便能牵扯出一段动人心扉的爱情故事。

舒窈拍拍陆和晏的胳膊，一副跃跃欲试的模样："你说，我们会不会也能挖出一个惊天动地的故事啊？"

他们要走路去邮差的家里，山路崎岖，原本节目组给他们准备了一辆电动三轮车，可他俩都不会骑，舒窈一边骂节目组抠门，连辆车子都不给他们准备，一边慢吞吞地跟在陆和晏的后面预备走路过去。

路上的沙尘被风扬起来，陆和晏将自己的帽檐往下压了压，挡住一点灰尘，低头看了眼舒窈搭在自己身上的手，没回答她。

这个村子不大，他们很快就走到了邮差居住的地方，遵照嘱咐，把邮包接过来。陆和晏背着，舒窈跟在旁边打下手。

但他们到底还是借了一辆摩托车来，很破旧的那种，上面的零件叮当作响。

舒窈戴上头盔，坐到陆和晏的后面。他人虽然清瘦，但个子很高，肩膀也宽阔。他在前面将风和沙尘都为舒窈挡住了。

女孩好像天生对摩托车就有一种浪漫的情怀，这很奇妙，明明摩托车是那样冷硬的事物。

她坐在后面，连手都不知道搁在哪里好，想去抱住他的腰，又不敢抱，犹犹豫豫，车子突然启动，她身子一晃，直直地抱住了前面的人。

陆和晏的身子似乎也僵了一瞬，呼啦啦的风声里，舒窈听见他淡淡地说："你松一点。"

她没明白，啊了一声。

陆和晏说："你抱得太紧了。"

这次声音里带了点笑，像是为了安抚她，他拍了拍她的手："松一点。"

舒窈觉得自己全身都热起来。

送信的过程中，她一直恍恍惚惚，一天过完，信件全都安全送达，也没有什么特别的故事发生。

节目组还算有良心，给他们包了晚饭，在他们吃完后，却又送了一张任务卡过来——

"写一封信，给从前的那个你。"舒窈低声念着，吐槽，"这么俗气的吗？！"

副导演给自己"挽尊"："这个'你'是有玄机的！"

舒窈不太感兴趣："哦？"

副导演说："这个你可以是自己，也可以是别人。"

舒窈抓耳挠腮，不知道该写什么，能写什么，毕竟摄像机还拍着呢。

她抬头去看陆和晏，男人正坐在她的斜对面，暖色的灯光笼着他，侧脸干净而温柔。

她咬住笔头，叫他："阿晏。"

陆和晏抬头，询问地看向她。

舒窈说："你写给谁？"

陆和晏脸上的表情忽而有些奇异。

舒窈又问："写给你自己吗？"

陆和晏："不是。"

舒窈："欸……那是？"

她站起身，隔着宽宽的桌面去看他面前的卡片，干干净净的纸面上只有一行黑色的小字，是李白的：弃我去者，昨日之日不可留。

——弃我而去的昨日已经过去，不必挽留。

舒窈眼神微滞，见陆和晏直接将那张卡片抓起，塞进信封里，不知想到了什么，侧过头，问她："你知道怎么把这个东西寄到过去吗？"

那晚，他们喝了村民们自己酿的梅子酒，有青梅酒，也有杨梅酒。酒微甜，微涩，夜里，他们把信塞进铁盒子里，扛了锄头，一起上了山。

山间的夜风有些沁人心脾的凉，节目组不知在想什么，居然在这山路上开起了直播。

他们节目的第一期明晚要开播，大抵今晚是为了预热，同时直播的还有其他两组的人。

负责直播的手机是由工作人员拿着的，舒窈他们的直播间刚刚打开，就涌进来好多人。

——快告诉我，我大晚上究竟刷到了什么好东西！

——这么晚了，小鹿和舒窈要去哪里啊？

——是我看错了吗？小鹿扛着的是……锄头？

……

陆和晏离镜头远一些，没看弹幕。舒窈无聊，于是就挑着粉丝的留言给他念："小鹿！你扛着的是锄头吗？！"

她突然提高声音，一副要搞事情的语气，陆和晏不知道她又在发什么疯，一脸冷漠地回："你自己选的锄头，你不认识？！"

舒窈一噎，看见弹幕里的人都哈哈大笑起来，她故作委屈："你们好没良心，我难道不是在为你们谋福利吗？！"

——哈哈，对不起，小鹿这个傻直男，我带回家了。

——小鹿：不然你以为我为什么到现在还是单身？！

——楼上的楼上要点脸好吗？小鹿是我家的，谢谢。

舒窈一边念弹幕，一边有意无意地撩陆和晏玩儿："小鹿，粉丝问你，你知道你自己为什么至今还是单身吗？"

她平时都叫他阿晏，今晚却跟着粉丝一直不停地"小鹿，小鹿"地喊，他听得很别扭。这时，他单手拎着锄头，另一只手插在口袋里，有些无聊地晃了两下。

"我为什么一直单身，你还不知道原因吗？！"

他似乎一副无所畏惧的样子，讲起话来一点也不顾忌。舒窈看了看弹幕，满屏都是问号和感叹号。

她抿了抿唇，为了避免林书雅过来把他俩杀了，她只好说点什么来给他找补找补。

"我怎么会知道？！"她的声音糯糯的，"你忘记啦，我们才认识几天而已！"

她想的是，她回国没多久，自陆和晏出道以来，她也没有跟他有过什么交集，所以说他们刚认识几天，似乎也没什么不对。

她话音才落，陆和晏就忽然停下了脚步。

山路上竖着一排路灯，灯光明亮，微凉的山风一阵一阵地往他们的身上刮。陆和晏用拇指搓了一下鼻尖："我就不说你哪里错了。"

舒窈："啊？"

她低头，看到弹幕上的——

——欲盖弥彰！

——我本来还不觉得有什么，可这……

——舒窈和陆和晏是高中同学，还有人不知道这件事吗？！

舒窈的脸都涨红了，她怎么忘了这一茬儿。

她捂了捂脸，彻底不想说话了。

“我刚刚跟你们开玩笑……”但她还是要把自己的话圆回来。

弹幕里依旧是一片热闹，大家明显不太相信她的话。她正想着还能说点什么，直播间里似乎突然涌进一群新人，那些人一进来，就不由分说地骂起人来。

——舒窈真的是够了，哪来的十八线小透明，就只知道蹭陆和晏的热度？！

——没看小鹿都不想理你吗？！一个人在那自说自话好玩吗？！

舒窈瞥到其中一个人的网名：陆和晏和梁菲菲今天结婚了吗？

她有些无言，拿眼角偷偷看了陆和晏一眼，直觉自己似乎给他惹麻烦了。

陆和晏没有看弹幕，自然不知道这边发生了什么事，见舒窈一脸一言难尽的表情，不由得问：“怎么了？”

舒窈嘴一撇，说：“陆和晏和梁菲菲什么时候结婚？”

陆和晏：“嗯？”

“我……不怪我。”舒窈脸都红了，“是你的粉丝问的。”

陆和晏眯了眯眼，探过头来，此时弹幕里已经没再吵得那么凶了，那些骂人的话也被陆和晏的粉丝刷了下去，但刚才的硝烟到底还留下了一些。

他伸手在手机上滑动了两下，问粉丝：“刚刚怎么了？”

他的声音一贯冷淡，粉丝在心里呐喊了半天“好撩”，手已飞快地打字：刚刚梁菲菲的粉丝把舒窈姐姐骂了。

这个直播间是陆和晏自己的，刚出道那会儿，他一直被林书雅强迫着在这里给粉丝们发福利，后来渐渐忙起来，很少再来了，但粉丝仍在帮他打理着。

他停下脚步，伸手将手机摆正，问："房管在哪里？第一次进来的小号就别在这里发言了吧。"

语气有些桀骜，夹杂了三分的笑意，像是谁也没放在眼里。

他话音才落，直播间里就出现了一行房管特有的紫色大字：小鹿别担心，已经禁止了。

陆和晏嗯了一声，须臾，弯了弯眼睛："谢谢。"

舒窈跟在后面，也小声地说了句谢谢。

弹幕里立刻又有人开起玩笑来：哟，夫唱妇随吗……

舒窈的脸热了热，别开目光，瞧见陆和晏还在旁边和观众们聊天，也不知道他看到了那一条弹幕没有。

他的声音柔和，语调却懒散，一个一个地回答大家的问题。

"嗯，上山做任务。"

"这么晚了……"他闷笑一声，"是啊，节目组太欺负人了。"

"唱歌？你们想听什么歌？"

"换一个，这首我不会。"

"没骗人……"

夜色渐深，风吹动两边的竹林，风声乍响。

突然，陆和晏开始低声唱："故事开始以前，最初的那些春天，阳光洒在杨树上，风吹来，闪银光。

"街道平静而温暖，钟走得好慢，那是我还不识人生之味的年代。

"大风吹来了，我们随风飘荡，在风尘中遗忘的清白面庞。此生多寒凉，此身越重洋……"

声音清澈而温润，仿佛少年。

第四章

你是忽明忽暗的
不悔时光

哪怕是被覆盖在重重云层之下的月亮，

依旧是明亮的。

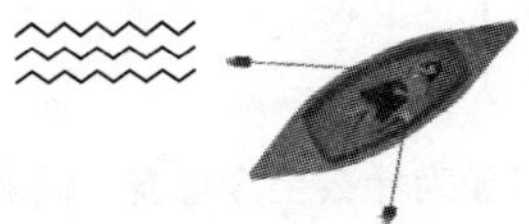

最终那个铁盒子被他们埋在了半山腰一棵据说活了有五百年的红杉树下。

回到住处时，已是凌晨，舒窈觉得自己全身的骨头都散了架。

房子里只有一个卫生间，舒窈实在不想动，瘫在沙发上，让陆和晏先去洗。

窗外月明星稀，她睁着眼望了一会儿天花板，听见手机震动了一下。

迟秋阳在他们群里发了个帖子——《李涛，陆和晏和舒窈究竟是什么关系》。

“李涛”就是理性讨论的意思，舒窈刚开始逛论坛那会儿，对着一堆饭圈缩写，直接傻眼了。经历过一段时间，现在她已经能懂个七七八八了。

她点开那个帖子，一进去就看到发帖的人说：今晚楼主心血来潮去看了下《明星公寓》的直播，进的是陆和晏和舒窈那一组，我觉得这两个人好像有故事啊……

底下贴了几张直播时的截图。

这个帖子在他们刚直播完的时候就发出来了，到现在已经盖了六百多层楼，舒窈大致浏览了一下。

“果然不是我一个人觉得有问题。”

“中间粉丝问陆和晏为什么至今单身，陆和晏说舒窈知道，这是公开的意思吧？”

“公开什么，老同学开个玩笑而已，黑子能不能带点智商看直播。”

“你们的脑洞也太大了，不许人家有朋友吗？”

舒窈看到刚开始还有几个人讨论，到后来直接变成粉丝和黑粉的骂战了，她退回来，看到迟秋阳在微信群里问：“所以，小舒姐和队长真的没在谈恋爱吗？”

顿了顿，他又发了个大哭的表情：“所以，我粉的CP被拆了吗？”

舒窈这才想起迟秋阳说过，他是她和秦疏的CP粉。

她有些哭笑不得，觉得迟秋阳到底还是小孩子心性。

江旭这时也插了进来："舒舒啊，你是哪里没想清楚？居然看上队长这根大木头，你不如看看我！"

李昕："呵呵。"

林书雅："？"

林书雅："你们在说什么？"

江旭："没什么，没什么！"

舒窈回了一串省略号。

江旭："@迟秋阳，你刚刚说你粉的CP被拆了是什么意思？"

舒窈正想看迟秋阳会怎么回答，卫生间的门突然被人拉开。

农家的白炽灯没有护眼的效果，明晃晃地发着光，陆和晏换了件干净的T恤和沙滩短裤，一只手抓着毛巾在自己的头发上揉。

氤氲的水汽从卫生间里飘出来些许。

舒窈的耳朵没来由地红了红，她转开目光，继续看手机。

迟秋阳："嘿嘿，没什么，我瞎说的。"

李昕："呵呵。"

江旭："？"

迟秋阳："你们别转移话题，所以小舒姐和队长今天到底干了啥？"

迟秋阳："@舒窈@陆和晏快出来！我知道你们在家，别躲在里面不吭声！"

舒窈："……"

陆和晏："@迟秋阳，你自己不会去看回放？"

陆和晏："@江旭，你有什么值得让人看上的？"

陆和晏："@李昕，你今天嘴是抽筋了吗？"

他噼里啪啦一阵消息怼过来，舒窈抬头，看见他仍站在刚才的置物架旁边。架子不高，堪堪高过他的头顶几厘米。他的头发还在滴着水，姿态闲散地立在那里。

群里的几人几乎被他怼了一遍，一时间满屏都是省略号。怼完之后，他心情大好地将手机又搁回置物架上，转身去找吹风机吹头发。

房子里很快响起机械的嗡鸣声。

第二天下午，他们就启程回去了，节目的播出时间在晚上八点。

他们这是个网络综艺节目，并不会在电视里播出，故而，晚上一吃过饭，大家就齐齐聚在别墅的客厅里，连接了投影仪，等待观看第一期节目。

原本他们是不想看的，毕竟自己看自己的节目，旁边还有不那么熟悉的人，实在太尴尬了。可节目组的人大概就想要这种尴尬的效果，勒令他们必须坐在一起看。

节目开始之前，他们几个人又分别在各自的微博上宣传了一下。

舒窈他们回来时，带回了很多樱里的村民自己酿的果酒。这会儿一排排果酒摆在桌面上，姜甜去厨房里洗了几个透明的小酒杯拿过来，各种零食也都准备妥当，众人才在沙发上坐下，一边吃东西，一边等节目开始。

还没到八点，网站里就可以搜到节目的更新了，舒窈吸着酸奶，盘腿坐在沙发边的地毯上，想着自己该找什么样的借口离开。她还没想好，音响里就传来节目组的工作人员的声音："舒窈老师，听说您和陆哥是高中同学，方便透露一点你们高中时的故事吗？"

这是她刚上车时，等陆和晏他们那会儿，节目组问她的问题。

陆和晏此时就坐在沙发的另一边，他本来在低头玩手机，听见这个问题，不由得抬起了头。

舒窈觉得如坐针毡。

她倾身去碰鼠标，想将这一段快进过去，谁知迟秋阳像是早就猜到了她的举动，在她下手之前，先一步将鼠标抢走，还得意扬扬地龇牙对她笑。

“小舒姐，可不带这样的啊。”

江旭附和他：“对啊，快进有什么意思？！大家出来玩，不许玩不起啊。”

他还想听听舒窈会怎么回答呢。

屏幕上舒窈似乎是没想到会被突然问到这个问题，表情一时有些讶异，紧接着脸上就浮起了一层职业化的笑：“阿晏那时在我们学校特别受欢迎。”

工作人员：“您叫他阿晏？”

舒窈一愣：“习惯了……”

工作人员：“那看来你们那时关系很好呢。”

舒窈：“是……还不错。”

工作人员：“然后呢？陆哥是怎么个受欢迎法？”

舒窈想了想：“有一次，我们学校高二和高三两个年级举行篮球比赛，结果操场两边的牌子上全写着‘陆和晏必胜’。有路过的高二的男生就问怎么高二的女生都不来给大家加油，结果定睛一看，旁边几个自己班里的女生手里的横幅上写的也是陆和晏的名字。”

其实，那一次的事情，真正能证明陆和晏受欢迎的地方并不在于连高二的女生都在为他加油，而是因为，那天恰好是陆和晏的生日。舒窈一大早就去校广播站里为他点了首歌，祝他生日快乐，同时祝他下午的篮球赛好好赢一场。

他平时在学校里人缘好，谁不愿意给寿星一点面子？！

所以那些横幅其实是大家故意这么写的。

当然，舒窈没有跟工作人员说这么多。

她抬头看向陆和晏，发现对方正低着头，不知在和谁聊天，也不知道有没有听到她刚刚的回答。

接下来的节目就只是一些大家平时的生活片段的剪辑了，节目大概有自己的故事主线，并没有将重点放在舒窈以及迟秋阳与梁菲菲的关系似乎不太和睦上。

这是因为节目组没有往这个方向引导，甚至还在帮他们掩盖，但网友还是从蛛丝马迹中发现了一点端倪。

舒窈靠在沙发边缘，摸出手机去论坛里看了看，首页好几个热帖都在讨论他们今天的节目。

“不知道你们有没有注意到四十一分十二秒那里，梁菲菲看舒窈的眼神，简直绝了，哈哈！”

“是我的错觉吗？迟秋阳是不是不太喜欢梁菲菲啊？”

“哎呀，陆和晏和梁菲菲也太甜了吧！”

“不知道楼上从哪里看出来的甜，要我看，还没有陆和晏和舒窈甜。”

“舒窈的粉丝能别来找存在感了吗？！烦不烦啊，一天天的。”

于是，好好的帖子最终的走向又一次变成了真爱粉与黑粉的大战。

舒窈看多了，早就习惯了，倒也没觉得意外。等退出论坛抬头时，她发现陆和晏不知什么时候离开了客厅。

她四处逡巡了一圈，还是没看见他。

这时，迟秋阳突然给她发了一条微信：“报告！队长在阳台！”

舒窈有些无言：“你告诉我这个干吗？”

迟秋阳：“你不是在找他吗？”

迟秋阳：“虽然你拆了我的CP，我很伤心，但我们队长是一个好人！”

舒窈：“？”

你给你们队长发好人卡，他知道吗？

舒窈没再回复迟秋阳，她撑着沙发坐起来。

迟秋阳抿住嘴，对她的“口嫌体正直”表示深深的嫌弃。

舒窈也注意到他的表情了，有些赧然，她端了两个装满梅子酒的酒杯，慢悠悠地往阳台走去。

为了看节目，客厅里的灯是关着的，此时阳台上也就只亮了一盏小壁灯。壁灯很小，光线微弱，幽幽地泛着暖暖的黄光。

陆和晏倚在围栏上，正在打电话。

舒窈不好再往前走，不然，有偷听别人打电话之嫌。她就远远地站着，看他微微低着头，狠狠地吸了一口烟，眉头微蹙，一副烦躁极了的模样。

自从和陆和晏重逢以来，舒窈见多了他不耐烦的样子，面对她时，他十次有九次都是不耐烦的，可从没有哪一次，如此刻这般违和过。

舒窈捏了捏酒杯。

怎么说呢？就好像这样的状态，不该出现在陆和晏的身上。

她认识的那个陆和晏，从来都是活得肆意、舒展、游刃有余的，他是站在金字塔尖儿的人，合该受到所有人的仰望与喜欢，而不该像现在这样，好像被人压弯了腰，折断了脊梁。

她将手里的酒杯放下，索性又走回去，拎了两瓶未拆封的梅子酒过来，摇摇晃晃地往阳台走。梁菲菲在身后问她：“你这是要干吗去？”

舒窈回头看了梁菲菲一眼：“喝酒。”

她的语气冷淡，梁菲菲翻了个白眼，没再接她的话。

这时，陆和晏的电话已经挂断了。

他大概也看到了舒窈这边的动静，就靠在那里，看着女孩一点一点地走近他。

他的心里涌起一阵莫名的情绪，方才因为那一通电话而带来的所有烦恼忽地就消散了些许。

舒窈停在旁边，将瓶塞取下，看见陆和晏缓和了些许情绪的双眼，顿了片刻，将酒瓶递到他的跟前。

为了给他们留下一点私人空间，阳台上是没有装摄像头的，对面的那个小区旁边最近新建了一排酒吧，酒吧很吵，音乐声响彻云霄。

舒窈走到陆和晏的旁边停下，说：“我从来没想到这里会变成这样。”

她先前怕陆和晏情绪不好，一直没敢跟他提起这个话题，可许是此时借就着月色与酒，她的胆子突然就大了起来。

高中的时候，她和陆和晏就在这个阳台上并肩看过一整夜的星星。

那天是陆妈妈的忌日。

舒窈与陆和晏相识得比较晚，没有见过那个把陆和晏生下来的温柔女人。她甚至不知道那天究竟是什么日子，只知道他心情不太好。她假借想让他帮她补课为由，跟他一起回到他的家里，结果两人却坐在阳台上翻看了半天的相册。

那一本本相册珍藏在陆和晏的小书房里，全是关于妈妈的想念。

虽如此，他的语气却没有丝毫的悲伤，只是嘴角带着笑，同她讲他童年时的趣事。

少年时期的陆和晏，真的是一个很温柔、很温柔的人啊。

舒窈这样想着，忍不住举起酒杯。她继续着先前的话，低低地呢喃："没想到这里居然会开一排酒吧，也没想到，有一天我们会再回到这里，还能这样心平气和地站在一起说说话。"

虽然彼此之间的关系已经发生了天翻地覆的变化，再也不能像以前一样，头挨着头，叙说自己在哪棵枣树下被成熟的红枣砸到了脑袋。

他说得对，弃我去者，昨日之日不可留。

舒窈抿住嘴，到底还是没忍住，她举起酒瓶，虚虚地朝陆和晏做了个干杯的动作。

敬什么？

敬过去已过去，敬我们再相逢，敬未来犹可期。

陆和晏冷冷地睨了她片刻，似乎是对这种矫情的行为不太感兴趣，可就在她以为他不会搭理她的时候，他忽而抬起手，轻轻地在她的酒瓶上碰了一下。

"你明天跟李昕他们几个说一下，我要离开几天。"

陆和晏这一离开，一直到元旦都没有回来。

舒窈本想回北京和家人一起过元旦，可导演非说陆和晏不在，假若她再走，别墅里未免太冷清。

舒窈只好作罢。

这天白天大家都没有工作，中午一起出门聚了个餐，晚饭则是自己做的，每个人奉献一道自己的拿手菜，节目组再提供几道，凑成一桌，庆祝跨年。

舒窈准备的菜是一盘瑶柱百合瓜，做法不难，菜相又清新好看。

迟秋阳不会做菜，想让舒窈帮他，于是一直站在旁边给她打下手。

舒窈无聊，一边切菜，一边和迟秋阳聊天。

陆和晏自那天离开以后，就没了消息，舒窈不知道他去了哪里，去干什么了，也不好意思直接问他，只好有意无意地向迟秋阳打听。

“你知道你们队长什么时候回来吗？”

迟秋阳把舒窈需要的调料都拿了过来，抱了满怀，闻言，回道：“不太清楚，要看他弟弟这次的状况好不好。”

舒窈闻言，却是手一顿：“他弟弟？”

“嗯……”迟秋阳将东西放下，摸了摸鼻子，意识到自己失言了，又想到舒窈和队长那扑朔迷离的关系，觉得也没什么好隐瞒的，说道，“是同父异母的弟弟。”

陆和晏十八岁的时候，才知道陆昭的存在。

起初是一个女人天天来陆和晏的学校门口堵他，求他给她和她儿子留一条活路，后来他又在自家院子的门口，遇见了女人与父亲发生争执。

他不是什么被养在温室里的花朵，略一思索，就知道摆在自己面前的到底是个什么情况了，况且那女人在求他的时候，说的是：“昭昭可是你亲弟弟，你不能视而不见！”

“尽人皆知，我家里只有我一个，哪里来的亲弟弟？！”那时他的嘴角勾起轻微的嘲讽之意，只回了这么一句话。

他懒得理她，懒得去管这些事。他已经高三，再过几个月就要高考，若想实现梦想，此时千万不能松懈。

晚上，他回去后，隐晦地同陆漳洵提了这件事，希望陆漳洵将自己惹下的麻烦处理好，不要再来打扰他。

陆漳洵在灯下皱着眉头，半晌，才低低地说了一句：“我没有背叛过你妈妈，这是意外。”

母亲去世已多年，他其实没那么在意陆漳洵会不会再为他找一个继母了，毕竟他以后要去过自己的人生，老人身边总要有人陪伴，才不至于太孤独。

他唯一烦躁的，不过是陆漳洵在母亲去世不到两年的时间，就为他添了一个弟弟。

但这也没什么大不了的，他对这些事从来都看得通透，逝者已逝，重要的是好好珍惜活着的人与活着的时光。

但少年人骨子里到底倔强，这样的话有些不好意思说出口。他冷冷地嗤笑了一声，说了句“随便你”，便上了楼。

他本以为听了他的话，陆漳洵会很快将陆昭母子接到家里来，可陆漳洵一直没有，一直到他高考结束，这件事都没再有后续，直到那件事发生。

舒窈不忍再往后回忆，轻轻嗯了一声，想起什么似的，又问：“他弟弟怎么了？”

“似乎是精神方面的疾病，具体我也不太清楚。”迟秋阳顿了顿，答道。

舒窈又哦了一声。

吃完饭后，他们又根据台本上的要求，去天台上看了一会儿星星。

这天是晴天，山间空气好，星星铺满夜空。几人各自坐在自己的藤椅上，夸了一会儿星空，又说了几句应该好好保护环境之类的话。

姜甜问大家：“新的一年，你们都有什么心愿？我先说吧，我希望今年减肥成功，越长越好看！”

她长得本就甜美可爱，年纪又小，说完，众人都善意地笑起来。

“我的话，我希望今年高考顺利，成功上岸！”迟秋阳紧接着说道。

江旭在旁边取笑他：“改天哥带你去孔庙拜拜，看看你的文化课能不能多考两分。”

“滚！”迟秋阳踢了江旭一脚，“我的小老师昨天还说我的文化课进步了。”

给迟秋阳补课的是他的同班同学，前几天他忘记带资料了，别墅里只有舒窈一个人，她给他送过去时，舒窈曾见过她一面，是个很可爱、很乖巧的女孩子。

那时舒窈还曾恶趣味地调侃过他：“林姐可说过不准早恋的哦！”

她本来只是随口一说，哪想迟秋阳居然脸红了：“小、小舒姐，你别乱说……”

他还结巴上了。

舒窈摸摸下巴：“你不会真的在早恋吧？”

“哪有！”迟秋阳撇了一下嘴，“然然不喜欢我……”

原来小姑娘叫然然。

“还没追上啊？”舒窈问。

迟秋阳低低地嗯了一声，转而想起自己居然被舒窈套了话，脸色一下就黑了。

迟秋阳：“你别跟队长说啊。”

舒窈说：“你难道不应该让我别跟林姐说？”

迟秋阳哼了一声：“别以为我看不出来你和队长之间的猫腻。”

舒窈：“……”

大概迟秋阳那点心事，在他队友面前都是公开的秘密，这会儿听到他的话，李昕和江旭都心照不宣地露出笑容。

迟秋阳有些恼羞成怒，又踢了江旭一脚：“别废话，你的愿望是什么？”

江旭想了想：“写几首满意的歌吧。”

江旭大学读的是音乐学院，是他们团的创作担当，迟秋阳也没觉得意外，又问李昕：“昕哥呢？”

李昕大概觉得这都是小孩的玩意儿，有些兴致寥寥，不太想参与。可其余几人看他的目光实在热切，他顿了顿，胡乱找了个说辞：“希望队长新一年过得好一些吧。”

姜甜惊呆了：“李昕哥哥这么无私的啊？”

李昕笑着嗯了一声。

其实，他不过是不想透露自己的心事，胡乱把陆和晏拉出来挡枪而已，也就姜甜这种小姑娘能当真了。

江旭在旁边吐槽他：“你也忒不厚道了。”

姜甜又转头问梁菲菲：“菲菲姐呢？”

刚刚他们几个聊得热闹，梁菲菲插不上嘴，脸上的笑都僵硬了。见姜甜主动喊了自己的名字，她正了正身子，下一秒就说：“新的一年，希望自己能远离小人吧。”

舒窈觉得自从江欲雪的角色风波过后，梁菲菲好像整个人的心态都变了，再也不屑于维持先前的伪装，每一句话里都藏着深意。

那几天舒窈和梁菲菲的事情在网上传得沸沸扬扬的，大家多多少少都了解一些，这会儿脸上纷纷露出尴尬的神色，没想到最后却是李昕给大家解了围。

他站起来，说：“既然要许愿，大家就要整整齐齐的，一个都不能缺，不如给老陆打个视频电话吧？”

他说着，手上已经做出了行动。

为了能够让陆昭避开这个给他造成了巨大心理阴影的环境，他的大学是在英国读的。

李昕的视频发过来时，陆和晏刚把陆昭安抚好。他轻轻关上房门，退出来。

他那里还是白天，干净的阳光穿过百叶窗照进来，在他的脸上投下一片斑驳的光影。

他将手机拿在手里，脸直接对着镜头，但即便这样，仍让人无法忽视他好看的五官。

梁菲菲在后头，说了一句：“小鹿这皮肤可真让人嫉妒。”

“呵，我从高中开始嫉妒到现在了。”李昕也顺口酸溜溜地接道。

陆和晏斜倚在墙上，没心情听他们恭维，懒洋洋地问：“什么事？”

迟秋阳说：“队长，你快点许个愿望！”

陆和晏：“嗯？”

迟秋阳解释：“新年愿望，我们每个人都许好了！”

“那你们都许了什么？”

迟秋阳开始跟他一个一个复述大家的心愿，说到舒窈时，才恍然想起：“我突然想起来，小舒姐是不是还没许愿？”

李昕刚刚把手机竖在桌面上，迟秋阳说着，就伸手把舒窈拉到镜头的正中间。

“现在你俩开始许愿吧！”

舒窈：“……”

为什么她觉得哪里怪怪的，好像两个人要拜堂似的。

陆和晏也是听闻这话，才将目光移到屏幕上来。

天台上冷，舒窈在衣服外面罩了件十分宽大的白色羽绒服，羽绒服的领子上围了一圈人造皮毛，也是白色的，托住她一张脸，显得格外小，却也格外明媚。

他定了定神，慢悠悠地走到沙发旁，将手机搁在桌子上，双腿叉开着，靠在沙发上。

“那许一个呗。”他催促舒窈。

舒窈觉得她站在那里跟个傻子似的，手指在两侧蜷起，顿了片刻，却是说：“我的愿望和李昕的一样。”

“哦？”陆和晏从茶几上摸了根烟点上，“李昕的愿望是什么？”

他刚刚一直在想陆昭的事，没仔细听他们说话。

迟秋阳张嘴就想答话，被江旭制止了。

这效果无异于凌迟，舒窈吸了口气，说：“等这期节目开播的时候，你自己看回放。”

陆和晏似乎是轻笑了一声，也没再为难她。

姜甜伸过头来问：“那小鹿哥哥想许个什么愿嘛。”

“没什么想实现的。”陆和晏将烟灰弹在旁边的烟灰缸里，突然又想起刚刚陆昭睡觉之前，抱着平板电脑看《明星公寓》新一期的节目，期期艾艾地问他：“哥哥什么时候给我带个小嫂子回来啊？”

那时，节目刚播到半夜舒窈给他倒水的地方。

他那时满心烦躁，没有注意，这会儿透过屏幕，才看到舒窈垂在两侧紧张的小手，有种……让人想要欺负的可爱。

陆和晏侧了侧头，顿了片刻，轻声笑道：“非要有的话，谈个恋爱吧。”

这可是条大新闻，姜甜立马来了精神：“那小鹿哥哥喜欢什么样的女生？”

陆和晏想了想高中时舒窈的模样，那时她是短发，堪堪在脖颈处，皮肤很白，每一次和他说话的时候，眼睛里都好像有光。

他倾身将烟摁灭，心想，除了好看一点以外，好像也没什么特别的。

但他那时候为什么就那么喜欢她呢？

于是，在众人期待的目光下，陆和晏只慢吞吞地给出两个字：“好看。”

这范围可就大了。

这期节目播出的时候，陆和晏的微博评论里几乎被粉丝们各式各样的照片刷屏，大家的文案还很统一：小鹿，你觉得我好看吗？

当晚这句话就被挂在了热门话题上，那几天陆和晏去哪里，都会被人拿这句话打趣。

当然，这都是后话了。

但听了陆和晏的回答，姜甜等人也着实惊讶了一番，姜甜愣了片刻后，开始痛心疾首："没想到小鹿哥哥居然是个颜控！"

挂掉电话以后，节目组布置下来的任务，他们也都完成得七七八八了。

舒窈累得不行，跟大家道了声晚安，就回房睡觉去了。

她睡时才十点多，没想到半夜一点的时候，又被噩梦惊醒了。

她忘记拉窗帘，此时房间里倾泻了满屋子的月光，她犹未从方才的梦境里抽回神来，胸脯因为急剧呼吸而不断起伏着。

她张了张嘴，觉得嗓子有些干，但许是被噩梦吓到了，她暂时有点不敢动。

她不敢开灯，也不敢下楼去倒水喝。

翻了个身子，她摸到睡前放在床边的手机，于是摁亮屏幕，看到微博给她推送的一则新闻——当红乐队 Gruis 的主唱陆和晏的父亲身份被曝光，对方疑似是漳和地产的前董事长陆漳洵。已知陆漳洵于 2013 年 8 月杀害了自己的情人后被捕，×× 娱乐的记者已联系到陆和晏的经纪人询问此事，对方暂时未给予回应。

这条新闻的推送时间是两个小时前。

舒窈一下子就从床上坐了起来，先前的恐惧瞬间又被新的恐惧驱散了。

她点开新闻仔细看了看，原来是他们第一期节目播出后，有人扒出了他们录制节目的这栋别墅是陆漳洵的旧居。

陆漳洵本身就是国内比较有名的一位企业家，当年的那条新闻，又闹得很大，三岁小儿或许都听家里的大人提过两句。

网友的能量永远是让人无法预计的，他们翻以前的新闻来对比时，发现镜头里那一闪而过的小男孩有点像陆和晏。

她翻出陆和晏的电话号码拨过去，打了好几遍，那边一直没人接。就在她快要放弃的时候，他才给她回拨过来。

她怕吵醒隔壁的人，披了衣服走到天台上，陆和晏的声音在静夜里显得有些沉，如淙淙的流水滑过耳郭。

天台上风很大，她觉得自己的脸被寒风刮得有些疼，听到陆和晏疑惑地叫她的名字："舒窈？"

说起来，这还是重逢之后，她第一次给他打电话。

陆和晏说："我刚刚在跟林姐用电脑视频，手机放在房间里没拿，你有什么事吗？"

舒窈仰着头，手都被冷空气冻僵了。

许是听到了她这边吸气的声音，陆和晏问："你在外面？"

"是啊。"舒窈呵了一口气，想说的话在舌尖辗转了半天，仍旧找不到说出它们的方式。

陆和晏低笑了一声："你不要告诉我你大半夜不睡，就为了爬到天台上看月亮。"

"是又怎么样？！"舒窈的声音软绵绵的。

她窝在藤椅上，想着自己要不要下去拿床毯子过来，又听陆和晏问："好看吗？"

"好看。"舒窈抬手挡住一只眼睛，只用另一只眼看着天空。月亮还是上弦月，弯弯的牙儿状，挂在天幕上。

她将通话收进后台，打开照相机功能，咔嚓一声，拍下一张模模糊糊的照片。

"我发给你了。"

大洋彼岸，陆和晏敛着笑意，双腿交叠着坐在沙发上，打开女孩发来的微信。

手机的像素不够，拍出来的月亮朦朦胧胧的，几乎看不清形状。

舒窈问他："好看吗？"

不等他回答，她又接着说："你收到的图都糊了，肯定不好看了吧，但我在这里看到的它，特别美，纵然时不时有乌云飘过来挡住它，但那只是一时的，风会把乌云吹走，它还是很明亮。

"哪怕是被覆盖在重重云层之下的月亮，依旧是明亮的。"

女孩嗓音温软，娓娓叙说着她对这一点山间月色的感悟，但一字一句间，又何尝不是在安抚他？！

陆和晏胸口微微发起烫来，顿了片刻，轻笑了一声，说："是挺好看。"

模糊的、丑陋的是挡住月色的雾气与云层，不是月亮本身。

他看得清，也从未看轻过自己。

隔天清晨，陆和晏醒来时，就见自家门口蹲了个小姑娘。

舒窈一夜没睡，坐了将近十三个小时的飞机，才赶到伦敦。

那时伦敦刚刚天明，太阳越过重重建筑物升起，她循着记忆找到陆和晏的住所，听到房里没动静，不忍打扰他睡觉，于是一个人坐在楼梯口。

陆和晏开门时，她正抱着双腿，蜷缩在楼梯拐角小憩。

她又瘦又小，整个人都被巨大的羽绒服包裹住了，听到身后的开门声，她瞬间清醒，站起身来，就看见斜倚在门边的、低着脑袋看她的陆和晏。

他的状态并没有她想象得中那么差。

她舔了舔唇，坐上飞机那一刻的果敢和一腔孤勇仿佛都被晨光驱散了一般，此时她的心事暴露在阳光下，有些无所遁形。

她这才觉得尴尬、紧张和忐忑，愣愣地站在那里。

陆和晏脸上的表情仍是淡淡的："怎么找到这里来了？"

仿佛他昨晚的温柔只是她做的一场梦。

其实，她早就知道陆昭住在这里。

她大学也是在伦敦读的，陆昭和陆和晏刚住过来，就有知晓内情的朋友通知她了。只是她从来没有过来打搅他罢了，一是觉得不好意思，二是觉得没必要，当然，她也怕他嫌她烦。她怕他根本不愿意她再在他的生命里晃悠。

况且，他的工作一直在国内，只在逢年过节的时候会赶过来，和陆昭一起过。

这时，陆和晏这么问，舒窈自然不敢说她早就知道，她含含糊糊地啊了两声，在陆和晏审视的目光里，终是举手投降。

“找人打听的。”

陆和晏嗯了一声，没再多问，将门又往里推了推，招呼她：“进来吧。”

她拖了个大大的行李箱，许是因为在路上折腾了一整夜，她伸手去提箱子时，没站稳，一个趔趄，恰好被身后人接住。

陆和晏大概也没料到她会倒过来，没有防备，她的后背直接贴上了他的前胸。男人刚刚洗漱完，脸上还残留着些许爽肤水的气味，他的气息是热的，直接喷在了她的耳朵上。

她的耳尖立马就红了，正想退出来，屋里又传来开门的声音。陆昭看着他俩诡异的姿势，结巴了半天：“你、你、你们……”

这下舒窈连脸也红了，她站直了身体，尴尬地和陆昭打招呼：“你好……”

陆昭有些怕生，怯怯地站在那儿，没吭声。

陆和晏弯腰将舒窈的行李箱拎进屋，回头，瞧见舒窈还傻站在那儿，嗤笑了一声：“进来。”

舒窈尴尬得眼睛都不知该往哪看了，哦了一声，慢吞吞地走进屋里。

陆昭似乎在试图和她交流，半天才鼓起勇气倒了杯咖啡端过来：“你……你喝。”

舒窈说了句谢谢。

陆和晏去厨房端早餐了，陆昭又说：“我看过……看过你的电影，

致舒窈：

我现在在深夜的片场给你写信。蚊子很多，灯很亮，人也很多。

说起来你不要笑话我，我刚刚拍摄的内容，是主角在赴死前给心爱的人写信，我坐在灯下，一度哽咽颤抖得握不住笔。

导演以为我是入戏太深，让小周准备了热水和甜食来安慰我。甜食还是我来影视城之前你塞到我箱子里的，都是你自己爱吃的东西，我突然想给你写信。

傍晚时小周拿微博给我看了，听说舒窈同学白天拍戏时受伤了，我们明明吃饭的时候才聊过微信，但你一个字也没有对我提。

当然我也不会特地打电话过去质问你，只是希望等将来某一天你看到这封信时，可以认识到并改正自己的错误。

希望舒窈同学可以正确认识我们的关系，我是你的男朋友，我爱你，所以永远都不要害怕麻烦我，也不要害怕会打扰到我。

你总觉得自己亏欠我颇多，所以在很多事情上总表现得小心翼翼，尽管关于此类问题我们讨论过无数次，但你似乎从未真正解开过心结。

当初我们分开之后那几年的事情，想来你从林姐以及迟秋阳他们几个口中也有听说，如你所闻，我其实过得还不错。

我向你坦诚，起初我的确有过怨言，也颓丧过好一阵子。我那时年纪小，思考问题不通透，难免会钻牛角尖，这是我的问题，并不是你的问题。

你的错只是不该把那么多问题全一个人扛在身上，丢下我，自己一个人走开。

你从未真正丢弃过我，不是吗？

倘若你觉得亏欠我，那我实际上也亏欠你许多，我不该不调查清楚所有的事情就直接去埋怨你，不该让你一个人承担那么多心事，不该赌气那么久都不去找你……

我的确对此非常后悔。

你看，如果要检讨，我们永远都检讨不完。你不如换个角度来想，也许从前的种种苦难，都是为了磨砺我们的心智，让我们变成更好的人，让我们更加珍惜彼此，让我们更好地相遇。

我无比感谢，我又遇见了你。

写到这里，我突然不想继续写下去了，笔尖无法将我的心情表达出万分之一。

今晚影视城的上方没有月亮，我蹲在角落里给你写信，我看到飞蛾在扑火，我听到无数道声音嗡嗡地响——

舒窈，我想你了。

我想念你，我突然地、迫切地想要见到你。

明天如果是晴天，晚上一起去看月亮吧？你来山上，或者我去山下。

总之哪里都好。

有你就好。

陆和晏

还有综艺节目。你、你是我哥哥的女朋友吗？”

舒窈听到后一句，差点呛到，陆和晏从厨房里走出来，一巴掌拍到陆昭的后脑勺上：“小朋友想什么呢？！”

陆昭似乎只有在和陆和晏说话的时候，才稍微顺畅一些：“我已经成年了……”

陆和晏：“哦，已经成年的小朋友。”

舒窈没忍住，笑出了声，陆和晏回头瞥她一眼，她立马又将笑憋了回去。

陆和晏靠在椅子上，炮口又对准了舒窈：“你来这里，怎么跟林姐说的，她同意你出来了吗？”

舒窈正在给吐司蘸酱，闻言，手里的动作顿了顿，小声道：“我没跟她说。”

“你真是……”陆和晏起身去拿自己的手机，准备给林书雅回个电话，手机还没拿到，舒窈的电话先响了。

陆和晏停下翻通信录的动作：“接吧。”他不用仔细想，都能猜到是林书雅打来的。

果然，舒窈刚接通电话，就听到林书雅的一阵怒吼：“你去哪儿了？”

“在小鹿这里。”舒窈嘴里含着东西，声音有些含糊。

林书雅问：“哪里？”

“陆……”舒窈话没说完，手机突然被人从后面抽了过去。

陆和晏的声音慢悠悠的：“我这儿呢。”

他按开了免提，林书雅大概也猜到了，只是想找他们确认一下：“你们俩现在在一起？”

陆和晏：“嗯。”

林书雅似乎是气笑了：“你们一个两个都给我玩失踪，节目还录不录了？还嫌现在不够乱？”她顿了顿，许是又想起了热搜榜上的事情，声音软下来几分，“什么时候回来？”

陆和晏微微抬眼瞥了舒窈一下："今天。"

林书雅："那行，我也是这么想的，那一切等你们回来再说，热搜的事情，我这边也会控制一下……"

陆和晏："嗯。"

林书雅:"你就别去看了,没什么值得看的,网友嘛,都喜欢跟风……"

陆和晏笑了一声，温声打断她："我知道了。"

林书雅沉默了片刻："那没别的事了，挂电话吧，我先去忙。"

陆和晏又嗯了一声，将手机递还给舒窈。

包还在舒窈的手里提着，被陆昭接了过去，舒窈端着一杯陆昭刚刚递给她的咖啡，浅浅啜了一口，问陆和晏："你跟我一起回吗？"

陆和晏捞过空调遥控器，正在调温度，闻言也没回头。

"你先回。"

"当然一起！"

前一道声音是陆和晏的，后一道是陆昭的。

舒窈又抿了一口咖啡，没说话。

陆昭大概没怎么忤逆过陆和晏的命令，这时心虚虚的，又努力强装镇定："我……我这边已经……已经没事了，哥哥，你就安……安心地去处理你那边的事吧。"

甚至说话的时候，他都不敢直视陆和晏。

陆和晏凝神看了他一会儿："真没事了？"

"你……你总要给……给我机会，让我自己去成长。"他深吸了一口气，抬头看了下陆和晏，又连忙转开目光，"那天你和宋医生说的话，我……都听到了，真正能让我走出来的人，只有我自己。"过了最初的那道坎之后，他说话越来越顺畅了，"哥哥，你可以放心地放手了，我希望你相信我，我可以做到的。"

网上的事情，他都看到了，但他知道自己帮不到陆和晏什么，况且新闻里的那些事，本就是他和陆和晏之间不可言说的灰色地段，他所能做的，只有减轻哥哥的负担。

况且，他现在真的好多了，犯病的次数越来越少了，哪怕当年的事情又一次被人议论，被人这么放在众人眼皮子底下示众，他除了昨晚最开始看到的时候，不受控了一会儿，但只是睡了一晚，他现在已经能够站在哥哥的面前，理智地和哥哥讨论这件事情了。

尽管他还是很害怕，尽管他全身每一个细胞都在叫嚣，都在吵闹，但比起从前，他已经进步很多了。

再说，还有宋医生呢，不是吗？宋医生会一直陪在他的身边的。

他没再看陆和晏，眼睛望向了窗外，恰好有飞鸟掠过，单独的一只，很快消失在浓雾里。

陆和晏低着头，半晌，才摸出手机，给宋淇风发了条信息："我有事回国了，帮我照顾好陆昭，回头请你吃饭。"

那边的人很快回复，笑骂他："你每次都这么说，但从来没请过！我不管，给我打钱！"

陆和晏回了句："陆昭给你转的还不够多？"

那头的人就悻悻地不敢再说话了。

当天晚上，陆和晏和舒窈就坐飞机回了国，临走之前，陆和晏跟陆昭强调半天："我已经给宋淇风发过红包了，你别转钱了。"

陆昭看了眼宋淇风刚刚委屈巴巴地给他发的聊天截图，抿嘴笑了一下："好，我知道了。"

舒窈早上才到，晚上就要回去，这两天一直在路上奔波，没怎么睡觉，打哈欠的时候不小心瞥到了陆昭的小表情，坐在去往机场的车上时，突然想起来，忍不住伸手戳了戳陆和晏："你也太小气了吧？"

她困得眼泪都出来了，纯属没话找话。

陆和晏的态度很冷漠："哦。"

舒窈说："你信不信，现在你弟弟已经把红包给人发过去了。"

陆和晏靠在椅背上，右手搭在额头上，轻轻嗯了一声："我信。"

"欸？"舒窈坐直了身体，"那你还跟他说那么多……"

陆和晏笑了笑："小孩儿心思重，转移一下他的注意力，让他别想那么多。"

他们晚上才到南市。

因为最近正处于风口浪尖处，陆和晏的行程瞒得很紧，下飞机时，倒没被什么人堵住。只是，他们驱车往梨花里走时，突然接到迟秋阳的电话，里面还夹杂着几句李昕的骂声。

"你们现在先别回来了。"

陆和晏问："怎么了？"

迟秋阳开了免提，李昕直接凑过来说："你们在机场的时候，被人拍到了，那帮狗仔一闻到味儿就凑上来了呗。"

李昕显然烦透了那些人，说话也不怎么好听，陆和晏低声笑笑："那也没什么。"

来接他们的是林书雅和小周，听到陆和晏这边的动静，回头问："怎么了？"

舒窈在旁边听到了一点，猜测道："梨花里那边好像被狗仔堵了。"

"这些人……鼻子真的比狗还灵。"林书雅也有些无奈地骂了句脏话。

小周问："那我们现在还回那边吗？"

"但是住酒店也不太安全吧，人那么多。"小周又补充。

舒窈想了想："要不……住我那里？"

"啊？"小周的声音有些惊讶，"小舒姐，你不是北京人吗？在这边也有房子？"他顿了顿，又不无艳羡地说，"果然有钱人的世界不是我这种人能想象的。"

"不算，是我爸妈的房子。"舒窈被他说得有些不好意思，想了想，又补充道，“我以前其实是在南市长大的，高中毕业后才搬去北京。”

“难怪我一直觉得你讲话有些南市口音……”小周嘀咕，像是怕舒窈误会，他又补充，“我没有说你普通话不好的意思，就……你们南方人讲话，和北方人还是不太一样，你们说话就特别好听……”

他一边开车，一边分神来跟舒窈解释，有些语无伦次的，舒窈被他逗笑了：“我又没怪你。”

小周：“哦，也是哦。”

顿了顿，小周又问：“地址是哪儿啊？”

舒窈转头看了眼陆和晏，硬着头皮道：“嘉遇山。”

小周：“啊？”

小周：“这不是梨花里对面那个小区吗？”

舒窈说：“是。”

小周：“那你们确定……我们不会直接被堵在那里吗？”

舒窈说：“嘉遇山的布局比较不同，它看起来距离梨花里很近，但实际上两个小区的大门在相距甚远的两条街道上，正常情况下，是撞不到的。除非那些记者会读心术，知道我们下一步要去哪。”

这两个小区的大门，当年没少让她和陆和晏烦恼过，那阵子，她每天都在抱怨：“如果两个小区中间能通一条路就好了。”

“如果我会飞就好了。”

她嘟嘟囔囔个不停，陆和晏就笑她：“你怎么不说如果你会打地洞就好了呢？”

舒窈拍拍脑袋：“那也行啊！”

女孩微微抬着头，眼里是星光点点，陆和晏移开目光，勾了勾嘴角：“白痴。”

原来这样的时光已经过去那么久了。

舒窈趴在阳台上，看小周兴致勃勃地蹲在沙发上点外卖。

自从知道她要回南市，舒远就一直让人打扫着房间，以便她随时回来住。

她仍睡在先前自己的房间里，陆和晏睡在她隔壁的客房，而小周和林书雅吃完饭后，就离开了。

晚上，舒窈躺在床上，迷迷糊糊想起了好多以前的事。那时她不知会一声离开南市去美国的时候，是真的没想到她和陆和晏还会有这样居于同一屋檐下的一天。

冰箱里还有小周为了凑单点的几罐啤酒，但他要开车，不能喝，林书雅也不想喝，舒窈和陆和晏累了一整天，更加不想碰这东西，于是小周只好不情不愿地将它们塞进了冰箱。

可舒窈这时突然又觉得馋了。

也不是真的馋，她就想喝上几口，驱散一下她积在心底的遗憾。

昨天在伦敦，陆和晏去厨房做饭的时候，一直不敢和她多说话的陆昭突然坐到她的旁边，少年人眼神怯怯地问她："姐姐，你……你还喜欢我哥吗？"

舒窈本以为陆昭不会知道她与陆和晏之间的事情，乍然听见他这么问，有些没反应过来。陆昭见她没说话，又问了一遍："你还喜欢我哥吗？"

只是还没等她回答，陆和晏就从厨房里走了出来，陆昭又坐回到他先前的位置上，低头给她发微信。

他们俩刚刚才加上的好友。

他打字很慢，断断续续的，先是："我哥很喜欢你，那时，很伤心。"

然后是："不要再伤害他。"

最后一条："你还喜欢他吗？"

舒窈一直没有回复他的消息。

她实在不知道该怎么回答他的问题，毕竟连她自己也搞不清自己现在对陆和晏究竟是什么样的感情。

她见到他时，还是会心动，他不经意间的一个小举动，还是会牵动她的心，但不是有人说过吗，每个人面对自己第一次喜欢的人时，都是这样的。

或许这只是惯性，是下意识的反应，而非喜欢。

但是，她又不得不承认，在很多很多个无眠的夜晚，她数羊也无法顺利入睡的时候，脑海里浮现得最多的就是陆和晏的模样。

高中时，他在篮球场挥汗如雨的模样；参加选秀时，他在舞台上唱歌熠熠生辉的模样，那天重逢时，他满脸不耐烦的模样，以及她幻想的、多年以后他穿着简单的白衣黑裤，拉着她去超市买菜的模样。

她打开冰箱捞出两罐啤酒，放在桌子上，找出陆昭的微信，在思索许久之后，终于找到了自己的答案。

她说："是，我还喜欢他。"

她喝了一口啤酒，有些无奈地苦笑了一下。

怎么回事呢？

她居然……还是会幻想能和他结婚，和他生小孩，和他一起白发苍苍，和他一起满脸皱纹但眉眼温柔如旧。

陆昭大概没有看到微信，舒窈等了一会儿，没有等到他的回复，就收起手机专心喝起酒来。

夜色渐深，客厅里没有开空调，她坐了好一会儿，才后知后觉有些冷。

手脚都是凉的，耳朵似乎也在冷空气里暴露了太久，细细的痛感钻入皮肤。

她端着酒去开空调，不小心踢到茶几的腿，她的脚指头还暴露在外面，这么一撞，瞬间疼得眼泪都出来了。

但她又不敢大声叫，怕吵到屋里正在睡觉的陆和晏。

她将啤酒放回桌子上，蹲下来，想查看自己的脚指头有没有肿起来。

隔壁的客房门突然咯吱响了一下，屋子里的人没开灯，但客厅的光很快顺着敞开的门缝洒了进去。

陆和晏穿了身深黑的棉睡衣，许是一时还无法适应屋外的光线，抬起手微微挡住了脸。

舒窈刚刚才和陆昭确认过自己的心思，此时面对陆和晏，心虚得不行，完全不敢抬头，脸几乎埋在了自己的腿上。

但刚刚那一撞实在太疼了，眼泪不受控制地吧嗒吧嗒地落了两滴，她轻轻吸着气，客厅里酒气弥漫。

陆和晏醒过神后，总算察觉到了不对劲，低声询问她："你怎么了。"

舒窈努力让自己的声音正常一些："没事，不小心撞到了茶几。"

她是真的不想让陆和晏看到她现在的模样，不过是撞了一下脚而已，她就哭成这样，实在矫情。

但也不知道究竟是因为刚刚喝下去的那一点酒精在她的胃里起作用了，还是这两天各种事情、各种情绪缠绕着她，又或者——只是她的坏毛病犯了——每隔一段时间就想要哭一哭的日子又来临了，她咬了咬唇，突然发现自己的眼泪怎么也忍不住了。

她不敢发出声音，无声地啜泣着。

冬夜静得不像话，屋子里也没有人再出声。

陆和晏静静地站在那儿看了她好一会儿，终是没忍住，缓缓地走过来，蹲下，抬手揉了揉女孩的头发。

"怎么了？"

这下舒窈的眼泪是真的彻底忍不住了。

她连身体都颤抖起来，见掩饰不过去，她又垂着脑袋摇了摇头："没事。"

陆和晏刚刚揉她的头发时，不小心碰到了她的耳朵，女孩的耳朵小小的，特别凉，被冻得通红。

他起身去拿空调的遥控器，听她声音呜咽还强装无事，心里忽地荡起一阵无名的风，但面上染上了淡淡的笑意："我听人说，女孩说自己没事，多半就是有事了。"

空调打开了，暖暖的风拂过来。

舒窈捂着自己的眼睛，还在小声辩解："真的没事，只是……"只是太疼了而已。

她从地上坐起来，挪到沙发上，不好意思将自己红红的眼睛露出来，拿过旁边的抱枕，盖在自己整张脸上。

茶几上还有喝到一半的啤酒，陆和晏的目光在那上面淡淡地扫过，还以为她遇到了什么烦心事，在这儿借酒消愁。

他转身去冰箱里拿了罐啤酒出来，单手用拇指抠开拉环，随意地站在茶几旁的空地上。

刚刚被舒窈扔在旁边的手机突然闪了一下光，是陆昭发来的微信："你果然还喜欢哥哥……"

陆和晏喝酒的动作微微一顿，舒窈仍兀自羞愤，没发现手机进了新消息。

陆和晏轻咳了一声，瞧见阳台外的路灯下，飘起了白雪。雪片不大，轻飘飘地在空中浮着，像什么小动物的绒毛一般。

他走到阳台上停住，阳台与客厅之间的玻璃门被他留下一点缝隙，他在缝隙外，舒窈在缝隙里面。

他将酒杯放在阳台边的石台上，掏出刚刚随手带出来的烟，点着了，夹在两指之间，没有吸，任烟味儿往鼻子里钻。

舒窈听到他这边的动静，不知道他在干吗，把抱枕往下移了移，露出一双红通通的眼睛，才发现他正神色不明地看着她。

他站的地方光线弱，从舒窈的角度，只能看见他修长的身形和一张忽明忽暗的脸。可没来由地，她的心脏忽地就狂跳起来，比那天从超市回来，姜甜打电话来时，他附在她耳边说话时还要快。

她吸了口气，脚指头的疼痛在这一刻好像全都散去了，再也不值一提。

陆和晏的后背就倚在阳台的栏杆上，声音幽幽的，带着点似笑非笑。

他说："舒窈，你有没有什么话想跟我说？"

不知是被酒精刺激到了，还是被这样静谧的暗夜里突如其来的落雪刺激到了，陆和晏觉得自己似乎有点上头。他仰头吐了口气，福至心灵，突然就问出了这样一句话。

没什么可躲的，人生苦短，很多东西要说清楚了，才能不让误会有机可乘，在他们的生命里留下遗憾。

舒窈却因为他这句话，整个身子都僵硬了起来。

抱枕还在半空中举着，她将它捏成一团，塞在自己的两臂间。

有一点凉风从玻璃门的缝隙里吹进来，和屋里空调的热风相撞，碰撞出一点潮湿的凉意。

她端起桌上被她搁置了许久的啤酒，冰凉的金属罐子在热气的吹拂下，起了一层细细的水汽，沾得她满手都是。

她咬着唇，小声地问陆和晏："你想听什么？"

陆和晏的一根烟已经燃完了，他顺手将烟头在石台上的烟灰缸里摁灭，裹着满身寒气走进屋里，又去衣架上拿下自己的大衣，转身问她："去看雪吗？"

去就去。

舒窈也换了衣服——长到脚跟的羽绒服和一双有长毛点缀着的雪地靴……都是她高中时的衣服了，太久没穿，好在前几天来打扫的阿姨给她晒过，这会儿衣服上还散发着阳光的味道。

围巾也是那时留下的，有些脱线了，她也没在意，松散地在脖子上裹着，嘴巴和鼻子也挡在了厚厚的毛线后面。

两人也没开车，就一前一后地在小区里慢吞吞地走着。走到半路时，舒窈才想起陆和晏现在可是话题人物，万一被人认出来就完蛋了。

她心里着急，脚步也不由得加快了，三步并作两步赶上陆和晏，伸手就去抓他的手腕。

他穿得并不算厚，大衣里面只有一件浅棕色的高领打底衫，舒窈碰到他冰凉的手，脑袋一激灵，就快速收了回来，但脸热了，好像自己在占他便宜似的。偏偏他还停下了脚步，居高临下地看着她，声调慵懒："干什么呢？"

舒窈这才想起自己的来意，她快速解下自己的围巾，踮起脚往陆和晏的脖子上绕。他实在太高，围巾绕不过他的头顶，她只好从前面给他扔过去，又将另一只手绕到他的身后将围巾扯过来。她专心做事，没注意到两人此时姿势暧昧，他悠闲地站着，等她将他整张脸都包裹住的时候，他才低笑了一声，不咸不淡地问她："干什么呢？"

他的声音就响在她的头顶，她连耳尖都热起来："怕你被认出来……"

停了两秒，她又补充："免得连累我。"

陆和晏低头看了眼她被冻得有些发红的手，哦了一声，又问她："你觉得现在有人能进来？"

嘉遇山虽然不是别墅区，但也是一个非常高档的住宅区，这里的安保措施做得很严密，不会随随便便放人进来，遑论现在还是深更半夜。

舒窈看了看陆和晏那张被她包得严严实实的脸，顿时觉得自己真的犯蠢了，闷着声音哦了一声，又踮起脚，准备去扯他的围巾。

只是，这次没等她行动，陆和晏就自己主动把围巾解开了。他解开之后，将围巾又挂回舒窈的脖子上，想了想，又捏起围巾的一头，在她的脖子间一圈一圈地绕起来。

男人眉眼低垂，动作轻柔，他们出门时没拿伞，雪花簌簌地飘洒着。

舒窈清了清嗓子，忽然问他："你想知道什么？"

陆和晏的动作一顿，帮她将最后一截围巾绕上，收回手，揣进大衣的口袋里，淡淡地道："随便吧，都说说。"

第五章

借我
光阴荏苒

她说：

“阿晏，我们以后会分开吗？”

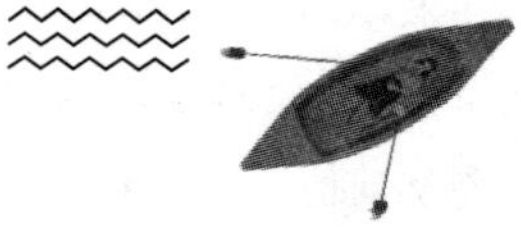

接到舒窈的电话时，秦疏正在和剧组的人一起在KTV里聚会。

是凌晨的光景了，但这样的夜场仍旧热闹得不像话，旁边一个演宫女的女演员正给他递烟，瞧见他手机屏幕上的来电显示，怪笑了一声："哟，您和舒窈还联系着啊！"

舒窈虽然奖项在手，但到底退出娱乐圈多年，最近综艺节目刚上，只有一点点热度，这些新演员看不上她也正常。

秦疏心里这样想着，但面上的神情冷了下来，他没有接陈思思递来的烟，而是倾身自己拿过桌子上的烟盒，倒着磕出一根烟来，没点着，悠悠地含在嘴里，瞥了她一眼，拿着手机去包厢门口接电话了。

彼时，舒窈和陆和晏已经回家了，各自躺在房间里，开了空调。

舒窈怕房间隔音效果不好，将头蒙在被窝里，小声地叫着秦疏的名字："我问你一件事儿。"

陈思思也从包厢里走出来，似乎是想去卫生间，路过时瞧了秦疏一眼。秦疏朝她笑了笑，问舒窈："什么事？"

舒窈说："阿晏去找过你？"

秦疏眯着眼想了想，似乎还是元旦之前了，那次陆和晏约他见面，被他拒绝了，结果陆和晏劈头就问："舒窈瞒了我什么？"

他虽然没比陆和晏大几岁，但在娱乐圈里，自己好歹也是个前辈，哪有像陆和晏这样跟他说话的？！

秦疏当场就把陆和晏拉黑了，谁知没过两天，陆和晏又突然将他堵在了剧组的化妆间里。

秦疏将烟从嘴里拿出来，夹在两指间，漫不经心地把玩着，随口跟舒窈吐槽："实在是你家小鹿段位太高，我也没办法不是？！"

舒窈在被窝里闷得快喘不过气来了，声音也闷闷的："你要实在不想说，别人还能撬开你的嘴非让你说吗？"

借口被人拆穿，秦疏有些讪讪地笑了笑，抬头看见陈思思走了回来，又端起一副前辈的架势，敛起了笑容："反正我已经跟他说了，你再骂我也没用了。"

其实他也没跟陆和晏说很多，毕竟他自己也不知道多少事。

他和舒窈一起拍电影的时候，舒窈跟陆和晏还不认识，后来电影拍完，他们两人各自返校，某一天，她突然问他男生会喜欢什么样的生日礼物。

这个问题可新鲜了，他三两下就问得舒窈将底都掏出来给他看了。

那是舒窈遇见陆和晏之后，他的第一个生日，她准备得很用心——先是折了千纸鹤和星星，被秦疏批了一顿俗气，然后放弃；紧接着她栽了一株玫瑰，秦疏说送玫瑰太暧昧，计划又半途而废；最后她只好自己做了一个蛋糕，不贵重，甚至还有点丑，但难得的是一腔心意。

后来，他们高考，他们毕业，有一天凌晨，舒窈给他打电话，语气兴奋："我觉得阿晏喜欢我欸！"

那时秦疏正在拍一场夜戏，中间休息的空当，接到电话时，愣了一瞬，有些没反应过来："喜欢你的意思是……"

醒过神来后，他又觉得好笑："他做了什么，让你觉得他是喜欢你的"

舒窈的欢喜快要从电话里溢出来："我觉得他今天在暗示我！"

那天本是他们的毕业聚餐，从小在这个城市长大的少男少女们，第一次面临天南海北的分离，一群人抱在一起，眼睛都哭肿了。

但大家其实也并没有那么悲伤，或者说，除了面对分离的难过以外，更多的其实是对未知的未来的期待与忐忑。

毕竟，在过去的十几年里，自从记事起，大家的任务就是好好学习，考上一个理想的大学。现在他们人生里的第一个任已经快要完成了，那么，接下来呢？

接下来要去哪里，要做什么，要成为一个什么样的人？

没有人知道答案。

舒窈坐在包厢的角落里，听陆和晏被班里几个男生围着唱《同桌的你》。

“明天你是否会想起，昨天你写的日记，明天你是否还惦记，曾经最爱哭的你……”

KTV 里的灯熠熠闪烁，不同颜色的灯光交织着打在他的脸上，隔着重重的人群，他忽然抬头，朝她这边看了一眼。

舒窈抿了抿嘴，旁边的女孩们起哄，故意把另一个麦克风递给了她。可她还没开口，歌曲突然被人切换掉。

学习委员脸红着给他们道歉：“不好意思啊，点错了。”

舒窈摇了摇头，想说“没关系”，下一秒，陆和晏突然起身，在点歌屏上戳了两下，熟悉的音乐声再一次响起。

晚上还是他们两个一起回家的，打发走了司机，两人在长街上慢悠悠地走着。

夏夜的风黏腻而燥热，舒窈从背包里拿出小小的电风扇，放在脸旁边吹风。

他们刚刚都喝酒了，此时酒意在胃里翻滚，舒窈停下脚步，声音含糊地从喉间溢出：“我们居然就这样毕业了啊。”

她说：“阿晏，我们以后会分开吗？”

不仅是分开，还会像很多很多原本关系很好的朋友那样，渐行渐远，变成熟悉的陌生人。

月色落下一阵冷冷的光。

陆和晏双手揣在裤兜里，眼角的余光瞥见女孩一脸愁容，心里像落了场无声的雪。

关于分开后的种种可能，他早已在心里预想过无数遍，先是往好处想——他们将来在同一座城市读书，最好是在同一个大学城内，两人都不住宿舍，在校外合租一套房子，这样就可以又像现在这样，天天见面了。

最坏的结果，他也想过——他们的大学不在同一个地方，两个人起初还经常联系，后来她渐渐有自己新的朋友圈，再后来开始谈恋爱……久而久之，关系就这样淡下来。

这是大多数毕业后的好友都会面临的两种状况。

但是此刻他淡淡地笑了笑，这两种结果都不想选了，他低笑着问舒窈："你会喜欢别人吗？"

舒窈还沉浸在自己想象的悲伤中无法自拔，犹自交代他："你以后无论如何，都不许疏远我，哪怕你……你有喜欢的女孩，也要跟我说，如果她不喜欢我，让你……"她愣了愣，突然反应过来少年上一句话的意思，眨了眨眼，问他，"你刚刚说什么？"

陆和晏低头看着她："我说，我不会为了别人，而跟你疏远的。"他伸出手，拨开她粘在鼻子上的两根发丝儿，须臾又移开目光，语声无端就有些发紧，"因为我喜欢的女孩永远都不可能会讨厌你。"

"他这个……暗示什么了？"

秦疏记得，自己那时听完舒窈的叙述后，曾笑着这样吐槽过。但恋爱中的女孩滤镜太厚，舒窈当即就和他争执起来："你懂什么？！他这话已经说得很明白了啊……"

秦疏翻了个白眼，还想说什么，导演突然叫了他的名字，舒窈满心的欢喜无处分享，不满地给他下命令："那等你闲下来的时候，记得给我打电话啊。"

秦疏揶揄她道："打电话听你撒狗粮吗？"

舒窈还挺坦荡："是啊。"

但那段时间正是他那部戏的最后阶段，导演在赶进度，每日天没亮就进组了，直到月上柳梢头才收工。等他这边彻底忙完，再给舒窈打去电话的时候，她的电话却怎么也打不通了。

他们共同认识的所有人都联系不上她，去她家找，只说人去了国外，具体去了哪里，却无论如何也打听不到。

直到半年后，秦疏给她发过去的微博私信才得到一条回复，她发了自己的新号码过来，说自己在伦敦读书，让他不要担心。

KTV 的走廊里也很吵，对面有位化着浓妆的女孩正眯着眼睛看秦疏，大概在确认他是不是自己所知道的那位秦疏。

秦疏将脸转了个方向，问舒窈："说起来，当年具体是怎么回事，你那时候只跟我说了一点点，大概什么情况，我能猜个七七八八，但一直没敢跟你确认过。"

实在是舒窈那段时间的状态太差了，他不敢多问，后来等她心情好一些时，他又不想问了。

她好不容易走出来，他又何必再去刨根问底，揭人伤疤。

但今天不一样，今天是舒窈主动提出来的，他不顺水推舟地问一下，都对不起他因为向陆和晏泄密而挨下的舒窈的骂。

外面的雪已经停了，舒窈站了起来，从飘窗往下望，世界全白了。

她其实有好久没有去想过那年的事情了，原本那个夏天该是非常美好的——毕业、醉酒、声势浩大地准备和喜欢的人去同一座城市读书……每一桩、每一件单独拎出来，都足以成为他们每个人人生自传里很值得记录的一笔。

可还没等她在欢喜的蜜罐儿里多浸泡几天，在某一天晚上陆和晏将她送回家后，事情突然就全变了。

起初陆和晏接到了一通陌生来电，对方说陆昭在他的手上，让陆和晏独自去救陆昭。

陆和晏本来不想相信，但那人突然发了视频过来，镜头里的陆昭手脚都被绑住，眼里满是警惕。

那年陆昭才读初中，长得瘦小伶仃，陆和晏在等红灯，语气淡淡地问电话的主人："你打电话之前是不是没打听清楚我家里的事情？！陆昭怎么样，跟我有什么关系？！"

那头的人闻言也不急，而是拿过陆昭的手机，翻着陆昭的通信录给他看，里面打头的就是陆和晏的电话，备注是：A 哥哥。

“我说，你是不是觉得我特别蠢啊？”绑匪有些阴沉地笑了声，“这小子紧急联系人设的都是你的，你还说没关系，骗鬼呢？！”

陆和晏眯眼看了一下，确实是他的电话号码。

其实他和陆昭从来都没有正经见过面，更别提有过什么交流了，他对陆昭所有的认知就是——这是自己同父异母的弟弟。

仅此而已。

他完全没有想到陆昭会将紧急联系人设为他。他低头看了眼屏幕那一端拼命朝他摇头的男孩儿——男孩的嘴巴被堵住了，说不出话来，只能用肢体语言提醒他千万别涉入险境。

绿灯亮了，陆和晏却没往前走，他问电话那头的人：“你们现在在哪里？”

许是为了好隐藏，他们选的地方在近郊的一座小镇里，陆和晏花了将近两个小时才赶到，等他到时，那边的事情已经结束了。

警车鸣笛，人声鼎沸，小小的屋子里流淌着血液，陆昭被抬进了救护车里。

后来舒窈从报纸上才得知真相——绑架陆昭的人其实是他的妈妈江芮雯，她有家族遗传的精神病，在苦苦追求的东西破灭之后，突然就发了疯，以他的生命威胁陆漳洵，让陆漳洵娶她回家。

这原本是很久很久以前陆漳洵答应过她的。

那时陆漳洵还没有认识陆和晏的妈妈，两人青梅竹马一起长大，每日坐在阁楼上望远方的天，都觉得未来不会有什么意外——他们结婚，生子，过着平凡却幸福的日子，走过一生。

但意外偏偏就来了，陆漳洵大学毕业以后，遇见了陆和晏的妈妈。

男人轻易变了心，女人心里那颗偏执的种子却生了根，发了芽，长成了参天大树。

她小时候看马尔克斯的《霍乱时期的爱情》，男主人公不就是苦苦等待了几十年，一直等到女主人公的丈夫年迈去世，才终于得偿所愿，和喜欢的人在一起吗？！

好在她没有等那么久，陆和晏的妈妈在他刚上小学的时候就去世了，她又找到了陆漳洵。但她没想到的是，陆漳洵竟然是真的爱上了陆和晏的妈妈，他拒绝了她所有的提议，真的只将她当作儿时的玩伴那样相处。

唯有一次，那天是陆和晏妈妈的生日，陆漳洵在陆和晏妈妈最喜欢的那家餐厅里订了间包厢，独自饮酒到深夜。恰好那天她和好友在这里聚餐，偶然看见他。他喝得太多了，醉眼模糊，认错了人。

她偷偷生下了陆昭，没名没分地陪在陆漳洵的身边，她以为自己这样让步，陆漳洵总有一天会回心转意。但她没想到男人竟然这样决绝，不仅不愿意娶她，甚至从没打算过把陆昭认回家，因为他不想让陆和晏难过。

他有他的柔软和情深义重，只是这些柔软和情深义重全都不是给她的。

她几乎大半生的期待与寄托被人一脚踢翻，她疯了，她绑了陆昭，她把刀架在陆昭的脖子上，她威胁陆漳洵。

两人争执起来，心里的怒火与不甘激发了她的潜能，她知道自己的病又发作了，以前每次发作的时候，她都会拿陆昭出气。

陆昭的脖子上、手腕上、后背上……处处都留着她暴怒时发泄情绪的痕迹，但这一次的情况好像比以往每一次都要严重，她根本控制不了自己，直到陆漳洵在阻止她时，没把握好力道和角度，刀子直接刺进了她的心脏。

那一瞬间，时间好像都静止了，她倏地冷静下来。

她的眼泪都流出来了，不知道究竟是因为疼，还是别的什么原因。

在生命的最后一刻，她脑海里全都是好多好多年前她第一次见到陆漳洵时的场景。

那年春天，海棠花开得特别好，她正跟爷爷一起在园林里参加一场古典文化交流会。她年纪那么小，哪里懂这些啊，才不到半个小时，就厌烦了，趁爷爷不注意，悄悄地溜走了。

穿过长廊，走过浮桥，在河的另一边，有少年在吹长笛。

柳絮翻飞，笛声悠扬。

那时她想，如果能和这人认识就好了。

她抬手摸了摸陆漳洵的脸，抚平他半是惊讶、半是惶恐、半是悲伤的表情，忽地轻轻笑了笑。

原来她最初想要的，不过是这样简单的东西啊。

这些都是舒窈后来从哥哥口里听到的消息，南市的圈子就那么点大，一旦发生点什么事，根本就瞒不住。

她重重地咬了一下唇，看见融化的雪水往下落时，在屋檐凝成了长长的冰凌。

没想到南市也有这么冷的冬天。她在心里这样感叹了一句。

秦疏听她叹气，问她："然后呢？"

然后呢——

陆漳洵虽是为了救人，但江芮雯到底没有做出真正威胁到陆昭生命的举动，所以陆漳洵因过失杀人罪，被判了七年。

"再然后，就像你知道的那样，我那时明明想去安慰他，却在他最需要的时候，不辞而别。"

其实在事情刚发生的时候，舒窈就去找过陆和晏，只是那时他家里一团糟，她在他家门口等了半天，电话也没打通，终究没见到人。

之后，她再想去找他的时候，车子行到半路，突然收到一个陌生人发来的邮件，邮箱里的照片上全是她和陆和晏在一起的画面。

她刚拿了金雀奖影后不久，现在正是最热闹的时候，那人说，倘若她不和陆和晏分手，他就会曝光她和陆和晏的关系。

她倒是不怕被人知道，本来她也不在意这虚无的人气，唯一遗憾的就是，她其实还挺喜欢演戏。但那又怎么样呢？大不了她以后去做幕后工作，去演话剧，反正她的梦想从来就不是站在聚光灯下受万人敬仰。

但是陆和晏不能。

他现在正处在特殊时期，倘若此时以她男朋友的身份出现在众人面前，无疑会遭受到铺天盖地的质疑和谩骂。

她不愿意让他承受这样的恶意与委屈。

她不愿意让他一直背负着这样的重量，在人们异样的目光中活下去。

车子越过长街，在快到陆和晏家的那个路口时，她突然叫停。司机有些疑惑地回头看她："不去了吗？"

她望着窗外来往的人群发了一会儿呆："不去了。"

司机皱了皱眉，虽然不懂她为什么突然改了主意，但仍遵照她的命令掉转了车头。

这是秦疏第一次听完这整件事情的经过，虽然与他猜测的也没差多少，但这会儿仍有些唏嘘。

他接了许久的电话，其他的演员已经开始抗议了，不断伸头出来，问他什么时候进去。他摆摆手，朝他们做了个噤声的动作。

包厢里的歌声传出来，是周华健的《难念的经》——

"吞风吻雨葬落日未曾彷徨，欺山赶海踏雪径也未绝望，拈花把酒偏折煞世人情狂，凭这两眼与百臂或千手不能防……"

音乐断断续续地传到了舒窈的耳朵里，她也跟着轻哼了两声。

秦疏又问："陆和晏问完你这个，然后呢？"

"没有然后。"舒窈说。

那时她用围巾裹住整张脸，去小区门口的二十四小时便利店里买了些果酒和关东煮，两人才一前一后慢吞吞地回家。然后，他们坐在打足了暖气的客厅里，边喝酒，边吃东西，边讲故事。

主要是舒窈讲，陆和晏在听。

东西也大多被舒窈吃掉了，陆和晏只是靠在沙发上，静静地听她说话，偶尔插上一句，等她解答完后，他又不说话了。

等所有的故事都讲完，桌子上的酒也喝完了，他们各自回房间，没有人说谢谢，也没有人说对不起，更没有人提起当初那一段无疾而终、甚至未能来得及告白的朦胧初恋。

事情过去那么久了，很多东西，不是你解释清楚了，就能回归到最初的状态。

只是，快要进门时，陆和晏突然轻声叫了声舒窈的名字。

女孩的手还停在门把手上，茫然地转头看向他。

夜静谧得不像话，墙上的钟早就没电了，永久地停留在清晨六点十三分上。

陆和晏突然抬起脚步，快速走到舒窈的面前。

“那么，不如我们重新认识一下？”他伸出一只手来，“你好，我叫陆和晏，陆地的陆，和煦的和，言笑晏晏的晏。”

因为要回房间，客厅里的灯刚刚被关上了，卧室里的灯还没来得及打开。窗外一片素白，过于澄明的天地仿佛把房屋里面的一切都照亮了。

陆和晏的眼睛也被照亮了。

男人舒展开眉头，眼里漾着几分浅淡的笑意，一本正经地说这样的话，有点幼稚，又……有点可爱。

舒窈咬了咬唇，面上维持了好久的平静在这一刻突然就破裂了，她这才发现自己的脊背僵硬难耐，刚刚绷得太紧，也太久了，此时突然松懈下来，好像每一寸肌肉都在叫嚣着疼痛。

她想说什么，陆和晏的手机突然亮起来，是工作狂林书雅打来的：“小鹿，我们之前是说明天上午开见面会的，对吧？你到时候记得好好收拾一下，别搞得太憔悴了。早点睡觉！”

陆和晏低头看了一眼，回了个：“嗯。”

他再抬头，女孩已经钻进房间里，房门开了条缝隙，她因为刚刚说了太多的话，声音有些哑。

“你好，很高兴认识你。”

隔天的见面会在南市的小剧院里开，来的人很多，有记者，有自媒体博主，也有陆和晏的粉丝。

林书雅和小周一大早就来接他，舒窈本来也想跟着去的，但林书雅怕被人发现他们从同一个小区里出来，从而引起大家的歪曲揣测，故而拦住了她。

况且她这会儿一起过去，也帮不上什么忙。

见面会是以直播的形式在直播平台上放出来的，这天恰好是周六，直播间人气爆满，舒窈反反复复进了好几次，才登进去。

上午十点半，直播正式开始，手机的镜头不大，只堪堪能挤进陆和晏一个人。

早上林书雅来接人时，瞧见他因为过度熬夜而黑了的眼圈，无语凝噎了好久，让化妆师折腾了半天，才让他的气色看起来稍微好一点。

众口铄金，他们不得不注意。倘若就放陆和晏这样大大咧咧地出去，下一秒新闻稿的标题就会是：陆和晏风波后首现身，神情憔悴疑受影响。

她双手叉着腰，睨着从主卧里打着哈欠走出来的舒窈：“我说，你们两个昨晚干什么去了？一个两个都这副模样。”

她这话说得忒暧昧，舒窈脚底一滑，差点摔倒。

化完妆后，林书雅又让迟秋阳给陆和晏挑了两件衣服送来，才匆匆带着他去见面会现场。

昨晚那场雪虽然下得大，但今天一早醒来，路上的积雪早已被环卫工人打扫干净。

Gruis 暂时没有别的工作要做，故而，李昕和江旭也都跟着迟秋阳一起来了，这会儿几人全挤在舒窈的电脑跟前，看陆和晏的直播。

舒窈一个女生，不好跟他们挤，索性一个人拿着手机去一边看。

这件事情发生已经有几天，发酵得很快，很受关注。陆和晏的粉丝这几天一直奋斗在最前线，不遗余力地为他说话，这期间受到了无数人的嘲笑。

“脑残粉，追星追得都没脑子了吧。”

“陆和晏的粉丝能不能别洗白了，他这几天都没有出来说话啊，还不能说明问题吗？！”

这些评论，舒窈都看过，相信陆和晏也看到过。

甚至Gruis其他几位队员的微博底下也都出现了许多诸如“不要太重感情，要远离陆和晏啊”“我一想到这几个男孩子居然跟陆和晏一起生活了这么久，就觉得一阵后怕”这种言论。

舒窈看得心都拧起来了，她觉得心疼得紧。

她生气，她想反驳说这些话的人，但她也清楚，那些人也并非真的对陆和晏怀有多么大的恶意。

人类好像天生就具有一种趋利避害的能力，譬如大家不想和有精神疾病的人走得太近，哪怕这个人之所以变成这样，其实是因为年少时期受过非常大的伤害；譬如大家不愿意和杀人犯的孩子太过亲近，哪怕对方并非故意伤人，哪怕这个小孩儿，其实什么也没做。

除了喜欢你的人，没有人真的想要去探究事情的真相，没有人想知道你有过怎样的过往，没有人想要去了解，你是否无辜。

大家所能看到的无非是——你的父亲杀过人，他为什么杀人？他的性格和精神是不是有什么问题？你作为他的儿子，也会受影响的吧。

他们宁愿相信自己所揣测出的真相，也不愿意多花一点时间去了解真正的真相。

见面会现场喧哗如闹市，自进场以后，人声就没停下来过。

舒窈不敢想象他们此刻都在说些什么，他们在用着什么样的语言，去讨论、去定义陆和晏。

而在这喧闹的人群里面，只有最后三排的女孩子，始终安安静静，目光灼灼地望向台上。她们一言不发，却眼神坚定。

忽然，不知是谁起了头，小姑娘们开始唱起了歌。是陆和晏和迟秋阳他们刚组成组合出道的时候，粉丝根据他们发行的第一张专辑里的主打歌，为他们改编的一首粉丝应援曲。

女孩的声音细若蚊蝇，先是响起了一声，紧接着第二个人也和进来，然后是第三个、第四个、第五个……小小的剧场内歌声悠扬，盖过了所有的喧哗。坐在前面的记者终于注意到了这边的动静，喧闹声渐渐停歇，只余下女孩们整齐、温柔而坚定的歌声——

“和所有于茫茫黑夜中踯躅独行的人们一样啊，我多幸运，能借此星辰得渡一生孤寂。”

陆和晏本来在后台做准备，歌声响起的时候，他正要撩开布帘上台，动作突然顿住，他微微仰起头，瞧见旁边的小小四方窗里照进一片暖阳。

窗户是真的很小，光也不热烈，投在他的身上，却那样暖。

林书雅似乎也有些意外，神色讶异片刻，像她这样的铁血女经纪人，眼眶居然泛起了红色。

“这帮小丫头……”她的声音忽地哽咽，看见舒窈几人在微信群里的一顿消息轰炸。

迟秋阳：“天哪，你们看到粉丝唱歌那一段了吗？我哭了。”

迟秋阳：“不夸张，我泪流满面！”

迟秋阳：“呜呜，这帮小姑娘怎么这么好……”

李昕：“虽然……但是，我也哭了。”

江旭：“行了，真正哭疯的人根本没办法在群里嚷嚷好吗？！此处@舒窈。”

林书雅满腔的感动瞬间被这几个人给破坏得干干净净。

陆和晏没看群里的消息，他在微微的愣怔之后，便毫不犹豫地拉开了布帘。

老实讲，他以前其实没有那么在意这些东西。他从来都不喜欢解释，以前也出现过很多次被营销号大规模黑的情况，但倘若不是触及了别人的利益，他根本懒得管。

就像这一次，假如不是因为他，害得李昕他们几个的工作都被影响，他也不会特意开个见面会来解释这件事。

自从陆漳洵进去以后，各种人的各种脸色，他看得太多了。他知道示弱没有用，知道眼泪没有用，也知道解释没有用。

所谓的解释，会去听的，基本上都是喜欢你的、对你有好感的、想要去了解你的。

那些不喜欢你的，不管你说什么，他们都不会相信。

所以，他不如不说，不去白费口舌。

但是，刚刚——就在刚刚，小姑娘们的歌声响起来的时候，他好像突然间就懂得之前林书雅同他讲过的那一番话究竟是什么意思了。

她说："其实还有这样一群人啊，他们和你非亲非故，但他们爱你、信你、毫无条件地支持你，不顾一切地保护你。你的解释不是为了让不喜欢你的人喜欢你，而是为了给这一群爱你的人一个交代，让他们为你说话时有底气，让他们继续爱你时有底气，让他们知道自己没有喜欢错人。"

哪怕无法化解恶意，但要让心里充满阳光与爱的人继续相信阳光与爱。

他撩开帘子走出去，喧闹声再次响起，各种问题与质疑也纷至沓来。

后排的小姑娘们也停了下来，三分钟后，突然大声喊道："小鹿，加油！"

满室的喧哗声再次被他们压住。

而此时的直播平台上，也出现了一水儿的：“小鹿，加油！”

其中还夹杂着舒窈和迟秋阳他们几个的账号。

他们直接用大号发的弹幕，发完之后，又将这个直播间转到了自己的微博上。

陆和晏远远地看着那些女孩，眼眶无端就有些发热，但他笑起来。

“首先，”他说，“首先，我想感谢所有喜欢我、相信我的人，非常非常感谢，我……”

那样游刃有余的一个人，在面对这样一群捧着一颗赤诚真心而来的小姑娘时，竟有些失语，仿佛讲再多的话，也无法表达自己心里的感动，来来去去，也不过只是一句“谢谢”。

迟秋阳对着屏幕吸了半天的鼻子，声音里还有一顿一顿的哭腔：“我终于知道为什么队长比我们几个都更受欢迎了，就他这样儿的，谁能招架得住啊？！”

李昕看了一眼弹幕，粉丝齐齐在刷：“我们的真心，他都接住了啊。”

他颇为认同地点了点头，江旭突然在他俩耳边阴森森地说：“你俩真以为队长那么受欢迎只是因为这个吗？”

迟秋阳：“不然呢？”

“认清现实吧！”江旭的语气仍是凉凉的，“颜值碾压一切，你们懂吗？”

李昕不乐意了：“你承认自己长得丑就够了，带着我们干吗？！别拉人共沉沦啊。”

江旭：“不信你问问舒窈，为什么这么喜欢队长啊？”

在角落里默默看陆和晏直播的舒窈：“啊？！”

好在还有迟秋阳这个能抓住重点的：“你们吵吵什么啊？我都听不见队长说话了，要吵滚一边儿吵去！”

小家伙正沉浸在对自家队长的无限崇拜与心疼之中，绝不允许任何一个人来打扰自己，江旭翻了个白眼：“谁想跟这个人吵啊？！幼稚！”

李昕张了张嘴刚想反驳，江旭却突然伸过一只手直接捂住了他的嘴巴：“停！到重点了！”

后来，陆和晏在见面会上的那一段发言，被人剪辑下来，刷遍了各大社交平台。连许多年都没什么动静的高中同学群里都开始热闹起来，不断地有人@舒窈，因为大家都知道她最近在和陆和晏一起录综艺节目，都来问她到底发生了什么事。

彼时，舒窈正窝在沙发角落看直播的回放，迟秋阳他们几个都回梨花里了，因为陆和晏的东西还在这边，有些私人物品，别人不好收拾，她就仍在这里等着他。

屏幕里，陆和晏于重重质疑的目光中，姿态舒展地坐在椅子上，他脸上不见丝毫慌张，语调轻松，但又郑重异常。

他说：“我母亲在我六岁的时候去世，我父亲工作很忙，在我小的时候，有很长一段时间，我都把自己当作孤儿自处的。

“我和我爸爸的关系并不好。听到这里，你们可能会觉得，我这样说只是在撇清我跟我父亲的关系，因为在这一次的事情里，是他连累了我。

“但很抱歉，可能要让你们失望了。”

“我很爱我的父亲，”他低下头，轻轻地笑了声，“虽然这样说起来有点儿矫情。”

“他是个沉默的人，不爱解释，不太会表达情感，在他的生命里，最能让他情绪外露的人，可能就是我妈妈了吧。

“他不是好人，他爱过人，也辜负过人，但他也不算是坏人吧。去了解过这一段新闻的人应该知道，他每一年都在做公益，当然，我不是想用公益来给他洗白，不管是出于什么样的原因，他因为过失杀了人是事实，我从未想过要为他洗白这件事。我只是希望，只是希望能为我的父亲挽回一点点形象，只是希望大家不要因为某一件事，就全盘否定了他这个人。

“包括他的妻子，他的孩子，他的父母，甚至是他曾经喜欢过的花，他欣赏的某位歌手……

“我不希望当人们看到我的时候，就指着我说——看啊，那个人是陆漳洵的儿子，陆漳洵，你知道是谁吗？是个杀人犯。

“我们明明生活在一个很好的时代，社会开明，现在早就不搞连坐那一套了，对吧？

“我们虽然不能够选择自己的出身，不能选择自己会被怎样的人喜欢上，但是，我们可以选择让自己成为一个什么样的人。在这个世界上，哪怕是有亲情关系的两个人，在人格上，他们也是完全独立的。

“父亲杀过人，不代表儿子也不是好人，每个人都有自己的人生，有独属于自己的路要走。”

“再说了，判刑还需要如山的铁证呢……”他低低地哼了一声，突然抬起头，眼里是有些嘲弄的笑，“你们凭什么就这样否定我的一切？！”

男人勾着嘴角，于千千万万质疑中，眉眼轻挑，满目轻狂。

论坛里全是粉丝们的号叫——

“天哪，小鹿也太霸气了！我心动了，我好爱他！”

“讲实话，有点心疼，当年家里出事的时候，小鹿也才十八岁吧？才刚成年，就突然要面临这样巨大的变故……”

“是啊，那些借这种事来黑他的人真的没良心，也不知道晚上一个人在家怕不怕鬼来敲门。”

“而且不知道你们有没有这样的感觉，就之前吧，老实说，我总觉得小鹿有些死气沉沉的……也不能这样说，就是精气神很差，我有点词穷，不知道这么说，你们能不能理解……”

“我可以懂你的意思，就是觉得陆和晏好像突然间活过来了，对吧？”

“经过这一段，我发现我更爱他了，你们记得见面会开头他说的那段话吗……我本来还没有特别大的感觉，后来真正了解了他家里的事情以后，突然就觉得好唏嘘啊。这个人经历过那样大的打击与恶意之后，没有让自己的心理扭曲，他仍然温柔、明朗、干净，仍然那样用力地爱着这个世界……”

“楼上别说了，再说下去，我要哭了。”

舒窈一条一条刷着粉丝对他的夸赞，不知是不是因为脑补得太多，刚刚才压下去的泪意不由得又涌了上来。

于是，等陆和晏回来时，他便看见女孩窝在沙发前的地毯上睡着了，手机落到地上，屏幕早已熄灭。她刚刚哭得太凶，眼睛都肿了，她大概没睡多久，眼睫上的泪水还没干，湿漉漉的。

房门的钥匙是他上午出门时，舒窈递给他的。他在玄关处换了鞋走过来，低头看了她一会儿，心里的某个地方如同窗外落满树枝的积雪，随着阳光的照耀，正一点一点地融化。

他叹了口气，弯腰扯过旁边的毯子，搭在了舒窈的身上。没想到，他刚碰到她，女孩突然睁开了眼睛，是有些迷糊的、还未真正清醒的状态。她揉了揉眼睛，讷讷地叫他：“阿晏，你回来了？”

陆和晏本是半个身子撑在她上方的姿势，见她醒了，顺势站了起来。

舒窈又眨了眨眼，这才后知后觉地感到一阵心悸，刚刚陆和晏离她……也太近了。她裹着毯子坐到沙发上，见他端了两杯热水过来，无端地，却想起上午看直播时，李昕随口感叹的一句话。

他说：“因为他爸爸这件事，他前些年没少受过别人的冷眼和嘲笑，他早该这样漂亮地反击回去……”

他说到一半，似是想到了当时的情况，忍不住叹了口气。

迟秋阳也跟着呜咽两声：“没想到队长受过那么多苦……”

迟秋阳自小家庭虽然算不上多么富裕，但父母健在，家庭美满，也无人阻挡他追求梦想，做自己喜欢的事情。他从来没有想过这世上曾有人，在他这样的年纪，要面对这样残忍的事情。

李昕听到他这边的动静，忍不住伸出手来，在他的头顶上揉了两下：“小屁孩。”

迟秋阳声音哽咽着：“你说谁小屁孩？！”

他的眼眶红得不像话，李昕本想继续和他斗嘴，瞧见他的模样，忍不住吞了话头，拿出一根烟点着，狠狠地吸了一口，问：“真的很心疼咱们家队长啊？”

迟秋阳梗着脖子：“还……还能是假的？”

李昕嘿嘿笑了两声：“你要真心疼他，以后少给他惹点麻烦就行了，让他少费点心……”

他还欲多说，被江旭冷冷地打断了：“这话你该说给自己听吧。”

李昕一噎，他真的好想打江旭一顿啊。

迟秋阳却似是看出了他心中所想，吭哧吭哧地说：“你刚刚才说过，少给队长惹麻烦……”顿了顿，迟秋阳又问，“队长那时候，都遇到过什么事啊？”

“还能有什么？！”李昕叉着腿，半个身子都倚在沙发靠背上，“那时候我们才上大一，他一个高中同学，不知道怎么弄到了我们班同学的邮箱，把他父亲的事情发到了大家的邮箱里。”

“那时候同学们年纪都还小，乍一知道班里有这么个人，都炸了。那两天原本围在他身边的女生全都走了。她们害怕，害怕他的爸爸是不是有什么心理疾病，害怕他也被遗传了精神疾病，害怕和他走得太近，他哪一天犯病就把她们给杀了。”

其实年纪小的孩子们会有这样的担忧也无可厚非，但李昕的声音里仍忍不住带了满满的讽刺。

“后来，还是我们副院长出来约束，让大家谁也别把这种事情传出去，才让事情稍微得到一点控制。”

老人家在圈子里颇有人脉，她都放了话，没人敢明目张胆地得罪她，才得以让陆和晏没陷入更尴尬的境遇。

但大学那几年，他也确实被孤立就是了，本班同学没有几个人和他关系好的。加上入学时，他们专业的宿舍恰好不够分了，他阴差阳错地被分到了导演专业的学生宿舍里，这样一来，和本班的同学关系更加不可能有多亲近了。

“好在，好在他那时有我。”李昕在煽情地说了半天之后，又贱兮兮地加了这样一句，毫无疑问地被迟秋阳和江旭按在沙发上暴打了一顿。

舒窈当时听李昕说时，心里就是一阵揪心的疼，她费了好大的劲儿才把那股疼压下去。

可此时她再见到陆和晏，那些纷杂的情绪仿佛找到了宣泄口似的，又一股脑儿地全涌了出来。

她清了清喉咙，接过陆和晏递来的热水，好半晌才想起什么似的问他：“是王铭吗？”

她的脑海里刚经过一轮风暴，但陆和晏对此毫不知情，他皱了皱眉：“什么？”

舒窈这才觉得自己有些傻了，说：“我就是突然想起来，当时我……我喜欢你的事情，并没有跟什么人说过，知道的人，大概就只有秦疏和王铭了。我以前不知道你和王铭之间的矛盾，那天听你说完，我想了很久，就觉得……当时的事情是不是也是王铭做的？”

毕竟，除了王铭，她也想不到别的什么人了。别人也不会这么无聊，去做这种损人不利己的事情。

他们两人刚刚把误会说开，舒窈还不太习惯这样坦诚地和他聊起这种事情，一段话说完，手背上被自己掐出好几道红印子。

她的脸也红了，低着头，不敢看陆和晏，一颗心忐忐忑忑地吊在那里，生怕自己哪句话没说好，又让陆和晏想起她当年的事。

陆和晏端着水杯，面容隐没在一片白色的雾气后面，听舒窈这样说，他捏了捏额头，似乎是低笑了一声："或许是吧。"

"什么叫或许啊，我真的觉得就是他了！"听陆和晏一副不确定的语气，舒窈忍不住又强调了一遍。

陆和晏喝了口水，嗯了一声。

快傍晚时，小周才来接他们回梨花里。

他们这个综艺节目只录到年前，从现在到除夕，还有一个多月。先前录完的也都陆陆续续在网络平台上播出了，虽然不能算是大爆的综艺节目，但收视率也不算差。起码现在舒窈走在大街上，不能再像以前那样不用乔装打扮就混过去了。

这次回来以后，舒窈发现梁菲菲居然不再像以前那样处处针对她了。

闲暇的时候，姜甜跑到她的房间里跟她八卦："梁菲菲这次恐怕是被人耍了。"

舒窈问："怎么了？"

姜甜说："不知道你听说过没有，其实梁菲菲一直有个男朋友，对方应该还挺有来头，不过，我那天不小心听到梁菲菲打电话，那个人好像要跟别人结婚了。"

姜甜简直是八卦的搬运机，仿佛没有什么事是她不知道的。

"难怪最近看她气色很差。"舒窈道。

姜甜叹了口气："是啊，梁菲菲也是个可怜人。不过，可怜之人必有可恨之处，她以前做过那么多恶心的事，这个时候被这样对待，也没有什么值得同情的。"

姜甜年纪不大，看事情却意外地老练，舒窈以前只觉得她说话做事圆滑，情商高，这会儿却不得不对她另眼相看起来。

许是感受到了舒窈的目光，姜甜忽地抬眼对她一笑："小舒姐，你是不是觉得我这样特别不好啊？"

“没有，”舒窈收回目光，“你这样挺好的，在娱乐圈这种地方混，太傻白甜了本来就不合适。”

姜甜嗯了一声，似乎还想说什么，这时李昕突然来敲她们的门：“可以下去吃饭了。”

姜甜从她的椅子上跳起来，先走出去了，舒窈拿起自己的水杯，也跟在后面走下去。

舒窈路过李昕的时候，他突然低声在她的耳边说：“你别和姜甜那么交心。”

他的声音很低，舒窈还以为是自己的幻觉，转头去看李昕，后者脸上没有什么表情，像是在专心走路。

舒窈啊了一声。

李昕说：“这姑娘不坏，但也不简单，你太久没和大家接触过，不了解这些，作为校友，我礼貌性地提醒你一下……”

他别扭得很，越说，耳朵越红。

舒窈弯起眼睛：“我知道了。”

李昕：“啊？你知道什么了？”

舒窈说：“你不讨厌我了啊。”

她一句话说完，只得到李昕冷冷的一声：“哼。”不等她反应，他就快步走下去了。

舒窈心里的阴霾顿时被一扫而空，脸上的笑意怎么也止不住。刚从厨房里走出来的陆和晏瞧见他们这边的动静，眯了眯眼，恰好李昕这时正弯腰试图捏起盘子里的鸡腿，陆和晏一筷子打在他的手上：“滚去洗手。”

李昕看了眼自己被敲红的手背，简直目瞪口呆了，这人……用得着用这么大的力气吗？！

在旁边目睹了全程的江旭悄悄溜到李昕的旁边，老神在在地笑道：“陷入爱情中的男人果然都很莫名其妙。”

李昕斜了他一眼："你在说什么？"

江旭："活该你被打。"

陆和晏父亲的事情在见面会之后就彻底告一段落了，一部分粉丝虽然因为接受不了自己所关注的偶像人生里有这样的"黑点"而不再喜欢陆和晏，但同时也有另一部分人被他在见面会上说的那一段话打动，从而对他多了一些关注。

梁菲菲最近自顾不暇，没有闲心再来找舒窈麻烦，《明月几时有》要年后才进组，其他人都有工作要做，只有舒窈，每天闲在别墅里，不是看书和研究剧本，就是帮迟秋阳查看各种艺考的时间和地点。

原本这工作该由小周来做，但舒窈实在闲得发慌，就积极地把这个活接了过来。

迟秋阳的工作也暂时停了下来，他毕竟是已经出道了的艺人，与其他艺考生相比，直接赢在了起跑线上，故而也不用做过多的准备，只要能发挥出他的正常水平，考进电影学校应该没有什么大问题。

农历十二月刚过一半的时候，《明星公寓》迎来了它的最后一天录制。

和所有的综艺节目的套路差不多，最后一天无非是让大家表达一下对节目的不舍、对彼此的不舍。

他们虽然在一起住了几个月，但彼此之间的关系并没有多好，把节目组为他们准备的小礼物一一派发出去以后，大家坐在一起虚假地表达一下感谢照顾、以后常联系后，节目录制便算彻底结束了。

晚上，导演请大家去望月楼吃饭，明星和导演及制作人坐在一桌，其他的工作人员坐另一桌。

姜甜和迟秋阳考试考得大概都还不错，两人从头到尾都靠在一起讨论艺考时遇到的比较好玩的事。梁菲菲心事重重，全程都独自坐在那里喝酒。

酒过三巡，她突然起身给舒窈敬酒，那会儿舒窈正站在阳台上吹风醒酒，她直接端了两个酒杯过来。

舒窈自认为并没有和她能坐在一起喝酒的交情，但人家都找过来了，舒窈也没有拒绝的道理。

舒窈靠在围栏上，顺手将手机搁在一边的平台上，狐疑地接过梁菲菲的酒，说话也没客气：“你想干什么？”

“不干什么。”梁菲菲笑了笑，伸手往舒窈的酒杯上碰了一下，“就觉得没什么意思。”

舒窈抿了口酒，又听梁菲菲问：“你怎么不问我为什么突然来找你说这个？”

舒窈说：“不感兴趣。”

梁菲菲愣了片刻，又是一笑：“也是。”她说，“你知道王铭吧？”

舒窈没想到会从梁菲菲的嘴里听到王铭的名字，沉吟了一瞬，才说：“怎么了？”

梁菲菲说：“他是我前男友，我们在一起大概有三年了。”

舒窈想起前几天在新闻里看到的，王铭最近似乎是要结婚了，再结合一下那天姜甜给她透露的信息，倒是了然了。

“原来是这样。”舒窈喃喃道，“所以当时阿晏他们比赛的时候，你晚上去找他，也是王铭指使的？”

“没想到小鹿连这个都跟你说了。”梁菲菲不答反问，“你和小鹿在谈恋爱吧？之前有一天晚上，大概是凌晨了吧，我看到你跟在他的后面，去了他的房间，在里边待了很久才出来。”

舒窈迷茫了半天，才想到她说的可能是她和陆和晏一起在超市被拍到的那一次，她有些无语：“你就没看到迟秋阳他们也进去了？”

“没有啊。”梁菲菲特别无辜地眨了眨眼，“就算现在没有，你们俩以前肯定也谈过恋爱。”

舒窈这下真的是不知道说什么了。

梁菲菲也把酒杯放了下来，不知从哪儿摸出一根烟来，点着了，在嘴里吸了一口，才问舒窈："你不介意吧？"

舒窈没应她，心想：不管我介不介意，你不是都已经点上了吗？！

梁菲菲又说："你们两个人在一起的时候的气场不一样……"

她还想说什么，舒窈突然道："我还以为你喜欢阿晏。"

梁菲菲抽烟的动作一顿，愣了愣，说："做戏总要做足的呀。"

舒窈不置可否。

两人又在阳台上吹了一会儿风，梁菲菲才端起酒杯进屋，走到门口的时候，舒窈忽然又叫了一声她的名字。

梁菲菲停下脚步，疑惑地看着舒窈。

舒窈弯腰拿起自己的手机，晃了晃："不只有你会录音的。"

梁菲菲脸上的表情僵了僵，半晌，却是忽然笑了："那我也认了，反正我的任务也完成了。"

舒窈问："你就那么听王铭的话吗？"

梁菲菲说："你还在录音啊？"

舒窈把手机关掉："没了。"

她觉得也是很神奇，她和梁菲菲现在这副样子，居然像是在认真交心。

梁菲菲又走回到阳台上，风将她的头发吹得有些凌乱。

"没办法，他那里有我的把柄。"她将信将疑地看了眼舒窈的手机屏幕，道，"小时候不懂，觉得当明星很风光，后来走到这条路上，才发现路并不好走，一不留心，就没抵挡住诱惑呗。"

如果现在这个样子才是梁菲菲的本性，那其实她还蛮可爱的。

舒窈问："王铭还跟你说过什么吗？"

梁菲菲有些嘲讽地看了一眼舒窈："你真当我是傻子吗，什么都跟你说？！"

舒窈本来就没认为她会跟自己说太多，闻言，也没失望："我只是不太懂王铭的心理。"

“那有什么难懂的？！这个世上就是有这种人，他讨厌你不是因为你惹过他，而只是因为你过得比他好……这种心态，你懂吗？这个世上不是哪件事都会有一个明确而站得住脚的理由的，毕竟啊，不讲道理的人可真的太多了。”

……

他们聚到将近十二点还没散，不知道是不是因为觉得和舒窈刚刚在阳台上聊得还算投机，后来回到包间，梁菲菲也一直拉着舒窈说话，导致迟秋阳和姜甜几人频频侧目。

迟秋阳还趁人不注意在他们的群里发了消息，问舒窈何时跟梁菲菲关系那么好了。

舒窈也很茫然：“我什么时候跟她关系好了？”

陆和晏本来在听导演说话，男人一旦喝了点酒，话就特别多，他本来就听得有些不耐烦了，拿着手机正漫不经心地刷着，陡然看见迟秋阳的消息，就抬头往舒窈这边看了一下。

她坐的位置靠着窗户，雕花的边框外是水波盈盈的护城河，她的胳膊肘撑在桌子上，嘴里咬着玻璃杯的杯沿，正努力撑着头听梁菲菲讲话。

她明显是喝醉了。

导演说得正尽兴，看他突然望着另一边发呆，不由得也凑过来看了看：“怎么了？”

陆和晏回过神来，把手机收进兜里，说：“我突然想起经纪人让我通知舒窈录完节目后别忘记去找刘老师上表演课。”

语毕，他站起身来，导演点点头：“那你快去通知她。”

等人走远了，导演才一拍脑门儿：“哎呀，就这点事，你们经纪人不会发微信或者打电话通知她吗？！”

再说，等晚点再告诉她，难道就来不及了？！

这个小鹿，怎么说风就是雨的。

他摇了摇头，又扭头试图去跟另一边的迟秋阳聊天：“小迟啊，我觉得我们这个节目可以……”

迟秋阳刚刚还在嘲笑陆和晏呢，没想到冯导转眼就将主意打到他的身上了。他一激动，腾地一下就从椅子上站了起来。

冯导一脸茫然：“你怎么了？”

李昕在一旁看戏，闻言，似笑非笑地说：“他尿急。”

冯导：“啊？”

迟秋阳：“……”

迟秋阳推开椅子往外走：“是，他说得对……”

冯导：现在的年轻人，一个两个的都什么毛病啊？！

真扫兴。

第六章

借我
孤绝如初见

世人多无趣，但倘若能和他在一起，
好像无趣的生活也是甜的欸。

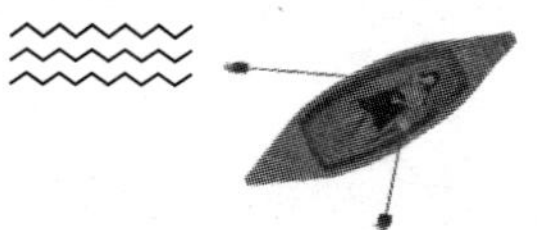

舒窈跟着陆和晏走出望月楼的时候，脑袋还是晕的。

冬夜的风凉得不像话，她那点醉意被冷风一吹，瞬间清醒了不少。

刚刚她和梁菲菲正说着话呢，陆和晏突然走过来拍了拍她的肩膀，说有工作要跟她交代。也就是她刚刚被酒精熏得脑袋转不过弯来了，才会相信他是真的要跟她说工作上的事情。

但她工作上的事情哪里需要他来通知啊？！

站在望月楼门口等陆和晏去停车场开车的时候，舒窈才觉得自己傻了。她拉紧身上的衣服，突然有一辆白色迈巴赫停在她的旁边，还摁了摁喇叭。

舒窈以为是自己站的位置不对，挡住人家的路了，刚要往后撤，车主就按下车窗，露出半颗脑袋来："舒窈？"

舒窈眯眼一看，心说：真是怕什么来什么。

王铭老远就看见舒窈了，一开始还不敢认，走近了才发现确实是这姑娘。

他其实早就听说她回国了，况且她先前又是参加综艺节目，又是上热搜榜的，他也不是什么不上网的老人家，稍微注意一点就会知道了，但这会儿他仍是做出一副惊讶的模样："你什么时候回来的，怎么也没说一声？"

舒窈以前不知道王铭和陆和晏之间的矛盾的时候，和他的关系就很一般，这时知道了他对陆和晏做过那么多恶心的事儿，真的是一点搭理他的心情也没有，连多看他一眼都觉得难受。

她移开了目光，也没回答他的话，只轻轻嗯了一声。

王铭看了一眼周围，又笑着道："没带司机来吗？这边也不好打车，你要是不介意，我捎你一程？"

他这个人好像天生就具有这样的能力，即便在再尴尬的境遇，也能表现得镇定自如，仿佛完全看不出舒窈对他有意见似的。

舒窈却是又看了他一眼："不好意思，我介意。"

大概没想到舒窈会这么直接，王铭那完美无缺的表情到底还是出现了一丝裂缝，他呵呵笑了两声："国外的水养人啊，这出趟国，别的不说，脾气倒是大了不少啊。"

"脾气大不大的，要看对面的是人还是狗吧。"别人可能顾忌他家大业大，不敢在他面前乱说话，舒窈可没什么顾忌的。

王铭不动声色地眯了一下眼，问道："你跟阿晏聊过了？"

舒窈听见他还有脸叫陆和晏"阿晏"就烦，说道："你别这么叫他。"

王铭一脸要笑不笑的样子。

恰好这时有车从停车场的方向行来，在舒窈后面摁了一下喇叭，她回过头，却见陆和晏正隔着玻璃目光沉沉地看着她。

她心里突然就慌了，也忘记再怼王铭了，走过去坐上车："偶遇。"她轻声解释。

"嗯。"陆和晏发动车子，路过王铭，也没多看他一眼。

舒窈说："我刚刚帮你骂了他。"

他们散得晚，路上已经没有多少行人，陆和晏单手搭在方向盘上，听见舒窈的话，轻笑了一声："哦？怎么骂的？"

舒窈将两人的对话复述了一遍，还故意模仿了王铭的语气。

陆和晏听得好笑："所以，你刚刚和梁菲菲也在说这个？"

"是……是呀。"舒窈有些惊讶，"你怎么知道的？！"

陆和晏说："不然，你跟她还能聊什么？！再说，最近王铭那边传出要结婚了，梁菲菲不可能不做点什么。"

车里温度很高，舒窈哦了一声，只觉得刚压下去的醉意又涌上来了。

她将脑袋抵在车窗上，歪头去瞧陆和晏。

许是想着回去的时候要有人开车，他没有喝酒，刚刚满屋子的人都是醉的，唯有他独自清醒。

感受到她的目光，陆和晏趁等红灯的空当，扭过头问她："好看吗？"

酒的后劲儿全上来了，舒窈软着嗓子答："好看。"

陆和晏于是就轻轻笑起来。

走到半路时，迟秋阳打来了电话，问他把车开到哪里去了。

陆和晏望了一眼已经睡着了的舒窈，淡声答："开走了。"

"快回来接我们呀！"迟秋阳嚷嚷。

"不回了。"

"啊？"迟秋阳也喝多了，脑袋都转不过弯来了，"那我们怎么回去？"

陆和晏挑了挑眉："你们不会打车？！"

迟秋阳气疯了："我们都喝醉了，被认出来怎么办？！"

"你等等。"陆和晏低头，调出手机里的软件，过了一会儿，跟迟秋阳说，"给你们订了房间，还在望月楼，验证码都发给你了。"

说完，他也没等迟秋阳回应，就直接把电话挂了。

因为他看到舒窈皱眉了。

另一边，迟秋阳目瞪口呆地看着手机亮起的屏幕，在心里快把陆和晏骂成了筛子。

"重色轻友！"他痛斥。

他们刚刚的对话，江旭都听见了，他反正觉得回不回梨花里无所谓，不回的话，还省得再折腾一番了。

"行了，队长不是给我们订房间了吗？"

迟秋阳扬眉："那也不能掩盖他重色轻友这个事实！"

李昕刚刚去卫生间了，晚了一点出来，瞧见迟秋阳一脸愤愤不平的模样，不由得问："他怎么了？"

迟秋阳回头，咬着牙说："队长带着舒窈私奔了！"

李昕先是愣了一瞬，随即才是平淡地点点头："哦，给我们订好房间了吧？"

迟秋阳垂下脑袋来："你们居然是这样的人！一点小恩小惠就能把

你们收买！”

李昕：“？”

迟秋阳：“至少也得来个豪华几日游什么的吧，想堵我们的嘴，能是那么容易的？！”

李昕：“……”

舒窈这一觉睡了整整两个小时，等她醒来时，车已经停在嘉遇山的地下车库里了。

凌晨的车库很黑，隔很远才有一盏灯，陆和晏坐在旁边，正低头在一个A4纸那么大的笔记本上写着什么。

舒窈迷迷糊糊地凑过去看，发现是歌词。

他戴了耳机，写歌时又专注，舒窈怕打断他的灵感，也不敢有太大的动作，只是托着下巴在一旁安静地看。

先前还不觉得，这会儿醒来，她才发现车里弥漫的都是酒味儿，全是从她身上散发出来的。她有些嫌弃地扯了扯自己的衣服，瞧见陆和晏写着写着，突然翻了一页，紧接着纸上出现了他龙飞凤舞的字：醒了？

舒窈眨了眨眼，不确定他是不是在问自己，没有立马答话。

陆和晏却将本子合了起来，须臾拿过旁边的保温杯，递给舒窈。里面装的是热牛奶，他点的外卖。

杯子却是他自己的，舒窈接过来，发现牛奶还冒着热气。

“你什么时候买的？”她睡得也太沉了，居然一点也没察觉到。

陆和晏没答话，只是轻轻侧着头问舒窈：“不打算请我上去？”

房间里的摆设没有变，陆和晏上一次来时住的那间屋子还保持着原貌。

晚上，舒窈躺在床上望着天花板，却想不出她和陆和晏现在究竟是什么情况，干戈化成了玉帛，两人当年又谈过那么一段短短的恋爱，此时再相处起来本该是别扭的，但无论是他，还是她，看起来又都那么自然。

起码表面上看起来是这样，就像普通的朋友那样。

隔天，舒窈是被迟秋阳的大嗓门吵醒的，昨天晚上大家闹到那么晚，也不知道他怎么还这么有精神。

陆和晏昨晚上来后，却是又坐在房间里创作到半夜，直到天快亮才去睡觉。大概是真的累了，迟秋阳他们搞出那么大的动静，他居然也没醒。

舒窈拆开迟秋阳买的早餐，边吃，边问："你们以前做专辑的时候，也都这么拼命吗？"

"不然呢？！"江旭坐到旁边的沙发上，"灵感这种东西，当它出现的时候，你不赶紧抓住它，之后就再也找不到了。哪怕你还会遇到别的灵感，但这一次的灵感，你不会再遇到了。"

"不愧是我江哥，说起话来这么文艺。"迟秋阳顿了顿，拍起马屁来。

江旭斜了他一眼："滚。"

迟秋阳还在嘻嘻笑着，仿佛被骂的人不是他一样。

"对了，你们年后什么时候进组？"

舒窈想了想："初五。"

李昕点了根烟到阳台上站着，身子倚在门框上："那也没多少休息的时间了。"

"对啊，我们还要巡演，又要做新专辑，也不知道队长为什么非要去演戏。"迟秋阳仰躺在沙发上，一点正行也没有，"本来嘛，我们搞乐队的，就是要纯粹，就是要酷！现在外边儿那些人都不知道怎么编排队长呢。"

他年纪小，还有点中二病，李昕抖了抖烟灰，抬头看了眼舒窈，眯着眼笑道："搞那些虚的干什么？！想怎么活就怎么活，自己满意就行了，管别人怎么说呢。"

"也是。"迟秋阳说，"我现在能一直打鼓，还能靠这个养活我自己，还能回报我爸妈，还有一群喜欢我的人……也够了，我本来也没什么特别伟大的梦想。”

李昕嗤笑了一声，没继续说话。

等陆和晏醒来后，下午他们又回梨花里收拾了一下东西，就散了。

舒窈自然是回北京和家人一起过年，陆和晏他们后天还有一场巡演，就直接飞去巡演的城市了。

舒窈原本还想跟去看一看呢，但舒远打电话给她，说爸妈想她了，硬逼着她回去。

舒窈也找不到晚回的借口，只好在迟秋阳遗憾的眼神里和他们道了别。

她先前是直接从伦敦飞到南市的，中途也没有回家和父母见上一面，下午舒远开车来接她时，冷嘲热讽地数落了她半天之后，才悠悠地提醒她："等一下见了爸妈，你自个儿好好道歉吧，反正我是不会帮你说话的。"

舒窈："我开始怀疑你是不是我亲哥了。"

舒远呵了一声，没理她。

舒窈又叹了口气："好想我明冬哥哥啊。"

没想到，舒远这回不上当了："想也没用，你明冬哥哥现在可忙着呢。"

"怎么了？"

舒远说："上回帮了你之后，老爷子还以为他回心转意了，天天让他回公司帮忙。"他似是想到了什么好笑的，眼里不禁蓄起了一点笑意，"又因为他插手的是娱乐公司，老爷子就以为他对这个感兴趣，想把事情都交到他的手上，结果他那位表哥啊，不乐意了。"

他表哥就是赵乾坤，舒窈对这人的印象不太好，问道："然后呢？"

舒远说："内斗了呗。不过都是赵乾坤单方面行动，你知道，你明冬哥对这个并不感兴趣。"

舒窈想了想："但老爷子就明冬哥一个小孩，他如果不愿意接手的话，家里这些产业难道就白白让给别人？”

“不知道，不知道你明冬哥是怎么打算的。”舒远摸了摸鼻子，“不过，你也别太抱不平，这个世界就是这样，有人视若珍宝的东西，在另一些人心里却是粪土。如果你明冬哥哥确实不在意的话，那也没办法。”

他们说着话，车已经开到了小区楼下。舒窈想到不知道怎么跟爸妈解释，一时倒回想起了小时候没考好时，不敢让爸妈看成绩单的心情。

舒远见她磨磨蹭蹭，忍不住笑了：“你是小学生吗？”

舒窈说：“你那天还说，在你和爸妈心里，我永远都是小孩子。”

舒远没想到她脸皮居然这么厚，一时也无言了。

不过，舒窈的担心是多余的，他们进了屋才发现，爸妈都不在家。

“明明我去机场的时候还在的。”舒远嘀咕道，顺手拨通了妈妈的电话。

“窈窈回来了，您二老去哪儿了呀？”

林静宜正在给女儿挑菜，舒长启推着推车冷着脸站在一边，他实在不喜欢逛超市。

她不满地瞪了舒长启一眼，给舒远回道：“在超市。”

“怎么去超市了？需要什么，让阿姨买不就好了。”

林静宜道：“阿姨挑的哪里有我亲自挑的用心。窈窈在外面拍了好几个月的综艺节目，我那天看电视，发现她瘦了好多，这好不容易回家了，我得好好给我闺女补一补……”

舒远隔着电话翻了个白眼：“也没见您心疼心疼我。”

舒窈蹲在一旁偷笑，眼神里明明白白地写着：你不是说我要挨骂吗？

舒远的白眼一时翻得更大了。

在家的日子总是过得很快，舒窈每天在家睡睡觉、陪陪父母、看看剧本，偶尔在群里和迟秋阳他们聊两句，不知不觉除夕就到了。

这天，从一大早开始，舒窈就收到了各种祝福，平日里根本不联系的人，也都群发了微信过来。

舒窈光着脚坐在沙发上，舒长启坐在一边津津有味地看往年小品合集，这玩意儿他每年都看，也不知怎么，就是看不够。

林静宜洗了水果端过来，又从柜子里搜罗出各种糖果和坚果，舒窈伸手拿了一颗核桃，递到舒远手里，让他帮自己开，然后在他的白眼里一个一个给大家回祝福短信。

短信全是她手打的，如今年味儿越来越弱了，认认真真地发祝福短信，大概是她能想到的唯一的仪式感了。

其中有一条是秦疏的，她这才想起自己似乎好久都没和他联系过了，于是盘起腿给他回复："大影帝最近干吗呢？"

秦疏："还能干吗？拍戏呗。"

舒窈："过年没放假吗？"

秦疏："你以为都和你一样那么轻松？！"

舒窈想了想，给他发了个红包过去，附言："买点好吃的补补。"

秦疏也没跟她客气，直接收了，她又想起什么，问他："那你不回老家，叔叔阿姨姐姐弟弟不管你吗？"

他先前想接他们到南市一起住的，但老人家恋家，不愿意离开，他只好在老家的市里给他们买了套房子。

秦疏家庭条件一般，现在一家子人基本上全靠他来养。

秦疏笑了笑："过年的钱已经全打给他们了。"

舒窈哦了一声，又问："那你们剧组过年没什么庆祝活动吗？"

秦疏："估计会办个晚会吧，再聚聚餐，意思意思就行了。"

他们没说多久，秦疏就去忙了，舒窈也被林静宜叫去包饺子了。

阿姨过年回家了，这几天的家务都要他们自己来做，舒窈一个人在国外生活了好几年，各种生活技能都掌握得差不多了。

林静宜看她擀饺子皮的熟练劲儿，心里忍不住泛起一阵酸水："什么时候学会这个了？"

她妈妈不会掩饰情绪，这句话说出口，声音都哽咽了。

舒窈愣了一下，才反应过来妈妈大概在心疼自己，嘴角往上扬了扬，只是说：“是不是突然发现你女儿特别厉害？”

刚去伦敦那会儿，她吃不惯外国的饭，从网上搜罗了各种视频，买来面和牛肉，学了好多天做牛肉水饺。

刚开始她根本不会和面，要不就是太硬，要不就是太软，折腾了几次之后，倒也像模像样了。

林静宜将饺子皮捏紧，放在桌面上，听舒窈这么说，也没过多地询问，嗯了一声：“是比你哥强多了。”

舒远正在给舒窈砸核桃呢，面前的盘子上已经摆了半盘核桃仁。

无故躺枪，可把他气坏了，不满地哼哼两声，作势要把核桃吃完。

舒窈老远就瞧见了他的动作，立马道：“但我哥其他方面都特别好呀！”

舒远的动作停下来，笑眯眯地问她：“哦，举几个例子来看看。”

舒窈：“？”

舒远把装核桃的盘子端起来：“举吧。”

舒窈硬着头皮念叨：“比如说，特别温柔、体贴、善解人意、长得帅、心肠好、个子高……”

她搜罗了各种夸人的词，一股脑儿地往外蹦。

舒远听了一会儿，连自己都听不下去了，讷讷道：“我没想到我在你心里居然这么完美。”

舒窈顿时就卡壳了：“什么？”

舒远：“哥哥也有很多缺点的，你不要把我想得太完美，免得人设崩的时候，你失望。当然，也不可能太崩，毕竟跟我的优点相比，那点不足简直不值一提。”

舒窈：“？”谁来把这个人拖走。

晚上才是除夕的重头戏，吃过年夜饭之后，他们一家人就坐在沙发上老老实实地等着看春晚。

舒窈把新的祝福短信又一条一条地回过去，看了看迟秋阳他们几人在群里的聊天记录。

迟秋阳："过年好无聊啊。"

江旭："我也好无聊。"

停了会儿。

迟秋阳："就我们两个吗，其余人呢？"

迟秋阳："@所有人。"

李昕："干吗？"

迟秋阳："你窥屏？"

李昕："？"

江旭："队长和舒窈呢？"

迟秋阳："你这样问，让我觉得他俩仿佛在一起。"

江旭："？"

迟秋阳："难不成真的在一起？"

李昕："你们俩是不是没有脑子？老陆在伦敦，舒窈在北京，两人怎么在一起啊？！"

迟秋阳："哦……也是。"

他们聊了一会儿就没再说话了，舒窈等春晚等得无聊，索性也盘起腿来，在群里发了个红包，引来迟秋阳一阵夸赞。

只是陆和晏一直都没有反应，连红包也没领，舒窈将抱枕抱在怀里，虽然也知晓他大概还没看到，但心里难免有些失望。

春晚放到一半的时候，舒远的同学突然打电话喊他出去聚会，舒窈想着反正在家也很无聊，就跟着他一起去了。

左右他在北京的朋友，她差不多也都认识。

聚餐的地点在他们常去的一间会所，舒窈中间有好久没回国，那帮人都比她大一些，见她走在舒远的旁边，直埋怨他没有提前告诉大家她也会来。

但男孩儿们还是往她微信里发了红包过来，她都一一收下了。

男生们聚在一起，天南海北的，特别能聊，舒窈在旁边听得直打哈欠，心里不禁后悔，还不如在家里看那无聊的春晚。

舒远见她有些不耐烦，倾身问她要不要回家，她看了看众人仍兴致高昂的样子，有点不好意思打断他们，只好摇了摇头。

快零点时，她出门透了透气，外头的灯火晃过来一阵又一阵的光。远处有涌动的人潮，似乎在走向同一个方向，集体进行跨年倒数。

舒窈靠在门前的长柱边，随手拆了块刚刚从包间里拿出来的糖果，塞进嘴里，正想给爸妈发新年祝福，手机突然响了起来。

她给陆和晏设置了来电头像，是她从网上随便下载的一张他演出时的图片。男人穿了简单的衬衫，头发被汗水浸湿了，搭在额前。

他本来在垂眼唱歌，不知唱到哪一句，陡然抬起眼睛来。

目光深邃又极具有侵略性。

她当时存图的时候还没想这么多，只是觉得好看，这会儿那目光却有如实质，仿佛能穿过屏幕，穿过时间，锐利而直接地投向她。

她的心脏忽然就突突地狂跳起来，甚至接电话时，喉咙都干涩了。

她迟了一瞬才接，刚把手机放到耳边，就听到陆和晏嗓音里带着些许笑意地说："新年快乐啊。"

远处的倒数声也如雷声般震耳。

她抬手看了看表，发现零点刚过二十一秒。

很巧妙的一个数字。

她也回他："新年快乐。"想了想，她又问，"你怎么突然醒了？"

"定了闹钟。"陆和晏淡淡地道。

舒窈张了张嘴，只觉得自己心跳得更快了，整颗心都提起来——

他这是什么意思？

不等她问，陆和晏又说："我看你在群里说，你现在在 Roses ？"

"是，陪我哥来的。"她努力压着嘴角的笑意，却发现怎么也压不下去，索性不压了，"现在后悔了，好无聊啊。"

陆和晏低低地笑了声："附近没有朋友？"

"没，这么晚了，再喊人出来也很麻烦。"

陆和晏："什么时候回家？"

舒窈："还不知道，要看我哥他们，不过，我估计会很晚。"

一直到挂断电话，舒窈才发现，自己的脸烫得吓人。她抬手捏了捏自己的耳朵，看到手机里有舒远发来的新消息："哪儿去了？这么晚，你一个女孩子，别瞎跑。"

舒窈低头给他回复："门口吹风，这就回去。"

他们的包间在二楼的最西端，要上去的话，必须要穿过一楼的整条走廊。她走到其中一间包厢门口时，后面突然蹿出两个人来，直接就将门踢开了。

来人戴了警帽，穿了警服，舒窈好歹也是公众人物，出现在这种地方总是麻烦，她匆匆瞥一眼，就准备离开，没想到这一眼却看到了秦疏。

屋子里烟雾缭绕，男男女女混杂着坐在一起，唯有最里面靠窗的地方，开了盏小灯。

秦疏就坐在那盏灯下面，手里夹着根烟，看到这个状况，亦有些惊讶。

舒窈准备挪动的脚顿时又抬不起来了。

眼见周遭喧闹起来，两边的门也都打开了，舒窈正想走过去问秦疏发生了什么，一只手突然从她的后面伸出来，直接将一个口罩从她的左耳挂到右耳。紧接着，那人又快速拉住她的手腕，将她带离了人群，一直拉到会所的门口才停下。

她懵懵懂懂地跟在后面，只能看见对方挺拔的身躯和戴了鸭舌帽的后脑勺。许是怕被人认出，他也戴了口罩，两只耳朵在冷风里泛起了一点红色。

舒窈在心里猜测着，却一时不敢去认，加上心里装着别的事，故而没有立马跟他说话，而是先摸出手机拨通了秦疏的电话。

他们的动静闹得不小，连舒远他们都从楼上下来了。

陆和晏拉着舒窈走到一个相对隐蔽的区域。她拨了半天电话，秦疏那边始终没有人接。

她正心焦时，舒远的电话打进来了，估计是担心她。

舒窈靠墙站着，抬头瞧见陆和晏立在旁边，半张脸都隐在帽檐下。

舒窈咳了一声，低声解释："我现在和阿晏在一起呢。"

"他不是在国外吗？"舒远有些意外。

"是，刚回来……"她也不知道陆和晏怎么会突然出现在这里。

确认她没事，舒远那边就把电话挂了。

陆和晏的车就在旁边，这会儿情况比较混乱，为了防止被人发现，他俩直接坐到了车里。舒窈有些垂头丧气地想：要是有人拍的话，刚刚他俩估计都已经被拍到了，也不知道秦疏那边到底发生了什么事，之后处理起来麻不麻烦。

很快，舒远就给了她答案，今晚秦疏他们剧组在这间会所里聚会，被人举报聚众吸毒。

当天晚上热搜榜就爆了，直接压掉了所有关于春晚的话题，把微博的服务器都搞得瘫痪了一个多小时。

秦疏的知名度本来就高，加上这次发生事件的剧组的导演又是牧导的儿子，他当时也在场。

他们上车后就把口罩拉了下来，陆和晏倚在座位上，看舒窈急得像热锅上的蚂蚁一样，给各种人打电话，又回各种人的电话。

他从烟盒里拿出一根烟来，想了想，又放下，轻轻嗤笑了一声："你是他的经纪人吗？"

舒窈连反应都迟钝了，茫然地啊了一声，停了一会儿，才想明白陆和晏是什么意思，又啊了一声，却不知道该怎么回答他。

其实陆和晏也不是真的有什么意见，只是看她精神太紧张，想给她放松一下罢了。

“你别担心，秦疏不会拿自己的前途开玩笑的，他不是那样的人。”

舒窈低头给人回复着短信，也没抬头：“嗯。”

想了想，她又补充道：“我相信他。”

她嘴里说着相信，脸色却还是煞白的。会所里刚发生过这样的事，现在外面乱哄哄的，没人注意到他们这一角还停了辆车子。

舒窈话音刚落，舒远又给她打电话了，说他们那边准备散了，问她在哪里，该回家了。

舒窈下意识地看了看陆和晏，后者察觉到她的目光，挑了挑眉，她说：“你们先回，我和阿晏这边还有点事。”

挂掉电话后，舒窈又焦躁地去刷了一会儿微博，她和陆和晏出现在现场的照片果然也被放了出来。

虽然陆和晏戴了帽子和口罩，但奈何网友实在太神通广大，硬是从背影、身高及衣服等各方面，证实了那个人就是陆和晏。

“我晕了，大过年的，陆和晏和舒窈怎么会在一起？！《明星公寓》已经录完了，而《明月几时有》还没开拍吧。”

“我是老实人，我怀疑他俩有猫腻，真的。”

“你们的重点是不是错了？重点是秦疏剧组全员被爆吸毒，而舒窈和陆和晏出现在他们剧组的包间门口，所以……”

她正看得入神，忽然从旁边伸过来一只手，把她的手机抽走了。

陆和晏随手把她的手机扔在置物台上，漫不经心地道：“别看了。”

陆和晏说着，又用自己的手机拨通了林书雅的电话，跟她解释了一下今晚的情况，让她那边好好处理一下。

本来今天晚上他们俩出现在那里就是意外，况且有监控录着呢，陆和晏是后来才过去的，没有什么解释不清的。

舒窈揉了揉自己因为担忧和紧张而过于僵硬的脸，没话找话地问：“你怎么会在这里？”

陆和晏知道她想问的其实是他不是在伦敦吗，怎么会突然在北京，但他也没多解释，只是淡淡地道：“陆昭的医生今年回国过年了，陆昭也想跟着回来看看，就一起回来了。”

舒窈哦了一声，没再继续这个话题，她用手托住两腮，半晌，才略微生涩地说：“秦疏之所以会遇到这种麻烦，其实跟我也有关系。”

陆和晏微微侧过了头。

舒窈说：“江欲雪这个角色，是秦疏给我争取到的试镜机会，为了这个，他才答应参演小牧导的戏。”

如果他没有进小牧导的剧组，今晚就不会遇到这样的事了。

她几乎有些僵硬地靠在椅子上，声音里满是掩饰不住的自责与担忧。

虽然她也觉得秦疏不会参与，但万一呢？就算他自己不主动，假如有人胁迫他呢？

这些都是不好说的。

陆和晏的一只手搭在窗户上，无意识地敲了两下，须臾，说：“你也太小看秦疏了。”

舒窈茫然地看着他。

“我看过小牧导那部剧的原著，故事很好，角色很有挑战性，和秦疏以往的风格都不一样。”陆和晏说，“秦疏是演员，他热爱演戏。”

不知道是不是故意的，他说到“热爱”这两个字时，加重了语气。

舒窈眨了眨眼，笑了一下：“你和秦疏倒是知己。”

陆和晏瞥向了窗外，没有说话，心想：谁和他是知己？！

过年期间，所有的新闻几乎都被这件事情承包了，舒窈每天关注着事情的动向，舒远知道她和秦疏关系好，也一直帮忙注意着。

一直到年初二，官方才出公告，说秦疏的检测结果呈阴性，并不存在吸毒的情况。

当时他们整个包间里只有两个没有参与的人，就是秦疏和陈思思。

消息出来的时候，陆和晏正带着陆昭在舒窈家拜年。舒家父母都认识他，两家当时的关系也还不错，他没有在节日里回国了还不来拜访的道理。

秦疏的新闻一下子就蹿到了热搜榜第一，这会儿他也该在家了，舒窈换上外套，想去他家里看一看。

陆和晏跟她一起去了。

初一晚上下了雪，这时道路两旁的树枝上都压满了积雪。秦疏住的小区安保措施做得比较好，这会儿媒体聚在门外，好在没人能进去。

舒窈来的时候给秦疏打过电话，他大概也知会了门卫，故而他们俩一来，就直接畅通无阻地进去了。

他们进门时，秦疏的经纪人连声刚要离开，碰面时简单打了个招呼，又问舒窈："那帮人还在楼下聚着呢？"

"在。"舒窈换上拖鞋，"人很多，他们认识你的车，我觉得你一出去就会被围住。"

连声皱了皱眉。

他早上来得早，那时媒体还没得到消息呢，所以也没遇到什么困扰。

秦疏在后面推他一下："你别这副表情，说不定我们还能借这件事卖卖惨。"

他其实是看连声太烦了，开个玩笑，哪知连声不屑地睨了他一眼："这还用你说？！"

秦疏："……"

舒窈在旁边哈哈大笑。

连声走后，舒窈才得空问秦疏："到底怎么回事啊？"

"不就是那么回事。"秦疏倒了两杯热水递给他们，"家里没有别的饮料了，你们先将就着喝。"

舒窈接过水杯，还是有点好奇：“具体说说？”

秦疏懒洋洋地靠在沙发上：“我以为就是去聚会的，谁知道……我当时困得要死，歪在一边睡着了，要不是后来陈思思指给我看，我都没发现。”他想到什么，眯了眯眼，“说起来，这不是他们第一次了，我听说之前也有过一回，不过我当时刚好出门跟你打电话呢，就躲过去了……”

他记得，那天陈思思似乎也出来了。

“怪不得……”秦疏又嘀咕了一声。

“幸好没有真的连累到你，不然，我真的要愧疚死了。不过，这部剧你们拍了也有一阵子，感觉白拍了……”舒窈咬了咬唇，声音有些闷闷的。

秦疏笑了一声：“关你什么事？！没什么连累不连累的。假设这事儿连累到我，那根本原因也肯定是我自己没把控住，也参与进去了，但参与是我自己选择的，跟你又有什么关系？”

再说了，这几天连声也为他的事忙得不可开交的，他父母那边，一直都是舒窈安抚的。

他一副浑不在意的样子，舒窈也没有再说什么，这种话，说太多就显得矫情了。

秦疏从茶几上的盒子里拿过两根烟来，递给陆和晏一根，揶揄道：“说起来，你们两个怎么一起来了？”

舒窈没想那么多，老老实实地答：“阿晏刚刚在我家拜年，看到新闻，就顺便一起过来了。”

秦疏：“哦。”声音很是意味深长。

窗外过年的气息还没散，楼下热闹得很，住在对门的人敲开了秦疏的门，给他送来一些为了过年自己做的果子。

秦疏一大早就回来了，匆匆洗了个澡，还没来得及吃饭，连声就来了，两人又商量了好久后续的公关事宜。等连声要走了，舒窈和陆和晏也来了。

秦疏端着果子站在门口，表情有一瞬间的愣怔，许久才捏起一颗塞进嘴巴里，面粉和糖浆的香味儿混杂在一起，他的味蕾瞬间就舒展开了。

他歪了歪头，轻笑：“谢谢。”

邻居拍了拍他的肩膀：“人生是平衡的，这次的事情过去，你肯定会遇到好事的。”

秦疏道：“承您吉言。”

舒窈也是这才想起秦疏还没吃饭呢，拿起手机刚想点外卖，就听一旁的陆和晏懒洋洋地说道：“已经点过了。”

他们在秦疏家里吃了中饭才走，临出门的时候，秦疏突然叫住舒窈，说想和她说件事情。

他的表情不对，总有股欲言又止的味道。

舒窈问：“什么？”

秦疏转头问陆和晏：“可以回避一下吗？”

陆和晏倚着门站着，低头看了眼手机，却说：“现在可能有点事要去忙，晚一点再说行吗？”

舒窈凑过头来想看他的手机：“什么事？”

陆和晏：“等下再说。”

他的目光直视着秦疏，后者抿了抿唇，半晌道：“那好吧。”

等人离开了，秦疏才收到陆和晏发来的微信：“我知道你想跟舒窈说什么，晚一点我过来找你。”

实际上，陆和晏那边真的有事。

秦疏他们剧组那天出事的人里有一位是他们同公司的师兄，这位师兄初六要参加一档音乐节目的录制，如今他突然出事，公司里决定让Gruis先顶上。

所以，他们需要提前进行练习。

音乐节目是比赛性质的，他们将会作为踢馆歌手出现。

舒窈侧着身子，将脑袋搁在椅背上，想了想说："但是，我们不是初五要进组吗？到时候，你来得及吗？"

"你是不是没看群消息？"陆和晏道，"昨天晚上群里发了通知，说延迟几天进组。"

他们的群刚建好那几天，太吵了，舒窈就把消息设成了不提醒，她没注意到有了新消息，这时听陆和晏提起，才点开看了看，果然是推迟了。

但具体推迟几天还没确定，舒窈想想也是，出事的剧组是牧导儿子的，他一时半会儿大概没有心情立马开始工作。

她叹了口气："也不知道小牧导到底是哪里想不开。"

明明生活优渥，家庭幸福，梦想之路刚刚开始，到底为什么——就做了这样不明智的选择啊。

陆和晏嗯了一声，没答话。

他本来是打算先把舒窈送回家，再顺便把陆昭接回自己家，然后去练习室排练的。

哪知他带着陆昭刚进电梯，她就从后面蹿了出来。

陆昭还傻傻地问她："小舒姐刚……刚回来就又要出门吗？"

舒窈的目光飘忽了一下，没敢落在陆和晏的身上，胡乱地啊了一声，然后就跟着他们上了车。

陆和晏看她直接坐上了后座，也没拦着她，直到把陆昭安全送回家后，才打开后座的车门，似笑非笑地问她："你有事？"

舒窈看了看天："没有啊。"

陆和晏抱住双臂没说话，舒窈被他盯得装不下去了，微微弯了弯身子，小声问："我不能去看看吗？"

"看什么？"

"就……你工作时的样子啊。"

借口，都是借口，她不过是——想多和他待一会儿罢了。

舒窈无声地叹了口气，就听陆和晏淡淡地道："不行。"语气里一点转圜的余地也没有。

舒窈张了张嘴，顿时觉得自己满腔的热情一下子就冷了下来。

陆和晏启动车子，等了半天，没等到舒窈再有回应，透过后视镜看了眼，发现女孩正面无表情地闭眼装睡。

也不是面无表情，起码他能够很明显地看出来，她是不开心的。

他的手无意识地敲了两下方向盘，漫不经心地道："晚上。"

舒窈的耳朵动了动，觉得自己绝对不能立马就搭理他。

陆和晏又放缓了声音："晚上我去你家接你，好不好？"

舒窈在心里告诉自己：一定要争气啊。

然后，她甜滋滋地应他："好呀。"

这股甜一直持续到舒窈回到家里，刚跟朋友打完麻将回来的林静宜一进门，就看到自家女儿正坐在沙发上傻笑，连她走近了，都没发现。

她伸手在舒窈的面前晃了晃，后者才茫然地抬起头："怎么了？"

林静宜道："我还想问你怎么了呢，在那儿傻笑什么呢？"

舒窈抿起嘴角："没什么。"

在一旁看破一切的舒远冷笑道："陆和晏邀请她晚上去看他们排练。"

林静宜哦了一声，心说：去看排练有什么可开心的。

林静宜正准备起身把背包挂起来，突然福至心灵，又坐下来，有些狐疑地问舒窈："你和他现在……"

舒窈被妈妈八卦的目光看得不自在了："什么呀！"

林静宜接着问："在一起了？"

"没。"舒窈闷声道，"只是朋友。"

"哦……表白失败了？"

舒窈说："没表白，我们俩刚刚把当年的事情掰扯清楚，哪能就谈恋爱了？！我都不敢跟他提这一茬儿，再说了，他现在喜不喜欢我都还不一定呢，毕竟已经过去那么久了。”

林静宜说：“那你还喜欢他吗？想和他在一起吗？”

舒窈怔了怔，自从她和陆和晏重逢以来，做事一直全凭感觉，似乎还从来没有认真考虑一下这些事情。

见她哑然，林静宜又说：“没想的话，可以好好想一下，如果还想在一起，就好好地去争取，好好地去表白；如果没这个打算，就好好跟人家交朋友……”

“想。”舒窈却突然打断了她的话。

林静宜噎了噎，又听舒窈有些不好意思地喃喃道：“我刚刚只是在心里设想了一下我以后的生活。”

然后，我发现，除了他以外，我居然无法忍受任何人来占据我的生活，浪费我的生命。

世人多无趣，但倘若能和他在一起，好像无趣的生活也是甜的欤。

第七章

借我怦然心动的勇敢

我多幸运，

能借此星辰得渡一生孤寂。

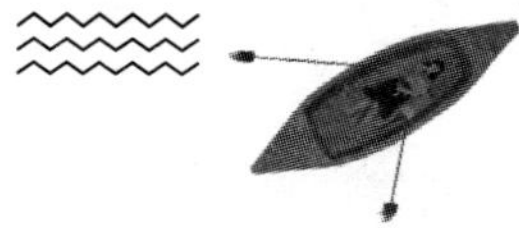

晚上，舒窈到陆和晏他们的练习室的时候，迟秋阳他们几个也已经从老家赶过来了。

陆和晏将车钥匙随手扔到桌子上，走到旁边给舒窈倒了杯水，听到迟秋阳在那儿十分夸张地嚷嚷:“哇,这还是咱们练习室第一次来女生！”

他们给练习室起了个名字，叫“小星球”，是迟秋阳起的，理由是他加入 Gruis 的那天晚上，星星特别好看。其余几人虽然很嫌弃，但是他们也懒得在给练习室起名字这样的事情上下功夫，就随他去了。

这会儿,迟秋阳就坐在一边兴高采烈地给舒窈科普这个名字的来历。

李昕简直想翻白眼：“你少说点话，也少一个人知道这个丢人的名字。”

“哪里丢人了？！这名字多有意境啊！”迟秋阳不满，“你看啊，我们每个人，心里其实都有一个属于自己的小星球，里面装着自己喜欢的人、自己的梦想、自己的回忆、自己喜欢的东西……这些事物，就构成了独属于某一个人的世界，那就是这个人的小小星球了。”

他说：“所以，这个地方，就是我们四个人共同的星球，装着我们的每一首歌、每一个灵感、每一次打闹……”

房间很大，却很拥挤，里面堆满了各种乐器与录音器械，墙上是海报和歌词、乐谱，一眼看过去，显得非常杂乱无章。

舒窈找了好久都没找到下脚的地方，索性就盘腿坐在地上。

陆和晏下午就在进行编曲的工作,这会儿一首歌的雏形已经出来了，大家各自坐在自己的座位上，有条不紊地试着音。

迟秋阳没有刻意压低声音，话音落时，众人手里的工作不约而同地停了一瞬，连最喜欢怼人的李昕都安静了下来，半晌，还是江旭扔来一本记事本：“矫情。”

迟秋阳咧嘴朝他笑了笑，仿佛被骂的人不是自己似的。

舒窈见他们都开始忙起来，在旁边听了一会儿，就独自坐到角落里玩起手机来。打开微信时，她才想起今天中午秦疏好像是说有事要跟她讲来着，后来因为陆和晏着急回来，就搁下了。

想到这里，她给秦疏发了条微信："在忙吗？"

秦疏很快就回过来："没，怎么？"

舒窈："你今天想跟我说什么？"

秦疏回微信的动作一停，脑海里想到的却是下午陆和晏来找他时的场景。

那时，他正在看连声新发来的几部剧本，陆和晏突然摁响了他的门铃。

陆和晏中午走的时候就说晚点找他谈，他没想到陆和晏会这么快。

两个大男人之间也没什么可磨叽的，他进门就直接说他已经知道秦疏要和舒窈说什么了。他连鞋都没换，就站在门边，说："当时发邮件威胁舒窈的那个人，是你，对吧？"

他的声音有些冷淡，同舒窈在时完全不一样，秦疏将门关上，闻言，愣了愣，无奈地笑道："你是什么时候知道的？"

"前不久。"

对于这个答案，秦疏也不意外，他沉默了半晌，才说："我应该早一点告诉你们的。"

他那时刚刚出道，在娱乐圈还不能站稳脚跟，王铭威胁他，他纠结了很久，最终还是答应了。

困难来时，人都有取舍，他和舒窈固然是朋友，但是，他也做不到为了舒窈而放弃自己的理想。

王铭就是个疯子，即便他自己就能拿到那些照片，但他依然选择让秦疏来做这件事，因为，由秦疏来做，等将来被舒窈知道了，她肯定会因为被朋友背叛而伤心，那么，陆和晏势必也会不好受。

但凡能让陆和晏不好受的事情，他都愿意去做一做。

这种人其实很多，因为被人压制久了，有朝一日翻了身，就会用各种各样的方法来显示自己比对方优秀。

他趾高气扬，得意扬扬，尽管对方从来没有做过伤害他的事情。

人的嫉妒心是很可怕的。

秦疏原本不想把这件事告诉舒窈的，毕竟，于他来讲，也并不是什么光彩的事，还会影响两人之间的情谊。

但他最近和舒窈交流渐渐多起来，虽然表面不显露，却每一天都在遭受着良心的谴责。尤其是这一次，他家里大大小小的事，几乎都是她帮着解决的。

他觉得自己瞒不下去了，他不值得舒窈这样真诚对待。

况且，现在陆和晏也回来了，他们两个的关系眼见着越来越好，他这时候告诉她，伤害远没有从前那么大了，他相信陆和晏会将她安抚好的。

陆和晏立在玄关处，始终没有进门，见秦疏这样坦荡地承认了，静了片刻，忽然从口袋里掏出一盒烟来。想了想，他又将烟放了回去，换成一根棒棒糖。

他似乎已经无意再多说，明明心里早已把所有的关节想通，此刻心里又难免涌出一阵愤怒来。

“你不必告诉她了。”他的手搭到门把手上，显然已经打算离开了。

秦疏微微愣了片刻，又听他道：“你肯定觉得现在一切都好起来了，这一点伤害对她来讲没有什么，但我不希望她再受一丁点的伤害。

“她这人虽然看着好像对什么事都不怎么上心，但实际上非常重感情，她把你当朋友，你把她当什么？”

他轻轻嗤笑了一声，明知道依照当时的情况，秦疏做出那样的选择也无可厚非，但他和舒窈是直接被伤害到的人。他自己倒是无所谓，反正这样的事情，他早就习惯了，但他不愿让舒窈去承受这些。

他没有那么大度，多年的离别，说原谅就能去原谅。

“所以，我也希望，你以后能够尽量离她远一点。”陆和晏又道。

秦疏低着头，苦笑道：“最后这个要求，你是真的为她好，还是存了私心？”

陆和晏脚步顿了顿，微微抬起下颌：“纯粹为她好怎么样，存了私心又怎么样？！总归我会保护好我的女孩，这一点，就不劳秦先生费心了。”

舒窈等了半天都没等到秦疏的回复，索性把手机放进兜里，仔细听歌了。只是可能这一天太奔波了，她听着听着，居然在这么吵闹的环境里睡着了。

等醒来时，她才发现自己不知道被谁抱到了练习室里面的休息室里。房间里没有开灯，只有门缝那里透着光，一同透进来的，还有外面若有似无的歌声。

他们这个房间的隔音效果很好，即便是那么大的音乐声，也只能传进来一点。

几人正围在一起磨曲子，主要是陆和晏和江旭俩人在磨，李昕窝在旁边的沙发上小憩，迟秋阳不知从哪儿找出一把瓜子，正一边嗑，一边哼歌。看见舒窈醒了，他朝她招招手，从自己的外套口袋里又抓出一把瓜子来。

“好累啊，来聊聊天呗。”

舒窈走到迟秋阳的旁边坐下：“聊什么？”

迟秋阳说：“你跟我们队长……以前是不是……嗯，谈过？”

“嗯？”舒窈差点被瓜子壳卡到喉咙，“怎么突然问这个？”

迟秋阳笑笑：“我无聊呀。”

不等舒窈答话，他又说：“队长虽然长得好看，喜欢他的人也挺多，但我从没见过他对谁这么别扭过。怎么说呢？看着像是有点讨厌你，但是做的事情，每一桩每一件，都分明是在靠近你、保护你，用我们年轻人的话来讲就是，口嫌体正直！”

迟秋阳说：“反正你俩肯定有故事。”

舒窈抬头看了陆和晏一眼，他和江旭一人抱着一把吉他，正专注地工作。

练习室的灯光是暖橘色的，打在他的侧脸上，满室的乐器和海报显得格外喧嚣，唯有他那一隅是安静的。

大概是嫌头发碍事，他找了根透明的皮筋儿，把自己额前的碎发给绑上去了，露出光洁的额头。舒窈在心里第无数次发出感叹：这个人怎么这么好看啊……

然后趁那人感受到她的注视之前，她收回目光，心不在焉地给迟秋阳回话："你观察力挺强呀。"

"那当然！"迟秋阳毫不谦虚地接下她的夸奖，"没有什么能逃得过我的眼睛！"

他拿鼓槌戳了一下舒窈的手肘："说起来，你知道我们几个最开始是怎么凑到一起的吗？"

其实，最开始是李昕和陆和晏成团的。

大学的元旦晚会，每个班级都要报节目，李昕看陆和晏虽然功课都学得很好，可除此之外，对外界的一切似乎都不太感兴趣。

如果他不认识陆和晏，倒也无所谓了，毕竟每个人都有自己的个性，有自己想要选择的生活方式。可偏偏，他见过从前的陆和晏，那个肆意、飞扬、骄傲、无忧无虑的陆和晏，他有点没办法接受陆和晏突然变成这个样子。

于是，仅是一个忽然闪过的念头，他背着自己的琴，走过去，撞撞陆和晏的肩膀。

"欸，喜欢玩乐队吗？"

"真的特别好笑，"迟秋阳说到这里，几乎笑得前仰后合，"两个学表演的学生，组了支乐队，居然还做得有模有样。"

但乐队里仅有他们两个非专业人士还是不够的。

李昕本就是圣母心作祟，想说点什么来开导开导这朵曾经罩在他们头顶的巨大云彩，没想到陆和晏在愣怔了一瞬之后，居然真的同意了。这下，他才终于开始觉得重任压在身，皱眉想了好几天之后，开始每日去酒吧里蹲点，蹲了大半个月，酒吧的驻唱总算被他拐了回来。

那时，江旭已经大学毕业很久了，每天辗转在各家酒吧进行表演。

“他也有过自己的乐队，组过几次，但这种东西，大家都觉得不够吃饱饭，于是就散了组，组了又散。”

迟秋阳把瓜子壳在嘴里咬得嗒嗒响，舒窈都怕他卡到自己。

迟秋阳用下巴指了指江旭：“你别看他总是一副云淡风轻的样子，其实心里的火比谁烧得都旺，他喜欢这个，但也不瞎清高，该跑的商业活动，一场也不会推辞。只要能让他继续玩乐队，继续弹琴唱歌就行。”

舒窈说：“江旭以前是酒吧驻唱？”

“是啊。”迟秋阳得意得不行，好像被夸的人是他一样，“那会儿好多小姑娘喜欢他呢，我们旭哥年轻的时候也是一表人才，好吗？！”

舒窈：“我要告诉江旭，你说他现在老了。”

迟秋阳：“？”

迟秋阳惊呆了，没想到舒窈居然是这么“阴险狡诈”的人。他继续不停地往嘴里塞瓜子，转过身子，准备离舒窈远一点。

舒窈一个人在那儿笑了一会儿之后，才又把头凑过去：“你说了这么多，还没说你是怎么加入Gruis的呢，你那时候是高二吗，还是高三？我记得你复读过？你一个小屁孩儿，怎么跟他们几个混到一起的？”

她问题太多，聒噪得不行，讲话还不客气，迟秋阳被她气得脸都红了，扭过头，不想搭理她。

舒窈推了推他的肩膀：“欸，你快说。”

迟秋阳：“我不。”

舒窈作势要去抢他的瓜子。

他们俩坐在一堆鼓中间，两颗脑袋小小的，挨在一起，陆和晏和江旭把最后一句的编曲也改好之后，才起身伸展了一下腰身。

舒窈和迟秋阳太吵了，也就李昕睡得像猪一样，没被他们两个吵到。

陆和晏咳了一声，从录音室里走出来，靠在旁边的门框上。

他唱了太久，声音有些哑，但不难听，反而透着一丝意外的性感。

舒窈抓着迟秋阳手腕的手一顿，几乎是条件反射地就收到了自己的身后，扭着头，眼巴巴地看着陆和晏。

陆和晏朝她招了招手。

舒窈眨了眨眼，屁颠屁颠地跑过去了。

迟秋阳在身后嘲笑她："没出息！"

舒窈心想：谁在喜欢的人面前还能特别有出息？！

可走到陆和晏的跟前，她又㞞了，她停在他半米之外，看着他被昏黄的灯光衬得更加棱角分明的面庞，低声问："你……你叫我来干吗？"

陆和晏说："再过来一点。"

舒窈："我不。"

陆和晏静静地看着她，须臾，忽然低笑了一声。仗着自己腿长，他一步就跨到了她的跟前，胸膛几乎能够挨到她的鼻尖。

浅淡的松木清香全随着他的到来而钻进了她的鼻孔，她觉得自己脑袋都蒙了："你……你干吗？"

她又问了他一声，抬起脚步，想往后退，谁知他的手突然伸进她的口袋里。

舒窈这才发现，她的口袋里不知被谁塞了两颗润喉糖。

"想吃糖了。"

陆和晏往后退了半步，咳了一声，低头瞥着舒窈涨得通红的耳朵，声音低低的："你以为我要干什么？"

"谁管你要干什么？！"舒窈的一颗心终于落到实处，又没来由地感到有点失望，好半晌才抬起头，叫他，"阿晏呀。"

陆和晏的声音还是低低的："嗯？"

舒窈说："你、你最近是不是看过什么……《霸道总裁爱上我》之类的小说？"

陆和晏："？"

迟秋阳在后面捶地大笑："哈哈哈！小舒姐，你是怎么知道的？"

舒窈回过头，惊讶地睁大了眼睛："不会被我猜中了吧？"

"还真……"迟秋阳还想说话，被陆和晏一记眼刀逼回去了，改口道，"还真……不是！我乱说的！我们队长这么英俊潇洒、英明神武、英姿不凡，怎么可能会看那种东西！"

舒窈将信将疑："哦……看来你语文成绩进步不小啊。"

"欸……"迟秋阳愣了愣，等反应过来后，脸上又写满了得意，"那当然！我家然然的语文成绩一直是我们全校第一！"

李昕不知道什么时候醒了："你家然然？你早恋？"

迟秋阳立马站了起来："不是！"

李昕："哦？"

迟秋阳："古人告诉我们，要好好学习，不要早恋！我一直谨遵古人的教训，绝对不敢越雷池半步！"

李昕哼唧道："那还差不多。"

陆和晏看迟秋阳吃瘪，不知哪根筋搭错了，突然面无表情地呵呵了两声，语气非常嘲讽。

迟秋阳特别憋屈地瞅了他一眼："哼。"队长，你等着。

编曲彻底解决后，剩下的就是练习了。陆和晏和江旭累了半个晚上，灌了点儿蜂蜜水之后，就各自回休息室里睡觉去了。

原本陆和晏想先送舒窈回家的，被她严词拒绝了，说回家也是无聊，还没有在这里看他们练习有趣。

但她盘着腿坐在椅子上的表情可一点儿也看不出有趣。

起码，她的眼睛是又困得快睁不开了，嘴里也不停地打着哈欠，眼里蓄满了因为太过困倦而涌出来的泪水。因为刚刚在休息室躺了一会儿，她现在的头发也是乱糟糟的，整个人抱着椅背软成一团，仿佛下一秒就能直接趴在那儿睡下。

陆和晏低头看了她一瞬。

“行吧。”他说，“那你继续在这里玩，我和江旭先去睡了。”

休息室只有一个，他们一堆男生平时也不必注意那么多，都是一块儿睡的，就是这会儿也没有多余的房间留给舒窈了。

刚刚陆和晏那么问她，她还以为不管怎么样，他也会跟她客套两句吧，哪知他居然转身就进了房间。

真的是……

舒窈有些怨念地瞪了瞪那扇紧闭的房门，快在上面瞪出一朵花来的时候，门突然开了。

舒窈来不及收回的目光就这么和陆和晏撞上。

男人刚刚大概简单冲了澡，头发还是湿漉漉的，臂弯上挂了件外套。

他的眼睛微微上挑着看向舒窈，非常揶揄且意味深长。

舒窈飞快地转开目光，摸了摸自己发烫的耳朵，见陆和晏拿了一把钥匙走到了她的跟前：“要不要出去兜风？”

“这个点？”

“有问题？”

舒窈站起来，扭头在旁边翻找起来，陆和晏问：“找什么呢？”

“吹风机。”

舒窈站在陆和晏的身后，给自己做了好久的心理建设，才敢伸手去摸他的头发。

嗯，很软，很香，凉凉的。

他个子高，即便此刻是坐着的，高度也快到舒窈的脖子处了。她吹得有些吃力，不得不踮起脚，手臂很快就酸了，男生的头发还只是半干的状态。

她把嗡嗡响的吹风机关上，有些自暴自弃地道："欸！"

陆和晏在低头回复微信："怎么？"

舒窈说："你能不能换张矮一点的凳子？"

陆和晏收起手机，站起来，接过舒窈手里的吹风机："我就说我自己来。"

男生三两下把头发吹干，捞过放在一边的外套，问舒窈："你想去哪里兜风？"

李昕和迟秋阳在后面，皆是一副"没眼看"的表情。

"春天到了……"李昕喃喃。

"哇。"迟秋阳扭头看他。

李昕问："有什么问题吗？"

迟秋阳："我怀疑你在开车，但我没有证据。"

他俩八卦的声音特别大，可以说是旁若无人了。

陆和晏早早就先出去了，在门外等着她，她羽绒服上的一粒扣子怎么也扣不上，也不知道是急的，还是被他俩臊的。

陆和晏大抵是等得不耐烦了，突然抬腿走进来，用指关节将她的下巴往上抵了抵，就着她的手的动作，三两下就把那颗扣子扣上了。

舒窈捏着自己的耳朵偷瞄了一眼身后正交头接耳的迟秋阳和江旭，抿了抿唇，红着脸跟在陆和晏的后面出了门。

这个点，街上已经没什么人了，陆和晏说是带她去兜风，但两个人并没有真正兜风，他直接把她安排在后座，把座椅调整好，就让她在那上面睡觉了。

座椅上有他们以前放在上面的毛毯，暖气也打得很足，舒窈得知陆和晏的目的后，坐在后面半晌也没能说出话来，好像有细细的暖流在心里面涌动着，仔细去抓，又摸不到分毫。

"那你不睡觉吗……"最终，她还是这么问了一句。

陆和晏透过后视镜看了她一眼，眼里蓄起了淡淡的笑意：“我开车随便走走。”

舒窈说：“哦。”

舒窈侧头看着窗外的街景，其实也没有什么好看的，除了路灯的灯光，就是一些影影绰绰的楼房。

她不知不觉就睡着了，车子也不知开了多久。等她醒来时，天边已经透出一点点亮光，陆和晏正站在车旁抽烟，另一只手里还提着豆浆和包子。

居然这么早就有人出来卖早餐了。

舒窈转了转因为睡姿不太舒服而有些僵硬的脖子，打开车门走出去。

陆和晏一根烟刚抽完，将烟头在垃圾桶的盖子上摁灭，才扔进垃圾桶里，而后低头拆分出一份早餐来，递给舒窈：“饿了吗？”

还真……没饿。

但舒窈还是接过了早餐，咬住豆浆的吸管喝了两口，往四处望了望：“咱们这是在哪儿呢？”

“公司楼下。”陆和晏笑了一声。

舒窈睡昏了头，这才反应过来自己身处何处，她觉得有些窘迫，哦了一声，又说：“你就这样站在这里，不怕被拍到吗？”

“这个点有谁来拍？！”陆和晏道，“再说了，就算拍到，又怎么样呢？！”

他微眯着眼，一副不在意的模样，仿佛连头发丝儿上都写了大大的“不在乎”三个字。

舒窈说：“倒也不会怎样，不过，我觉得林姐会打死我们。”

陆和晏笑了笑，没说话。

他们上去时，其他人还仍在睡着，只有江旭一个人正靠在墙角记谱子。

瞧见舒窈和陆和晏一起进来，他歪了歪头，面无表情地抬手和他们打了个招呼，就又继续埋头工作去了。

陆和晏把早餐放到桌子上："先吃点东西。"

江旭哦了一声，于是面无表情地去抓豆浆。

不过是参加个比赛，他们本不需要这么费力气，但奈何他们这次是临时去救场，除掉路上的时间和彩排的时间，留给他们自个儿练习的时间并不多了，所以他们只能抓紧时间赶一赶。

舒窈白天又跟着他们听了一会儿，就回家去了，毕竟她老待在那里也不是个事儿。

这档节目是在浔江录的，故而，他们周五一大早就坐上了从北京去往浔江的飞机。

牧导那里也发来了通知，让大家过了元宵节再开始进组，所以这几天舒窈一直在家里研究剧本。

初六一大早，舒窈收到一个同学聚会的邀请函，都是他们当年高中时的同学，原本这个聚会也该在南市举行的，但现在已经到了年后开工的时候，有很多人都在北京工作，于是几个人一合计，就直接在这里聚了。

来参加聚会的，除了他们本班的同学以外，还有一些是外班的，以及他们的学长学姐和学弟学妹们。

吴笑笑在电话里跟舒窈吐槽："与其说是同学会，倒不如说是校友会。"

吴笑笑当时是舒窈和陆和晏的前桌，他们关系还可以，不过中间也很久没有联系过了，也是因为要开同学会，才重新开始聊天。

舒窈想了想说："我还是有点不太想去……"

"为什么啊？"吴笑笑挑眉，"当年除了陆和晏，你也没跟谁有过什么恩怨情仇啊。"

舒窈一听她提陆和晏，心就扑通一跳："你别闹，这关陆和晏什么事。"

吴笑笑说："我也没说关陆和晏的事啊。还是说，你现在是大明星了，不想认我们这些老同学了？”

她当年那些同学，大多非富即贵的，哪里会真的觉得明星的身份如何稀奇。

舒窈说：“你就别笑我了。”

“反正你得来，不然，都没几个我认识的人，太无聊了。”

舒窈不太会拒绝人，想了想，自己反正也没别的事，最后还是答应了。

聚会的地点离舒窈家有些远，她直接把舒远新买的那辆车弄来开了，到地方时，给吴笑笑打了个电话，对方很快从楼上下来，挽住她的胳膊说：“你真来了啊？！”

“我怕被你念叨死。”舒窈说。

他们直接把望庭整个二楼都给包了，这会儿已经来了很多人。舒窈直接拉着吴笑笑走到一个角落里坐下，打算神不知鬼不觉地来，等聚到一半时，再神不知鬼不觉地走。

吴笑笑笑她：“你这样有什么意思？”

舒窈说：“我跟大家都不熟。”

她话音刚落，就有一个男人从后面拍了拍她的肩膀：“舒窈？”

她瞪向吴笑笑：你怎么没跟我说王铭也来啊？！

吴笑笑一脸茫然：我不知道你不想见到他啊！

舒窈现在就是后悔，非常后悔。

她不耐烦地嗯了一声，但王铭显然看不懂她的不耐烦，因为他已经拉开椅子，在她的旁边坐下了。

舒窈扯着嘴角问他：“有事？”

王铭说：“没事就不能找学妹说话了？”

舒窈：“呵呵。”

吴笑笑点了根烟，在旁边打圆场：“说起来，你这些年怎么样？当初你跟陆和晏都是一声不吭地就跟大家断了联系，不知道的还以为你俩私奔了呢。”

也不知道这姑娘这几年遇到过什么事，性情大变，讲起话来一点也不顾忌，她说完，又压低了嗓子，凑过头来问舒窈："我前段时间才知道陆漳洵就是陆和晏的爸爸，欸，你知不知道当年他们家到底什么情况啊？"

"我怎么会知道。"舒窈心不在焉地搪塞了一句，背过身子，不想看到王铭。

吴笑笑嗤笑一声："别以为我不知道你们俩什么关系。"

舒窈说："我跟他能有什么关系……"

吴笑笑倾身把旁边桌子上的烟灰缸拿了过来，慢吞吞地吐了个烟圈，没说话，但脸上的表情分明写着：你就跟我装吧。

她问王铭："欸？我记得你当初和陆和晏关系还不错啊，你知不知道什么内幕？"

"你怎么这么八卦？！"舒窈打断了她。

"嘁，小气鬼，陆和晏说不得吗？！议论他两句怎么了？！怎么说也是咱们学校的风云人物，如今他落魄了，还不许人看看笑话吗？！"

舒窈本来以为吴笑笑只是嘴碎了点，没想到她会说出这样的话，舒窈的脸色当下就变了，只是还没等舒窈有所动作，王铭就先一步冷声道："你再说一遍？"

他在外人面前，惯是一副温雅的模样，吴笑笑似是没想到他会突然冷下脸来，愣了一瞬，随即哼笑道："我说得难道不对吗？！你有病吧？我不过随口八卦一句怎么了，跟你有什么关系，用得着反应这么大吗？！"

吴笑笑这个反应也是有点过度了，王铭没理会她，继续冷声道："陆和晏再怎么样，也不是你这种人可以议论的。"

"我是哪种人？他又是哪种人？"吴笑笑还想说什么，从刚才起就一直没吭一声的舒窈突然将自己手里的保温杯放到了桌子上。

她动作平稳，用的力气却不小，杯底与大理石的桌面立马就发出咣当一声响。吴笑笑停了话头，往她这边看去。

舒窈张了张嘴，她其实准备了许多话来反驳吴笑笑，可话到嘴边，突然又觉得没意思了。有的人并非真的觉得你如何了，只是你没有往大众认为的成功的方向走，他们便觉得你生活得苦，跟这种人争辩，没有意思。

没等他们再说什么，组织聚会的人就告诉大家可以开席了，他们来的人不算少，每个班级的人坐一桌。舒窈从刚刚起，就对这个聚会彻底不感兴趣了，但还没等到真正开始就走，又似乎不太好，于是在短暂的纠结之后，还是入了席。

偏偏吴笑笑似乎还未能从刚刚的争执中走出来，端着酒杯找着各种理由给舒窈敬酒。

吴笑笑刚刚那些话并不客气，舒窈虽然在心里告诉自己无数遍不要跟这种人一般见识，毕竟若要吵起来，最后受牵连的人还是陆和晏，她不愿意让他再度成为旁人闲聊时的话题。

但年轻的女孩，到底还是有些少年意气，既然不能大大咧咧地和对方争吵，那拼酒就拼酒。

她们两个女孩子喝得凶，引得两边的人纷纷侧目，最后还是王铭走了过来，居高临下地点了点下巴："吴笑笑，你跟我过来一下。"

王铭的语气不怎么好，舒窈本以为吴笑笑不会理他，未料吴笑笑在短暂地停顿之后，居然真的起身跟他走了。

坐在另一边的同学见舒窈吃惊，在她的耳边跟她八卦："这你就不知道了吧，吴笑笑跟王铭订婚了。"

舒窈没怎么留意过这些消息，当时只知道王铭订婚，却没料到他的未婚妻居然是吴笑笑，但看他们两个刚刚的相处方式，又不似有什么感情。

同学继续说："我听说啊，吴笑笑大学和王铭是同一个学校的，她那时候就喜欢王铭了，追他追得全校皆知，但王铭始终没给什么回应，也不知道最近怎么突然就订婚了。”

舒窈刚刚喝得有点多，一开始还不觉得，等停下来后，才发现自己头脑都在发昏。同学还在她的耳边断断续续地八卦，她听得头疼，只好起身，说：“我去一下卫生间。”

等回来时，她却见王铭和吴笑笑在卫生间旁的角落里发生了争执。

舒窈出来时，恰好听到吴笑笑问：“你不是讨厌陆和晏吗？刚刚我帮你出头，你那是什么态度？”

他们大概争执了有一会儿，王铭脸上露出明显的不耐烦：“我不需要别人来帮我出头。”

吴笑笑又讥讽地哼笑两声：“你如果真的不需要，又何必跟我订婚，别以为我不知道你的目的是什么。”

舒窈离得远，加上醉意作祟，听得模模糊糊的。她也懒得管这两人的恩怨，若想知道，回头向哥哥他们打听一下，自然也会知道得七七八八，于是抬腿走了。

谁知等回去后，她却发现方才他们那一桌围满了人，不知道为什么，别的班的同学全凑了过来。

她眯眼看了一会儿，心跳无端就有些快。

有个同学见她过来，朝她招了招手，随即旁边的人又让开一道缝隙来，舒窈这才发现，陆和晏不知什么时候竟也过来了。

他就坐在她先前坐的那个位子上，许是一表演完就直接乘飞机过来了，脸上的妆还没卸。酒店里开了空调，他将羽绒服脱掉了，里面是件黑衬衫。他坐得随意，姿态闲散，随着众人的目光遥遥望过来，舒窈的心跳忽而就停了一瞬。

她不知道自己的醉意是清醒了些许，还是迷糊得更厉害了，她傻站在那儿，一时没有反应过来，而陆和晏已经起身，径直朝她走来。

男人身上裹了凛冬清冽的寒意，舒窈张开嘴，大口吸了一下空气，才小声地问：“你怎么来了？”

“听阿姨说你在这里。”他随口解释了一句，又低声问她，“我听说，你刚刚跟人拼酒了？”

舒窈的脸本就被酒精染得红红的，这会儿听他这么问，更是羞愤得抬不起头。

“我分明是为你出头。”她想起刚刚听到的吴笑笑和王铭的对话，下意识就接了这么一句，不等陆和晏有所反应，忽地又拉住了他的手腕，“你跟我来。”

后面的校友们一脸茫然：“他们干吗去？”

也就几个知晓一些当年往事的同学讳莫如深：“我们来之前说好的，不许随便八卦，今儿这事谁也不许说出去，每一个细节都不能说。”

王铭和吴笑笑却还在刚才的地方对峙着，舒窈拉着陆和晏过来的动静有点大，王铭早已无心听吴笑笑那几句跟他说了无数遍的车轱辘话。

舒窈拉着陆和晏在他们旁边站定。

她是真的醉了，胆子大得不行，做事全凭心意，一点顾忌也没。

吴笑笑见她来势汹汹，也停了话头，狐疑地看着她：“你干什么？”

舒窈站在陆和晏的旁边，说：“阿晏特别好看，比你好看一千倍。”

她这话简直莫名其妙，王铭和吴笑笑皆是一副“你是不是有病”的神情，唯有陆和晏在旁边，脸上始终挂着笑。

舒窈又说：“阿晏也特别特别优秀，比你优秀一万倍。”

王铭脸色微变，这次陆和晏接话了：“嗯。”

舒窈转过头，给他一个“你果然上道”的眼神。她停了两秒，突然收起了笑容。

女孩是真的瘦，肩膀窄而纤细，但她声音绵软，却坚定清晰。

她说：“有的人就算暂时深陷深沟，但依旧优雅美好，光芒万丈；而有的人哪怕身处百尺高楼，却仍掩盖不住身臭如泥。”

说完，完全不给旁人反驳的机会，她便直接拉着陆和晏离开了聚会现场。

外面的天早就黑透了，长街上仍是行人如织。舒窈的车还在停车场停着，她喝酒了，无法开车，于是拉着陆和晏让他把她的车开出来。

车库里气味儿不好闻，舒窈抬手想捂住自己的鼻子时，才发觉自己还抓着陆和晏的手腕。

她用的力道不大，明明他很容易就可以挣开，但他安安稳稳地任她拉着。

冬夜天凉，她的手也凉，好在男人的手腕是热的，于是那热度传递到她的手指尖，又从指尖传递到她的四肢百骸。

舒窈脸红了，轻咳了一声，将手挪开，把车钥匙递给陆和晏，才想起什么似的问他："你怎么突然来这里了？"

陆和晏说："接你回家。"

舒窈的喉咙里发出一个无意义的音节，跟在他后面坐进车里，车子驶出车库，两旁的霓虹灯光照进来。

舒窈觉得自己的心快要跳出胸腔，她低着头，抱着一只不知被谁随手丢在座位上的娃娃，没话找话地问道："你们比赛……赢了吗？"

"嗯。"陆和晏单手扶着方向盘，转头看了舒窈一眼，"所以，你打算怎么奖励我？"

"嗯？"舒窈坐直了身体，"什么奖励？"

"没什么。"陆和晏又收回了目光。

车里开了空调，空气很快就热了起来，舒窈被醉意折磨得昏昏沉沉，想睡觉，又觉得睡不着，索性又撑着身子，有一搭没一搭地和陆和晏聊天。

"你刚刚说接我回家？"不知道是不是醉得太厉害了，她的声音微微发起了颤。

陆和晏说："是。"

"但这路……"舒窈说，"好像不是回我家的路。"

"嗯。"

然后呢？

舒窈脑袋里全是糨糊，明知他这样的回答是有问题的，却一时没想到要去追问，只是问："你想要什么奖励？"

陆和晏瞥了她一眼，笑道："什么都可以吗？"

舒窈想了想："你可以先说来听听。"

陆和晏没有接话。

舒窈将后脑勺抵在椅背上，开始轻轻地哼起了歌，都是一些老歌，其中还夹杂着Gruis的歌，连当初Gruis的粉丝给他们写的那首应援歌，她居然也学会了。

于是，等陆和晏将车停在舒窈家楼下时，舒窈嘴里还在哼着："和所有于茫茫黑夜中踯躅独行的人们一样啊，我多幸运，能借此星辰得渡一生孤寂。"

她大概觉得这句好听，唱了一遍又一遍，直到陆和晏忽而伸出手，蹭了蹭她下巴上不知何时沾上去的一根绒毛，她才如梦初醒地睁开眼睛。

陆和晏问："什么时候学会的？"

舒窈的酒劲儿彻底上来了，有问必答："很久以前。"

"很久是多久？"

舒窈想了想，突然没了力气，将整个下巴搁在陆和晏的掌心里。她眨了眨眼，说："我跟你说个秘密，你要不要听？"

陆和晏不动声色地问："什么？"

舒窈得意扬扬地说："这首歌的词啊，其实是我填的。"

那时陆和晏他们第一张专辑刚出，粉丝还如一盘散沙，她在他的超话里，不知看到谁提了一句，说他们到现在居然还没有一首应援歌。那晚她关上手机，坐在房间里写了一整晚。并不是什么高深的词汇，都是些简单至极的句子，她写得开心，隔天用小号发到了微博上，没想到竟然会被那么多人转发。

"我一开始真的只是心血来潮胡乱写一写的，谁知道大家居然这么喜欢。”她越说越得意，仰头看着陆和晏，“那你呢？”

她说：“你喜欢吗？”

陆和晏低头看着她。

小区里路灯光昏暗，四周寂静无人，他微微侧了头，神色全隐没在一片灰暗里。

舒窈看不清他的神情，饶是醉得厉害，她此刻也觉得自己被盯得有些窘迫了，她欲将身子往后靠一靠，突然听见他说：“下车。”

他的声音忽然淡了下来，显得有一些冷漠，车里明明热得冒泡，舒窈却仍忍不住打了个寒战。

酒意在这一瞬间退去些许，舒窈不明白他为什么突然就不高兴了，但她仍是迷糊着回了一句：“我还没到家。”

陆和晏说：“到了。”

舒窈往外看了一眼，果然看见了自家的房子，她有些讪讪地哦了一声，又听陆和晏道：“我刚刚绕了一点路。”

舒窈又哦了一声，开始低头去解自己的安全带。

车里的灯没开，她手脚又没了力气，解了半天都没解开，正焦急不已，一只手突然从旁边探了过来，直接盖住了她正不停乱动的手指。

男人手指微烫，像夏日潮湿的雨水，舒窈的手停在那里没敢动了，心里的忐忑快要从她的每一寸皮肤里溢出来。

“算了。”半晌，陆和晏突然往后靠了靠，低低地叹了一句。

他没有看她，目光始终冷淡地望着前方黑沉沉的夜色。

舒窈不明所以，陆和晏却再次启动车子，这一次他们拐到了一条旧巷子里。

巷弄窄，青石板路在车轮下发出一阵时光碰撞的声音，直到车子开至长巷最深处，陆和晏才停下来。

他将门打开，舒窈懵懵懂懂地跟着他下了车，进屋以后，才发现这里竟然摆满了各式各样的乐器。

大概又是他们的一个秘密基地。

陆和晏低声跟她解释："乐队刚组好的那阵子，我们在这边租了间房子，没事的时候就跑这边来练习。"

因为是租来的房子，不好改造，他们只好在墙上贴满了隔音海绵，但隔音效果算不上特别好，他们怕打扰到邻居，每一天都练得很忐忑。

后来他们出了专辑，几个人把第一张专辑挣的钱凑在一起，陆和晏和李昕又自个儿添了些，把这套房子给买了下来，又重新装修了一遍。

买虽买了，后来由于各种各样的原因，他们却很少再过来了。这会儿桌面和地板上都蒙上了一层灰，舒窈站在门口，沐浴在一片澄净的月光下，安静地看陆和晏独自在房间里打扫卫生。

他只是囫囵扫了一遍，腾出两张凳子可以坐，乐器上大多都罩了布罩，倒是都干干净净的。

被冷风吹着，舒窈的醉意已经清醒了不少，手里拿着一罐先前在路边，陆和晏下车去买的饮料，小口小口地喝着。

她不知道陆和晏今晚带她来这里的用意，只是安静地坐在凳子上，看他低着头，专心致志地调试着手里的一把吉他。

门都关上了，月亮也被关在了外面，屋里静极了。

吉他声突然悠悠地响起，随即男人轻声唱道："和所有于茫茫黑夜中踯躅独行的人们一样啊，我多幸运，能借此星辰得渡一生孤寂……"

他大概真的天生就该来做这一行，声音好听得不像话，舒窈半闭着眼睛，手指随着旋律在凳子腿上缓缓地敲着。

直到音乐声停下来，她眼前的光暗下来，男人走到她的跟前，居高临下地看着她。

灯光温暖。

她睁开眼，仰头看着他，在他深邃的目光里，心跳忽而如擂鼓般，杂乱无章起来。

她好像感觉到了什么，但又不敢确认自己的猜测，她的手在背后绞在一起，像打成了死结。

然后，那个死结被陆和晏的声音冲破了。

“我好像有喜欢的人了。”他说。

停了片刻，他又说：“我有喜欢的人了。”

这次语气肯定了一些。

他垂头看着舒窈，语声里无端就压了几分若有似无的叹息，他说：“舒窈，你怕不怕？”

连屋里的空气仿佛都变得稀薄起来，舒窈觉得自己有些呼吸不过来，她张了张嘴，才发现自己的喉咙已经干涩得不像话。

“我……怕什么？”

陆和晏说：“如果我喜欢的人不喜欢你，怎么办？”

舒窈眨了眨眼，明明知道他或许只是在吓唬她，但一颗心还是不受控制地往下坠了坠，思路下意识地就跟着他走了。

“真的吗？”她问。

陆和晏说：“什么？”

舒窈说：“你喜欢的人，是谁？”

陆和晏说：“你喜欢谁？”

他们像两个过招的高手，谁也不愿意先将自己的心事透露，虽然早已有所猜测，但多年前的伤口还在。尽管好了伤疤，但那时疼痛的感觉依然清晰如昨日，他们谁也不敢莽撞，小心翼翼，一点一点地互相试探。

舒窈侧了侧头，莫名地，心里忽而就泛起一阵酸意。

她说不上来自己为什么会在这一刻，突然就想流一流眼泪。

她好久好久以前盼望过同陆和晏之间能有一段甜甜的爱情，后来她的这个愿望破碎了，被人捻灭了烛心，直接掐掉了火光。

后来她只身前往异国，每日靠着他那一点点视频来吸取养分。不知情的同学还以为她追星，每次他在英国有什么活动，总会兴高采烈地来通知她。

有好多好多次，她站在台下看他在台上被无数盏灯光簇拥着、被无数女孩儿喜欢着的时候，都会忍不住告诉自己：这样也好，不必不甘。

过往那么多心如死灰的日子，她都挺过来了，可这是怎么回事呢？！

现在明明越来越好了——她和他又见面了，并且再一次成了很好很好的朋友，甚至，甚至……

——她怎么反倒委屈了？

她摸了摸自己的鼻头，忍了许久，才将泪意忍下去一点。她说："你说过的，你喜欢的人不可能会讨厌我。"

她低着头，说完这句话，连看都不敢看他了。

陆和晏闻言，轻轻地嗤笑了一声，语气却很温柔："小时候说过的话，哪里能作数的？！"

于是，舒窈心里那阵泪意更浓了，却仍哽着声音说："不小了，那时你已经十八岁了。"

好像一旦开了头，再说下去就不难了，不等陆和晏答话，她又期期艾艾地问："你还愿意让那些话作数吗？"

她说："你还……"还喜欢我吗？

最后这句到底还是没敢问出口，她的睫毛已经被眼泪濡湿。陆和晏半晌都没说话，过了好久，才低低地嗯了声："作数。"

舒窈咬着唇，眼里还装着眼泪呢，也不敢抬头，听见他的话，似有些不敢相信，停了好久，才问："什么？"

陆和晏轻轻叹了口气，蹲下身子，直到自己的目光与舒窈齐平，才伸出手，仔细地抹掉她眼角的眼泪。

他说："我那时说的话，作数的。"

——我喜欢的人，永远都不可能会讨厌你。

"毕竟，哪有自己会讨厌自己的？！"

他话音才落，舒窈心里那股泪意却愈发压不住了，她没有出声，眼泪啪嗒啪嗒地往下掉。

陆和晏笑了一声："怎么还是这么爱哭？"

舒窈呜咽着说："都怪你。"

陆和晏说："嗯，怪我。"

舒窈说："我以前以为，你再也不会理我了。"

陆和晏说："以前的事不怪你。"

舒窈得寸进尺："我也觉得不怪我，我也是受害者。"

陆和晏说："嗯，委屈你了。"

"那你……"舒窈顿了顿，"你一开始到底知不知道我会来参加《明星公寓》？"

"知道。"

"那你为什么……"

"为什么还会接这个节目？"

"嗯。"

陆和晏想了想："其实一开始，我是不愿意的。"

但是，后来我发现，我无法控制我自己，我没有办法在明知道你会来的情况下，而选择不来。

我没办法让自己不去见你。

一开始，我只是想着，来见一见就够了，顺便再问清楚，你当年为什么不告而别。可等到真正在一起相处之后，我却发现自己根本无法克制住自己那颗蠢蠢欲动的心。

喜欢一个人，是忍不住要对她好的。

那么，既然无法拒绝，不如就遵从本心，坦然接受。不是有人说过吗？这世上，除了生死，其他的都是小事。

所以没有什么是过不去的坎，没有什么是打不开的心结。

人来世上走一遭，不是平白无故来受苦的，那样未免也太亏了。

人生苦短，何不屈从于温柔，何不屈从于爱。

陆和晏的吉他还挂在身上，随着他无心的拨弄，房间里响起断断续续的几声琴声。

他将吉他放下，顺手捞起自己放在一旁的手机，低头在手机屏幕上戳了两下。

下一秒，舒窈的手机嗡嗡震动了两下。

他们的小群里显示——

“您的好友陆和晏发来一个红包。”

这么晚了，其余几人竟然还没睡。

迟秋阳：“？”

李昕：“？”

江旭：“？”

江旭：“三秒钟之内 @ 舒窈还没出现的话，我就懂了。”

陆和晏看见这句话，轻轻嗤笑了一声。

陆和晏：“你懂什么了？”

李昕：“我也懂了。”

迟秋阳：“啥？”

舒窈：“……”

一个小时后，院门外突然传来一阵车声，紧接着叩门声响起。

陆和晏刚刚打扫了半天卫生，全身都是汗，洗澡去了，舒窈踩着刚换上的拖鞋去开门，瞧见院门外三张欢乐又八卦的脸。

她窘得脸都红了，侧身放人进来。

他们刚刚在便利店里买了零食和啤酒，堆了一桌子，于是等陆和晏出来时，就看见他们几个每人捏着一颗瓜子，满脸跃跃欲试的表情：“说说呗。”

陆和晏单手拿着毛巾擦头发，不咸不淡地问：“说什么？”

李昕说：“过程。”

迟秋阳："过往。"

江旭："技……技术？"

迟秋阳："嗯？"

舒窈刚打开一瓶啤酒，闻言，手一抖，洒了一桌子。

陆和晏弯下腰，将她从那片狼藉里拉出来，睨着几人："你们自己去谈个恋爱试试呗。"

江旭首先愤而拍桌："我怀疑你在炫耀。"

陆和晏说："不用怀疑。"

江旭气死了，一口气开了十瓶啤酒，不管不顾地说："喝不完就不是男人。"

陆和晏靠在椅子上，闷笑："这事儿你说了不管用。"

说完，他却还是捞过了一瓶酒到手上，慢悠悠地饮着。

舒窈今晚本就喝了很多，这会儿是半点也不想碰了。她抱着一袋薯片，在一旁安静地听几人聊天，从他们刚认识，一直聊到将来要在同一个小区里买房子，到老了也要一起玩乐队。

门打开了，窗也开了，月光和星光悄悄溜进来，在夜色中跳舞。

舒窈困得眼皮也撑不开时，想：和喜欢的人谈恋爱，原来是这样的。

就好像……就好像，满世界的花都是为我而开，满天的星星都是为我而亮。

第八章

世界纷纷扰扰、
喧喧闹闹，什么是真实

假如她没有回来参加那档综艺节目……

那她和他此生的故事，

是不是也是只能这样了?

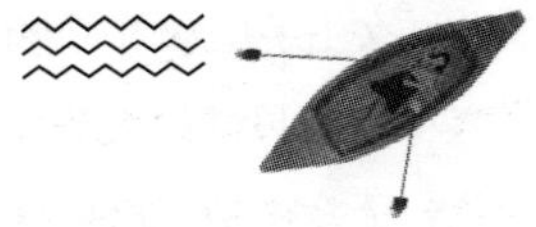

直至过了十五，他们才进组。

他们这次的拍摄地在南方的影视城里，这地儿离南市不远，开车只需四个小时就能抵达。

高中的时候，有一回清明节放假，那阵子陆和晏刚知道有陆昭这么个人的存在，少年心里不痛快，舒窈想了半天也不知该如何安慰他，索性找了熟人帮忙，带他混进了影视城里玩儿。

他们出发得晚，到地方时，天都快黑了。

晚上，他们坐在屋顶上看星星，附近有剧组在拍古装戏，有人穿着白衣打着灯笼在长巷里行走。舒窈没提防，乍然望见，魂都吓飞了，一脑袋扎进陆和晏的怀里。

但她的尖叫声实在太大了，引得两旁的人都望了过来。那会儿，她刚拿奖不久，有不少人认识她，她怕被认出，便借着夜色将脸埋在陆和晏的胸膛，小声地和他赖账："刚刚不是我叫的。"

陆和晏捏了捏自己快被震聋的耳朵，另一只手微微伸展着，挡住舒窈露在外面的侧脸，一本正经地对着底下的人说："刚刚发声的人不是我们。"

反正天黑得很，没人能看清他们的脸，耍一次赖，也不丢人。

那时舒窈是真的这么认为的，但此时她刚拍完定妆照出来，迎面却撞上一个眉眼弯弯的女生，女生手里拿着一张照片，逮住她就让她签名。

那上面已经有了陆和晏龙飞凤舞的大名，女孩还在和她嘀咕："几年前在这里见过你们一次，无意中拍了这张照片，后来我找陆老师帮忙签了名。你之前一直是隐退的状态，我还以为这个签名永远也凑不齐了。"

舒窈翻到照片的正面一看，顿觉两眼一黑，那上面正是那晚她和陆和晏坐在屋顶上的画面。

夜间的照片，女孩开了闪光灯，但画面依旧模糊不清，倘若不是舒窈本人认得自己，怕是很难看出这上面都是谁。

当时的记忆断断续续地涌入脑海，舒窈拿着照片犹如拿了块烫手山芋，羞耻得不行。

没什么比见证自己的黑历史现场更羞耻的事情了。

舒窈闭了闭眼，思索许久该怎么跟女孩说一说，不如她跟陆和晏重新给女孩拍一张，就听后面的导演助理大声喊："陈思思，轮到你了！"

陈思思匆匆把照片抽走："晚一点我再来找您？"

而舒窈却兀自陷入了沉思——

陈思思这个名字，她听着有些耳熟，好像是听秦疏提过？

她这样想着，已经将手机掏了出来，低头给秦疏发微信语音："你认识一个叫陈思思的演员吗？"

到下午时，秦疏才打电话过来："我上午一直在拍摄，才看到你的微信。我说，你也太小气了，打个电话能费你多少钱？！"

舒窈说："我这不是怕打扰你工作吗？！"

秦疏冷笑一声，才说："你遇到陈思思了？"

舒窈嗯了一声："在《明月几时有》剧组里，不过不知道是个什么角色，看起来戏份应该不重。"

秦疏问："你感觉她是个什么样的人？"

他这话问得奇怪，舒窈不由得起了疑心："怎么，你喜欢她？"

秦疏说："别闹。"

舒窈想了想："我也没和她怎么接触过，怎么评价啊，不过看起来倒是挺乖的一个小姑娘，性格也蛮好的，她年纪应该挺小的吧？"

"也没比你小几岁。"秦疏笑了一声，"你还记不记得我之前跟你说过，之前在小牧导剧组的时候，在他们被抓到之前，其实还有过一次聚会，但那天你刚好打电话来，陈思思坐我旁边阴阳怪气地讲了两句不好听的话，我懒得跟她周旋，就出门去了，后来我才知道他们那天在包厢里干了什么。

"我当时没觉得怎么样，后来才觉得奇怪，她平时在剧组的时候，挺乖巧、挺懂事的一个姑娘，那天莫名其妙讲了那样的话……我寻思着她可能是故意把我气出去的。

“而且，后来我们不是尿检吗？最后就我跟她没事儿，其他人都中招了。”

舒窈倒是没想到这背后还有这样一个故事，她不由得说：“那她也算帮了你。”

“是。”秦疏说。

舒窈问：“你就没什么表示？”

“人家也没来邀功啊。”秦疏顿了一下，才说，“因为小牧导这部戏，是牧导推给我的，牧导大概心里头觉得愧疚吧，前几天问过我想要什么补偿。但是，接不接这部戏，归根结底，决定权是在我自个儿手上的，这哪里能怪得了别人？！我本来想拒绝的，但当时突然想到陈思思，就问了下牧导有没有什么角色适合她的……”

他话说到这里，舒窈已经懂了：“那看来她出现在这里是你的原因。”

秦疏笑了一声，没答话。

停了会儿，他又问：“牧导现在怎么样？”

舒窈说：“上午主要是拍定妆照，整理一下场地和住处，牧导还没露面，估计下午或者晚上就来了。”

直到黄昏时，牧导才出现，当时舒窈和陆和晏以及他们这部剧的女主角宋菻刚吃完饭回来，遇见牧导。他招了招手，让他们一起去编剧房间讨论一下后面的拍摄安排。

过了一个年，牧导看起来却比之前憔悴了很多，整个人好像被抽走了大半的精力，脸上的笑容也比之前少了许多。

先前出事时，舒窈也给牧导打过电话，只是一直没打通，后来才收到他回复的微信，说自己没事，不必担心。

但家里出了那么大的事，怎么可能会一点也不受影响？！

年轻人有时糊涂，没抵挡住一时的诱惑，做了点荒唐事，最终被折磨的除了自己以外，就是爱你、关心你的人了。

只是，这事儿旁人也不好再提起，免得揭人伤疤，舒窈叹了口气，就跟在牧导的后面进了屋。

他们这部剧是找了个外包的编剧团队来做的，舒窈进去以后，才发现跟组过来的编剧不是上次选角时遇到的那一个。这次来的编剧是个年轻女孩，个子很高，容貌也异常出挑，倘若不是一早就知道她是编剧，舒窈几乎要以为她是哪位演员了。

舒窈他们过来时，她正靠在椅子上抽烟，瞧见来了人，便将烟头摁灭，起身去开了电脑，才听牧导给大家介绍："这位是阮编剧。"

陆和晏本来一直站在后面，闻言，目光闪了闪："阮恩辞？"

"是。"牧导说，"你认识？"

"难怪这次剧本改编得这么好。"舒窈接道，"听到编剧的名字，我倒是不惊讶了。"

这位阮编剧自出道以来，只写过三部戏，但不知是不是巧合，每一部收视率都奇高，从来没有失手过。

只是，她的脾气似乎不怎么好，接不接活全凭心情，先前舒窈听秦疏吐槽过，说这人很难请到，也不知道牧导是怎么说服人家来合作的。

舒窈怕牧导烦，没好意思直接问他，等结束以后，才悄悄跟陆和晏提起这件事。恰好林书雅也在旁边，听她这么问，便道："可能是因为叶珉会来客串这部电影。"

"叶影帝？"舒窈仍是不解，"这跟他有什么关系？"

"这你就不知道了吧。"小周像台八卦搬运机，"叶珉和阮恩辞是青梅竹马，听说阮恩辞当初来当编剧就是因为叶珉，本来只是写着玩玩的，谁知道写一部就红一部。"

他啧啧叹道："上天真不公平，为什么有的人就可以这么幸运，从小锦衣玉食，读书时可以轻轻松松地考到好的学校，哪怕是不怎么努力去玩一玩，也可以做成一件事……"

"得了吧。"林书雅笑道，"你怎么知道人家真的没有努力？这世上哪有随随便便的成功，以为别人幸运，都是懒人给自己找的借口罢了。”

小周哼唧了一声，没说话。

林书雅又说：“再说了，有的东西是努力就可以得来的，而有的却不行。你看她追着叶珉跑了这么久，叶珉又给出什么回应了吗？这世上，各人有各人的求不得，各人有各人的无可奈何。”

林书雅说完，又想起什么般瞪了一眼舒窈和陆和晏：“说起这个，你俩在剧组也得给我注意点，虽然你们不打算刻意去隐瞒，但自己主动公开和被人抓住把柄不得不公开，还是不一样的。”

舒窈本来在跟陆和晏说悄悄话呢，林书雅话音刚落，小周一双探究的眼睛就望了过来，舒窈没来由地觉得有些臊，脸瞬间就热了起来。

小周还问：“公开什么？”

林书雅也是这两天才知道他们两个谈恋爱了的事情，虽然一早就在心里猜测会有这一天，但听到消息的时候，她还是缓了好久才接受，倒一时忘记通知小周了。

毕竟他们拍戏的这段时间，小周会一直在旁边照应着他们，若要瞒，也是不可能瞒住的。

他们刚刚开完会，直接进了林书雅的房间，这会儿房门紧闭，也不怕被人听到。林书雅就用下巴点点陆和晏和舒窈，似笑非笑地道：“你问问他们。”

小周沉默了一会儿，一脸不忍直视的模样：“不用说了，我知道了。”

舒窈：“？”

小周生无可恋地道：“林姐，你明天就回北京了，可怜我还要留在这里吃好几个月的狗粮。”

因为隔天要早起拍戏，故而他们没聊多久就散了。

前一晚下了雪，今天整天天气都阴沉得可怕，两旁的树枝上还压着厚厚的积雪。他们住的这个地方是一栋有些复古的小楼，檐角是飞起来的，窗户全是圆圆的形状。窗外有些老树的枯枝摇晃着，与窗户合在一起，竟像一幅天然的工笔画。

她的房间就在陆和晏的隔壁，与林书雅的不在一层，整个四楼只住了他们两个人。她记得刚分好住宿的时候，林书雅还开玩笑说，剧组就好像故意在给他俩放肆谈恋爱的机会似的。

他们沿着长廊回去时，却发现陈思思正在舒窈房间门口的栏杆上趴着。

冬夜冷，她从上到下裹得密不透风，舒窈之所以认出是她，还是因为她手上捏着上午那张舒窈想立即销毁的照片。

舒窈下意识就停了脚步，右手捏住陆和晏垂在一边的手腕。后者大概不明白她想干什么，也不知哪来的兴致，居然就着她握住他的手，慢悠悠地转了个方向，然后反握住了她的。

十指相扣，舒窈本来就怦怦直跳的心脏一下子跳得更快了。

偏偏陆和晏还不懂她内心的紧张，转过身子，微微用了点力，紧接着她整个后背都贴到了身后一根木柱上。

陆和晏居高临下地看着她，凑近了些，灼热的气息喷洒在她的耳朵尖上，随即轻声笑道："这一天都没机会好好说会儿话，怎么，想我了？"

他的声音好听，此时又故意压低了些，犹如情人的呢喃般，又温柔又撩人。

男人特有的侵略性气息砸过来，舒窈整张脸都烫起来，她用手抵住他的胸膛，侧过头，瞧见陈思思仍在低头玩手机，也不知陈思思究竟哪儿来的那么大的毅力，只为了一个明天也可以签的签名，就这样在这里不眠不休地等她。

陆和晏伸手帮她撩开了被风刮到眼角的头发，他的指间还带着淡淡的烟草味儿，她被他这莫名其妙的一个操作弄得又羞又恼，又觉得有些想笑。她瞪着他，趁他不提防，突然探头向前一口咬住他不安分的手指。

陆和晏来不及收回，皱了一下眉，低头时，恰好撞上女孩水光潋滟的双眼。

他咳了一声，有些不自在地转开了目光，道："你松开。"

舒窈说："不松，你先放开我。"

陆和晏说："你先松。"

舒窈："不。"

陆和晏顿了顿："你不要后悔。"

舒窈说："有什么可后悔……"

话音未落，尾音全被男人吞到了喉咙里。

舒窈睁大了眼睛，连忙将陆和晏的手从两人相贴的唇间拂了下去，未料这样一来，两人的唇却彻底地贴在了一起。

男孩身上那股清冽的气息仿佛也顺着两人相贴的部分传给了她，她的心脏快要跳出了嗓子眼，含含糊糊地提醒他："还有人在。"

陆和晏闷声嗯了一下："不管她。"

夜间风大，旁边树上的积雪被风吹得扑簌簌地往下落，有几片雪花直接钻进了舒窈的衣服里。

她被冰得颤了一下，用手隔开陆和晏的嘴唇，眼神飘忽着转到头顶那盏廊灯下，才想起质问他："你怎么突然……"怎么突然贴过来？

陆和晏闷笑道："是你在暗示我。"

"我什么时候暗示你了。"

陆和晏单只手撑在她身后的柱子上，摩挲掉她后脖颈上那一点化成水的雪，漫不经心地道："你拉我的手。"语毕，他又强调，"你在夜里，突然拉我的手。"

舒窈被他温热的指尖摩挲着，整张脸都红透了，紧接着又被他那歪曲事实的话语弄得哭笑不得："我明明是在提醒你，陈思思在那边。"

陆和晏说："一句话的事，你却非要握一握我的手，不是想和我亲近，又是什么？！"

舒窈知道他是故意这么逗她的，却还是被他理直气壮的语气气得抬起了脚，谁知她才开始动作，就被陆和晏曲起的膝盖抵住了，这下她的身子更加被他严丝合缝地禁锢住了。

舒窈羞愤得欲哭，却忽地又听到陆和晏喃喃地问道：“陈思思找你干什么？”

“签名。”舒窈简单将上午的事情描述了一下，须臾，又皱眉，“没想到居然会被人拍到。”

“陈思思的父母在这里开饭馆，她从小在影视城里长大，被她遇到也正常。”陆和晏说。

舒窈摸了摸他后脑勺的头发，他为了拍《明月几时有》，特意留长了些，这会儿软软地垂在后面，摸起来特别舒服。

舒窈说：“你怎么这么了解她？”

“上次来拍戏的时候遇到过。”陆和晏淡淡地问，“怎么，吃醋？”

舒窈不想理他了：“你放开我。”

陆和晏往后退了些，瞧见舒窈的羽绒服被他方才压出了几道皱褶。

舒窈低头将皱褶展平，不知想到什么，又问陆和晏：“你真的没有看过《霸道总裁爱上我》这种小说吗？”

“没有。”陆和晏低头看着她，脸上看不出什么情绪。

舒窈本就在开玩笑，为了打趣他方才那一阵举动，听他否认，便没再继续问了，只是说：“我要回房间了。”

陆和晏压住她，没说话，又过了一会儿，才说道：“好。”

他们要拐个弯才能到舒窈的房间，其实若是不知道这边有人，陈思思是不会注意到他们的，况且距离又那么远。

陆和晏的房间就在拐角处，他先回房了，舒窈跟他道晚安的时候，陈思思听到了这边的动静，朝舒窈招了招手。

舒窈走过去，笑着开玩笑道：“你不用睡觉的吗？”

陈思思说：“我的戏份不多，估计很快就拍完了，我怕你之后有夜戏，逮不到你。”

舒窈开门进了屋，陈思思就跟在她的后面，屋子是老屋子，但打扫得很干净。

舒窈换了鞋，又从旁边的冰箱里给陈思思拿了瓶白天小周出门去买来的饮料，才笑着问："我是直接签，还是？"

她刚刚被陆和晏撩过一遭，这会儿整个人都犹如踩在棉花糖上，被一股甜腻腻的空气包围着。她自己不觉得，但旁人一眼就可以看出来，陈思思问："小舒姐，你今天心情很好吗？"

舒窈啊了一声："这么明显吗？"

陈思思说："是的。"

舒窈接过她递来的照片，说道："是还不错。"

陈思思将饮料瓶盖拧开，皱着眉，似是很纠结，半晌，才小声地问："我可以冒昧地问您一个问题吗？"

舒窈说："什么？"

陈思思说："秦疏他……他还好吗？"像是怕舒窈误会，她又连忙补充，"因为先前我们在同一个剧组嘛，他当时还挺照顾我的，后来出了那样的事，我……"

她话说到这里，又停住了，微微自嘲地笑道："唉，是我傻了。我一个女孩子都好好的，他一个大男人，能怎么样呢？！况且，我们是清白的，大家只会觉得我们遭了无妄之灾吧。"

她最后这句话有点歧义，说完，倒是自己先不好意思了。她低下头，仿佛又怕解释的话，显得太过欲盖弥彰了，只好若无其事地伸手去接舒窈刚签完名的照片。

舒窈想起之前秦疏说过陈思思那时候像是有意在帮他，心里有些猜测，但是她和陈思思毕竟不熟，便也没有问人家。

陈思思自我剖白了一番，思绪如一团乱麻，又没话找话地道："说起来，你知道我找陆老师签名的时候，他说过什么吗？"

那阵子陆和晏在这里拍摄的是刘奕鸣的《最后一封信》，他扮演的那个角色是个患有抑郁症的年轻男人，为了贴近角色，他减了好久的肥，令自己本就瘦削的身子看起来更加羸弱了。

身体上的羸弱还不算什么，更可怕的是精神上的。陈思思说："我不知道我的感觉有没有错，那时我看他，状况似乎特别不好。怎么说呢，就是我单单看到他，就能感觉到他活得非常不快乐。

"一开始我还不明白为什么，直到后来电影上映了，我去看完电影，联系起他那时的状态，才意识到他那时应该是入戏了。"

他本是为了陆昭才会接下这样的角色，未料开拍的时候，却又亲自感受了一下抑郁症患者的绝望。有的演员演技好是因为技巧好，有的演员演技好是因为沉浸在了故事之中。他年纪太轻，还无法很好地把控这两者之间的平衡，一不留神，就中招了。

陈思思遇见他的那晚，他正独自坐在当年和舒窈一起坐过的那个屋顶上喝酒，那个屋檐连着一个伸展台，很容易就可以上去。

陈思思本来正在帮妈妈送外卖，这下外卖也忘了送，她晃晃悠悠地走过去，小声叫他："小鹿。"

为了贴近角色的形象，陆和晏蓄起了一点浅浅的胡楂，整个人看起来格外憔悴。

见他没回应，陈思思又叫了一声："小鹿。"她说，"你怎么了？"

陆和晏听见她的称呼，还以为她是自己的粉丝，懒散地抬起头来，带着醉意应她："嗯？"

陈思思说："你可以帮我签个名吗？"

她说完，也没等他回应，就噌地跑了下去，没想到等她回来时，他竟真的还在这里。他买的都是些度数很低的果酒，其实并没有喝醉，懒洋洋地将女孩拿来的那张照片翻过来时，眼里忽然就聚起了光。

陈思思说："你可以想象吗？就好像一个人，他本来对这个世界已经无所留恋了，可那一瞬间，能留住他的东西又出现了。"

所以，签名之前，他先跟着陈思思去了打印店，将照片又打印了一张，才给她签上名字。

“那时，我跟他说，总有一天，我也要你把名字签上，你猜他当时是怎么说的？”

他签名的手指微微一顿，旋即笑道：“找舒窈啊，那你大概是等不到了。”

“但我还是等到了。”陈思思说，“你说，这个世上的事，是不是真的有志者事竟成，只要愿意一直努力下去，一直等下去，就一定会有实现的那一天？”

说完，她却也没打算等舒窈的回应，就转身告别了。

北风卷着寒意溜进来，舒窈将门关紧，想了想，又没忍住，给陆和晏发了条微信：“阿晏啊。”

陆和晏很快发了条语音过来：“嗯？”

舒窈说：“我想看星星了。”

陆和晏回：“阴天，没有星星。”

舒窈顿了顿，又说：“我想抱你。”

那边静了片刻，约过了两分钟，陆和晏才回道：“来抱。”

然后，他又发来一条：“开门。”

于是，舒窈刚关上没多久的门又被打开了，男人刚洗完澡，羽绒服里面只穿了身干净的家居服，身上裹着清冽又温热的沐浴露的香气。

舒窈才将门打开一条缝隙，就被人用力扯进了怀里。陆和晏拥着她进了屋，用后背将门抵上，笑道：“今天随你怎么抱。”

见她没说话，他又问：“怎么了？”

舒窈说：“想你了。”

陆和晏低声笑：“不是刚刚才分开？”

舒窈的下巴蹭着他的胸膛：“刚去英国的时候，我每一天都想你想得发疯，每一天都在想，不管了，随便那些人怎么曝光吧，大不了你就被骂一顿，我再也无法忍受和你分开。”

她说：“但是，我内心深处又清醒地知道，我舍不得。我舍不得你被人骂，舍不得让你以……以杀人犯的儿子这个身份第一次被大家认识，因为，这样一来，别人再提起你时，对你的印象就永远都是这样了。”

她说：“我不愿意让这变成跟随你一生的标签。”

“一直到……一直到你后来参加比赛，出道了，我才感觉好一点，因为我终于能够看到你了。”

窗外寒风凛冽，室内却温暖如春。

舒窈说：“虽然我明知道你真正的梦想是什么，也知晓你曾为它付出过怎样的努力，但是……但是，当我在电视上、在网络上看见你的时候，还是忍不住觉得开心。我一边替你遗憾，一边又自私地为自己终于能一直远远地看着你而感到窃喜。”

他们自重逢以来，哪怕是后来确立关系，都始终没有好好地坐下来，认真聊一聊彼此的心路历程。他们好像都心照不宣地呵护着那一段过往，不敢仔细地提起，生怕提多了，那一段分离便如沟壑般横亘在两人中间，越裂越大。

毕竟，虽然误会已解释清楚，但那时的伤害都是真的，当初的那些失望和痛苦，不是若干年后一句“误会”就可以消弭的。

可是，此时借着陈思思的这一段回忆，舒窈觉得自己的那些心结和犹豫，好像突然一下子就被人打破了。

小心翼翼的呵护是保护，但真正让沟壑越裂越大的不是真相，恰恰是过度的保护和不坦白。

女孩的嗓音温暖而柔软，如夏夜里于萤火之间的柔柔絮语般，一声一声地荡在陆和晏的耳边。他的整个后背都抵在门上，鼻尖是女孩头发的清香，他微微闭上了眼，任她一点一点剖开自己，毫无保留地将自己的一颗心捧给他看。

直到她最后一句话落音，他才伸出手，轻轻地将她推开，随即握住她的手，将她的整只手攥在自己的掌心里。

他的目光直直地望着她，许是屋内的灯光太过温柔，他连语气都轻了好多。

“我知道的。”他说，“你说的这些，我都知道的。”

他将她拉到旁边的椅子上坐下，又起身为她接了杯温水，兑上蜂蜜，才漫不经心地说：“你不自私。我选择读电影学院，本来就是为了你，你如果不开心，也不来看我，我才真的会失望。”

他的语气淡淡，仿佛自己说的并不是什么重要的话，过往纷杂的心绪全被他简单地一语带过。

“你那时不告而别的原因，我这两年也问出了一些，隐约知道个大概。但我后来一直没有你的消息，也不知道你到底还念不念旧情了，加上有些赌气的成分在，就想着我就不去找你，我看你知不知道回来……”他失笑道，“所以，那时看到你要回来参加这个综艺节目的时候，我其实……挺开心的。”

“当然，后来看到录制地点在梨花里，我确实烦躁了一下，但烦躁之后，又觉得这样也好。”他从口袋里掏出一支烟来，却没点燃，在手里把玩着。

他就那样靠在椅子上，慢悠悠地问舒窈：“你知道吗？我想通之后，甚至还有一点庆幸。”

他摸不清自己当时到底是怎样的心理，大概还有一丝报复的快感，当年那件事发生的时候，陆漳洵的住处曝光过，从节目组踏进院子的那一刻，他就猜到事情肯定会被发现。

“我当时就想——你那时为了这个事情，不惜对我……”他停顿了一下，似乎心情已经收拾妥帖，脸上带了点似笑非笑的表情，说，“不惜对我始乱终弃。”

“所以，我就想，假如现在这件事最终还是被大家知道了，你会怎么想？会不会悔不当初？会不会觉得自己不应该抛弃我？”

舒窈还没从他那一句“始乱终弃”里回过神来，下一秒又被他一声“抛弃”弄得神魂分离。

“人不可能永远处在被动的位置。当年王铭会把我打得措手不及，是因为我没有准备，那现在我自己把自己的弱点摊开来，我再自己给自己缝补上，我看他还能怎么办？！”

他瞧见舒窈快要恼羞成怒了，总算收起了玩笑的态度，又这么淡淡地解释了一句。

他停了片刻，又问：“陈思思跟你说了什么？”

“也没什么。”舒窈抿了口蜂蜜水，不烫，也不过分甜，水流淌过喉咙，有种很柔软的舒适感，“说了些她当初遇见你时的事情。”

陆和晏哦了一声，似也没打算多问。屋里空调的暖风呼呼地吹着，舒窈握着那杯水，觉得自己快要冒汗了，起身想拿遥控器把温度降低一些，谁知刚站起身，突然被人揽住腰身，紧接着她整个人都跌进陆和晏的怀里。

男人嗓音轻软地喟叹：“怎么办，我也想抱抱你。”

舒窈坐在他的腿上没出声，她的脊背笔直，身子僵硬得不像话，偏偏他还毫不自知地在她的耳边轻笑：“你怎么这么紧张？”

舒窈闷闷地说：“我这是害羞。”

陆和晏：“哦。”

舒窈默默翻了个白眼，瞧见自己的手机屏幕亮了起来，她吸了口气，就着陆和晏抱着她的姿势，伸手去够桌子上的手机。

陆和晏却先她一步，将身子后仰了些，抓钩过她的手机，也没看内容，直接递给了她，只是问：“谁？”

“陈思思。”舒窈答。她们刚刚才加的微信。

“她说什么？”

舒窈将手机拿给他看。

陈思思：刚刚陆老师进你屋里了吧？你放心，我不会告诉别人的！

舒窈恶人先告状：“都怪你。”

陆和晏说：“你说想抱我。”

舒窈说：“但你可以不来。”

陆和晏低低地笑："我怕你思念成疾。"

他们好像对这样无聊的对话乐此不疲，一来一往说了半天后，陆和晏才托着舒窈，将她放到床上，语声淡淡地命令道："不早了，睡觉。"

他关掉房间里的灯，只留下床头的一盏小灯，直到她呼吸渐渐平稳，才走出房门。

狂风停了，乌云散了，天空露出原有的乌蓝色。

舒窈这一觉一直睡到第二天十点多。

大概怕小周照应不过来，林书雅又给舒窈送了一个女助理过来。

舒窈刚洗漱完打开门，就瞧见小周和新来的助理正靠在她门前的栏杆上聊天。

见她出门，小周递上来一个保温桶，说："陆哥让我们给你留的，还是热的，先吃点早餐。"

舒窈说："不早了，你们怎么不叫我？"

她昨天迷迷糊糊就睡着了，等今天醒来，才想起自己忘记设闹钟。

"陆哥说你今天上午没有戏，不如多睡一会儿。"小周解释，顿了顿，又说，"这是晓雯。"

晓雯连忙走过来跟舒窈打招呼，舒窈说了句："以后麻烦你啦。"然后，她又问，"吃饭了吗？"

晓雯说吃过了，舒窈于是又自个儿回房间里吃东西。

到中午时，她才去现场，那时大家正在吃午饭，临时搭建的休息棚四面透风，北风如刀子般刮在脸颊上。

舒窈将围巾往上拉了拉，在现场搜寻一圈，才看到陆和晏和宋秣正坐在一起吃东西。

他们俩是这部电影的男女主角，牧导有意让他们多交流交流，免得拍起感情戏时太过于尴尬。

而随着《明星公寓》一期一期地播出，陆和晏和舒窈的CP在网上也很是火热，宋秣大概也看见过，故而这会儿一看见舒窈，就远远地和她打招呼，又冲陆和晏笑："你家窈窈来了。"

陆和晏抬起眼来，促狭地笑了一声，却没否认宋林的试探。

宋林本来就是闹着玩儿，此时见状，不由得惊讶起来："欸……是真的啊？"

陆和晏笑问："什么？"

宋林盯着他看了一会儿，说："你真是一点也不掩饰。"

陆和晏淡淡地说："没什么可掩饰的。"

宋林怔了一下，望向远方，半晌才悠悠地叹了声："是啊，人生苦短，管那么多干什么？！"

舒窈走过来，问他们在聊什么，宋林回了神，故意说："在聊后面的吻戏，我问小鹿会不会。"

宋林虽然长得显小，但年龄实实在在地比他们大了几岁，逗起两个小朋友来，简直得心应手。

果然，舒窈这个没定力的，闻言，脸色便僵了僵，双眼盯着陆和晏，半晌没说出话来。她虽然早知道作为演员，有可能会拍到这样的戏，但理解是一回事，说服自己不要纠结又是另一回事。

她年纪不大，头一回恋爱，小脸皱成了苦瓜。

陆和晏将面前的饭盒收进垃圾袋里，抬头时，瞧见舒窈的模样。他压了压不断上扬的嘴角，故意一本正经地说："宋老师放心，我虽然不会，但我会学的。"

他说这话时，目光一直定在舒窈的身上，后者被他盯得心里发毛，昨晚被他咬住的嘴唇似乎又疼起来。

下午舒窈的戏份也不多，恰好是拍和顾明月初见那一场。

是在一个暮冬的傍晚，这也是江欲雪被那群山匪困在山间的第八天了。他们大概对她父亲有所求，并未苛待她，好吃好喝地供着，但受制于人的感觉到底不太好。

况且，她那时还只是一个没见过什么大世面的小姑娘，整日吃不好，也睡不好，眼见着憔悴了起来。

山匪刚开始对她态度还算好，但后来渐渐得不到江父的回应，负责看守她的几人在门外骂骂咧咧地聊天。

“我就说不该绑江七，一个不受宠的小丫头，江老头哪肯花力气来赎她？！”

另一人凉飕飕地回应：“但别人，你绑得来吗？！也就她身边的人少一些。”

先前那人又骂了句脏话：“那我们现在怎么办？”

“等。”

他们等了数日，没有等来江老头，却等来了气势汹汹的顾明月。

那场仗从傍晚一直打到月上柳梢头，门外嘶喊声不绝于耳，江欲雪拥着毯子倚墙坐着，门窗都被封锁了。

她不知道外面究竟发生了什么事，也不知道自己这一晚会不会死在这里，她在心里为自己的结局作了无数种猜想，却唯独没想到会有人突然破门而入。

来人长得很高，身形修长，逆光而立，面容坚毅。

她半晌才于昏暗的光里看清他的面容，是好看的，比她以往见过的任何一个人都好看。

她歪了歪头，就见那人在那片温润的光里朝她伸出了手。

“你好啊，江小七。”他说，“我来接你回家。”

“您刚刚那一段真的演得特别好，尤其是最后一幕，明明都绝望了，可看见陆哥出现，眼里瞬间有了光。”

在晓雯第无数次对舒窈发出这样夸张的夸奖时，舒窈终于忍不住了，回头跟她强调：“是顾明月，不是你陆哥。”

晓雯欸了一声：“反正都一样嘛。”

舒窈心想：这哪里一样了？

但她也没和晓雯继续争论，只是笑了笑，便又问：“你有没有问过小周，阿晏今天什么时候下戏？”

“问过了。”晓雯把手机里存下的陆和晏的时间表翻出来给舒窈看，“今天估计会很晚，陆哥要赶在这几天多拍一点，他先前那个比赛，不是还要出去两天？”

按道理讲，他们在拍摄期间，是不允许随意外出的。但是，陆和晏他们先前接下那个综艺节目本就是为了救场，也不好半途而废，只能硬着头皮抓紧时间赶戏，尽量不要耽误牧导的进度。

牧导也确实有一点不太高兴，他拍戏本就严格，当时林书雅带着陆和晏去给他请罪的时候，他虽然说是原谅了，但心里到底有个疙瘩。

舒窈卸完妆走出去，就见陆和晏在人工降雨里泡着。

凛冬的时节，他只穿了身橄榄绿的军装，衣裳不厚，呼吸间，还有隐隐的白雾吐出。

这场戏演的是他父亲打了败仗，被疑通敌，全军覆没以后，只余他一个人侥幸存活的场景。

男人戴了帽子，半张脸都隐没在帽檐下面，只留下一道紧抿的唇缝和如刀削般硬朗的下巴。他一路从密林里跑回城里，昔日人声朗朗的府宅此时寂静无声，雨水顺着他的下颌滚进衣领里，没有人知道那里面是否还掺杂了别的东西。

虽然明知道是在拍戏，但舒窈远远地看着他，眼眶还是没来由地酸了酸，心脏好像被人提了起来，里面软成一片，又被攥得紧紧的，总之，复杂莫名，说不清是什么滋味。

她想抬手去抹眼泪，又觉得丢人，转而却听到晓雯在她的耳边嘤嘤哭泣。

“太感人了！”

“陆哥的演技真好……”

于是，舒窈那满是悲伤的心又雀跃地升起了粉红的泡泡，也不知道自己究竟在骄傲什么。

直到牧导毫不留情的声音传来："最后那一幕，眼神不够，再来一遍。"

后来，这场戏他们反反复复拍了好几遍，牧导仿佛鸡蛋里挑骨头似的，总能从里面找到问题。

晓雯不解："牧导这不是浪费时间吗？"

舒窈望着陆和晏身上湿淋淋的衣服，皱起了眉头，心不在焉地答："阿晏破坏了牧导的规矩，牧导总要做点什么来表达不满，不然，往后这规矩岂不由着人破了。"

晓雯还是不懂："那也没必要这样折腾人嘛……"

"罚得轻了，没人会放在心上。"舒窈淡淡地解释了一声，转头叫来小周，让他准备好毯子。

小周指了指一旁陆和晏休息时用的躺椅："都准备好了。"

舒窈嗯了一声。

直到天黑透了，他们才拍完，道具老师撤了"降雨"工具，小周赶忙跑过去用毛毯将陆和晏包住。

这是今天的最后一场，又是陆和晏的单人戏，没戏的演员都走得差不多了，现场只剩下一些工作人员在整理道具。

舒窈也走了过去，手里拿着条毛巾，作势要给他擦头发，却被他隔着段距离先一步将毛巾接过去了："你离我远一点，别过了凉气给你。"

天是真的冷，他的嘴唇都冻紫了，头发上的水也不断地往下滴着。像是不忍舒窈继续在这冷风与泥泞里多待，他想了想，最终还是握住了她的手腕，拉着她进了休息室。

他们两个关系本就好，旁人也知道，加上他俩这毫不避嫌的模样，大家本来还怀疑他们是不是有什么，这下反而不往那方面想了。

休息室里这会儿只有一个化妆师在整理自己的化妆包，等他们进去时，她也整理完了，扭头跟陆和晏说："牧导今儿气消了，也就好了，你别放在心上。他管着这么大一个剧组，总得有点自己的脾气。"

这个化妆师跟过牧导好几个剧组，刚刚看陆和晏在雨里冻着，不由得就多说了两句。陆和晏知晓她是好意，点头应下了，道："这事儿本就是我的错，怎么会怪牧导？！"

化妆师又跟他们寒暄两句，就出门了。

小周和晓雯见状，也以去给陆和晏买些姜茶为由，出去了，于是偌大的休息室里顿时只剩下他们两个人。

夜间的影视城也不安静，断断续续传来各种嬉笑怒骂的声音，舒窈趴在椅子上听了一会儿，犹自感叹："好奇怪，我居然在这个地方感受到了久违的烟火气。"

陆和晏刚把自己湿冷的外衣脱下，里面的衬衫贴着皮肤，布料被水浸得几乎透明。

突然听见舒窈的感慨，他放外衣的动作微微一顿，颇有些一言难尽地问她："你说什么？"

舒窈本是倒坐在椅子上的，整个上半身都趴在椅背上，闻言，抬起头来，一眼便看见陆和晏衬衫遮挡下的白皙的皮肤。

她仓促地挪开目光，脸瞬间就红了，心脏咚咚乱跳捶乱了她的思绪："你……你怎么在这里换衣服？"

陆和晏说："是要去里间的，只是外衣上太多水了，先脱下来放在这里而已。"

他的声音里流淌着点点笑意，明显是在揶揄她。

舒窈将脑袋埋在自己的双臂间，刚想说"那你快去换"，门外突然不知是谁说了句："欸，叶珉来了！"

另一人道："不是说下午就来了吗？"

"是，可能等这边收工了才去见牧导？我刚刚看他从牧导房里出来了。"

叶珉行程紧张，客串的角色虽然重要，但戏份其实不多，最多一周就能拍完。舒窈昨天就听说他这几天会过来，没想到他居然这么快就到了。

叶珉比他们都要年长一些，舒窈读初中时就看过他的戏，那时候还迷恋过他好一段时间。课桌的桌面上是一整张他的海报，家里的墙壁上也贴满了。

读高中后，她渐渐成熟了一点点，追星没那么疯狂了，但房间里的海报没怎么撕掉，只是都泛了黄，有一些还被阳光晒得褪了色。

有一回陆和晏去她家里找她，看到那满墙的海报，还狠狠地嘲笑过她。

晚上，舒窈便一张一张地将海报扯了下来，压平整了，放在自己盛放日记本的大木箱里。

故而，此时听到外面的声音，舒窈立马从椅子上坐了起来，陆和晏拿了自己的衣服本要去隔间，闻言，脚步亦顿了顿。

只是，没等他们再有所反应，外头就响起了脚步声，舒窈脑海里莫名浮现起陆和晏那一身被水浸湿的衣服，直接拉着他将他扯入了隔间。

说是隔间，其实只是一间小而狭长的更衣室，还立了一个长长的落地衣架。

两间屋子之间没有门隔开，只在门口简单挂了一道丝绒布的帘子。

舒窈刚刚扯得太急，陆和晏脚步踉跄，此时半个身子都压在了她的身上，而她的后背正抵在晾衣架的横梁上。

许是怕横梁硌到她，陆和晏将手掌贴到她的后背上，这样一来，她整个人都被他环在了臂弯里。

他微垂着头，鼻尖被她的头发若有似无地扫过，痒得他想打喷嚏。他侧过头，在她的耳边闷笑道："你这么着急干吗？！"

他带了点气音，在这样的暗室里，却没来由地暧昧。舒窈自耳后忽地起了一层鸡皮疙瘩。她战栗着躲开他的气息，小声道："你别离我那么……"

陆和晏将脑袋又凑近了些："那么什么？别离你那么远？"

他睁着眼睛说瞎话，偏偏舒窈被他撩得又羞又恼，脑袋快要垂到胸前去。

她张了张嘴，想说什么，却倏忽被陆和晏捂住了嘴巴，因为有人进来了。

陆和晏是背对着门的，舒窈与他相对，从布帘的缝隙里看见的恰好是阮恩辞的脸。她和叶珉似乎在争执，脸色不怎么好，一进门就坐到椅子上，脸上似有嘲讽："你这次又想把我推给谁？"

叶珉倚在门口，手指间夹了根烟，眉间似笼了霜雪，语气里带了几分无奈："阮阮，别闹。"

"我闹什么了？"阮恩辞猝然抬起头来，"我一没纠缠你，二没威胁你，我好好来工作，你偏说我是跟着你来的……"她轻轻笑了一声，"叶大影帝，我竟不知道你居然是这么自信的人。"

她平素少与人为恶，却好像将所有不好的一面全展现给了叶珉。

她用手撑着椅子，脸上尽是倔强之色，叶珉那根烟到底还是抽不下去了，他走到桌边将烟头在烟灰缸里摁灭，问道："你不是喜欢叶槐序吗？"

阮恩辞愣了愣，冷声道："阿叶有喜欢的人。"

叶珉说："他们分手了。"

阮恩辞说："会和好的。"

叶珉低头看着她，没说话。

屋子里静了片刻，舒窈的额头抵着陆和晏的下巴，他身上的衣服还没换掉，湿漉漉的，舒窈的衣服也被浸湿了。好在屋子里开了空调，才让他们免于感冒。

舒窈用手扯了扯陆和晏的衣袖，他将头低下来，她在他的耳边道："我们这样偷听，是不是不太好？"

房间里空间是真的小，他们又不敢乱动，舒窈说话时，嘴唇好几次擦过陆和晏的耳朵。他垂眼看着她，眼神有些危险："是不太好。"

语毕，他突然倾身，咬住舒窈刚刚频繁触到他的下唇，随即伸出手，捂住了她的耳朵。

温热的男性气息混杂着雨水的味道一起罩下来，舒窈站不稳，抓着他的手臂，不敢发出声来。她眼睛都湿润了，微仰着头，就那样眼巴巴地看着他，用眼神示意道：外面还有人……

陆和晏含着她的唇，含糊着道："窈窈乖，不要乱动。"

他的声音低沉又柔软，哄小孩儿似的，舒窈的耳朵红得快要滴血。

没一会儿，叶珉和阮恩辞就双双离开了，两人后来不知又说了什么，火药味儿似乎散了很多。

舒窈见外面安静了，才推开陆和晏走出去，刚刚陆和晏咬她那一下有些用力，给她咬破了一点口子。她看着他，眼神有些嗔怒："你属狗的吗！"

陆和晏没说话，拉上了帘子，在里面换衣服。

后面几天，舒窈见到叶珉时，浑身都不自在，她觉得心虚得很，明明见到儿时的偶像是件开心的事，却别扭得连上去要个签名都不敢。

其实，她早就过了追星的年纪，但小时候喜欢过的人和事，被岁月的滤镜美化得过分美好，仿佛一触碰就能嗅到时光的味道。

所以，没戏的时候，她总是会站在旁边看叶珉拍戏，有时是看陆和晏。陈思思这个追星资深玩家窥破了天机般凑到她的跟前，指指前面正在演对手戏的叶珉和陆和晏："如果他们两个同时掉进水里，你救谁？"

舒窈说："无聊。"

陈思思说："选一个嘛。"

舒窈想了一会儿："小孩子才做选择，大人都不救。"

陈思思哇了一声："你好狠的心。"

舒窈说："我不会游泳，他们两个都会，掉水里不用怕。"

陈思思在旁边笑，须臾又撞撞她的肩膀，说："你喜欢叶珉吧？"

舒窈仍看着前方："你别乱说话，别害我。"

陈思思说："你是怕陆老师听到，还是怕阮编剧知道？"

舒窈头大，她可算是遇到一个比姜甜更八卦的了。

舒窈凑过头来："说起来，叶珉和阮恩辞到底是怎么回事，你知道吗？"

"不算特别清楚，只是听说过一点点。"陈思思说，"你知道叶槐序吧？做音乐的那个，说起来，咱们这部电影的配乐，据说也会找他来做。"陈思思顿了顿，发现话题扯远了，又连忙拉了回来，"他是叶珉的堂弟，据说叶家一直想撮合他和阮恩辞，但阮恩辞实际喜欢的人是叶珉。"

舒窈奇道："她既然喜欢叶珉，那为什么家人非要撮合她和叶槐序啊？"

"谁知道？！"陈思思说，"搞不懂这些大佬都在想什么，先前的时候，阮恩辞也一直说自己喜欢叶槐序呢，直到去年下半年才突然改了口，对叶珉穷追不舍的，不知道怎么回事。"

"那叶珉呢？"舒窈问，"他应该也喜欢阮恩辞吧？"

她那天在换衣间里看两人的相处，叶珉对阮恩辞分明也是有感情的。

"不清楚，叶珉倒像是一直都没有答应阮恩辞，但我有一个不成熟的小猜测啊……我怀疑是不是因为叶槐序后来有女朋友了，所以叶珉认为阮恩辞转过头来追他是把他当叶槐序的替身……"

陈思思大概小说看多了，后面越说越离谱了，只有小周还在一旁听得兴致勃勃："然后呢？"

陈思思说了半天，见还有听众，便一本正经地说："然后，不如我们来打赌，看叶珉和阮恩辞什么时候才能互通心意谈个恋爱？"

小周："不太感兴趣。"

陈思思："嘁。"

陈思思又扯了扯舒窈的袖子："你知道我是怎么看出来你喜欢叶珉的吗？"

舒窈问："怎么看出来的？"

陈思思说："一个人看喜欢的偶像的时候，眼睛是会发光的。"

小周说："小舒姐看我陆哥的时候眼睛也会发光。"

舒窈简直想把他踢走。

陈思思说："那和看偶像的眼神还是不一样的，看偶像的时候，眼神干净了很多，就很纯粹嘛，没有任何杂质的。"

小周一脸沉重地看向舒窈："陆哥知道您看他的眼神很肮脏吗？"

舒窈："？"

小周又问陈思思："这么说，你的偶像是谁？"

陈思思愣了愣："保密。"

"嘁。"小周说。

刚出去买姜茶的晓雯端着保温杯走了过来，随口问他们："你们在聊什么？"

小周说："在聊思思的偶像。"

"欸？"晓雯来了兴趣，"思思的偶像是谁？"

小周说："保密。"

晓雯："？"

晓雯顿了一下，说："但是思思现在进了娱乐圈，追星应该很容易了吧。毕竟大家都是'同道中人'嘛！"

"不会的。"陈思思却摇了摇头，她歪头想了一会儿，说，"当你喜欢的那个人太好的时候，你就不会想要跟他在一起了。

"所以，我觉得我只要远远地看着他，就够了。

"他那么好，而我没那么好，我不愿意让他喜欢我，我希望将来站在他身边的人，是和他一样好的人。"

这两天天气暖和一点了，晚风拂面，天上零星挂了几颗星星，头顶灯火昏黄。

女孩嘴角轻轻弯起，一点一点叙说自己的少女情怀。舒窈摸了摸鼻子，在问她或者不问她那个人是不是秦疏之间游荡半天，最终还是放弃了。

舒窈想起那时秦疏跟她提起陈思思时，她也曾随口说过一句："她是不是喜欢你？"

她说得漫不经意，秦疏也听得漫不经心，他仅仅停顿了半秒，便淡淡地说道："她帮我一次，我也还她一次，也算是扯平了。日后见面，不必有什么羁绊。"

舒窈仰头看着天空，心里没来由地就生出些许怅惘来。

那天，小周说起叶珉和阮恩辞的故事时，林书雅说，这世上各人有各人的求而不得，各人有各人的无可奈何。她本来不觉得这句话有多么无奈，此时听见陈思思这些话，那点看不见摸不着的遗憾忽而就紧紧地包裹住了她。

不是为她，不是为她自己。

她有时会想，假如当初陆和晏没有去读电影学院，假如这几年里他喜欢上了别人，假如她没有回来参加那档综艺节目……那她和他此生的故事，是不是也是只能这样了？

她远远地看着他，或者根本看不见他，他们各自和别人结婚，今天这个场景也根本不会存在。

但所幸，他终究还是做了，她最后还是来了。

她抱着晓雯递来的保温杯，里面是一杯热热的姜茶，天色灰暗，目光所及之处是她的闪闪发光的男孩。

她低下头，给陆和晏发微信："阿晏呀。"

一声不够，她又发一句。

屏幕被她占满了。

她将手机凑近，按住语音键，声音温软，一字一顿。

她说："阿晏，我好开心能遇见你哦。

"也很开心，能再遇见你。"

第九章

赠她
漫天星火

“因为队友是一个人这一生里，

第一次主动选择的家人。”

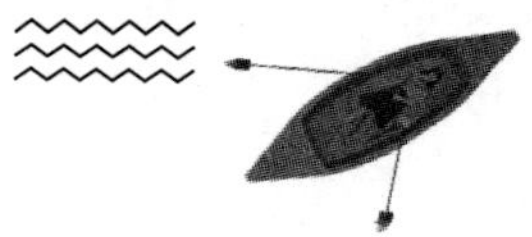

二月份柏林电影节最终获奖名单就出来了，《最后一封信》有幸提名，却无缘奖项。

三月初，《明星公寓》的倒数第二期节目终于开播，恰好这天舒窈和陆和晏都没有戏要拍，两人早早便坐在房间里，买了零食，打开iPad，坐在沙发上看节目。

其实，原本他们是没打算看的，只是迟秋阳这个家伙，在紧密的学习里不知是哪里来的余力关心别人，一大早就在群里提醒陆和晏："别忘了看今天的节目哦，有惊喜！"

这一期节目录的刚好是元旦前后的事情，舒窈把他们那两天的所有表现回忆了一遍，仍旧想不出迟秋阳所说的惊喜究竟是什么。她心里好奇，比陆和晏表现得还要急切。

然后，她就后悔了。

屏幕里，他们正在进行新年许愿的环节，轮到李昕，他说："希望队长新一年过得好一些吧。"

画面一转，众人催促舒窈许愿，她看了眼手机屏幕里的陆和晏，漫不经心地说："我的愿望和李昕的一样。"

节目组给他们准备的房间不大，沙发只堪堪能坐下两个人，舒窈脱了鞋子，整个人都陷在里面，手臂还蹭在陆和晏的手臂上。

她当时那么说的时候，也没想到陆和晏会真的看节目。不料，他不仅真的来看节目了，还是坐在她旁边看的。

这个场面无异于修罗场了，舒窈抬手用抱枕掩面，觉得羞愤欲死。

于是，后面的故事都没人关心了，节目里吵闹的声音成了背景音。陆和晏侧过头，看着已将自己整张脸都埋在抱枕上的舒窈，淡淡地道："原来你那时候就悄悄地对我表白了。"

舒窈被抱枕捂住口鼻，声音闷闷的："你少自恋。"

舒窈现在只想把迟秋阳拖出来打一顿。

她先前从网上买了毛毯铺在沙发下面，屋子里又开了热空调，想着反正今天不出门，故而只穿了身宽松的家居服。

家居服裤脚很大，她往沙发上趴时，脚不由得随着她的动作抬了起来，于是那层棉纱裤脚也跟着卷了上去。

女孩的脚踝细而精致，上面还系了条玉石链子，舒窈犹自闷着头做自闭状，等了许久没见陆和晏发难，不由得将枕头移开了一点，露出一只眼睛，下一秒，一只温热的手就握住了她的脚踝。

她这才发现自己刚刚在那张小得可怜的沙发上打滚时，脚不小心蹭在了陆和晏的腿上。

她本没有多想，可陆和晏的手触碰到她脚踝的皮肤时，无数旖旎的思绪忽地一下子灌入她的脑海。

她的心跳得飞快，里面好像住进了无数只会跳舞的小鹿。

她这样想的时候，陡然又想起陆和晏的昵称也是小鹿，心绪一时间更加乱了。

陆和晏却似乎完全没想那么多，他一只手握着她的脚踝，另一只手还在给迟秋阳回着微信。

那家伙隔着这样远的距离也不忘看好戏。舒窈挣扎了一下，控诉陆和晏：“你松开。”

陆和晏没应她。

舒窈又挣扎起来，只是动作还没翻起来什么浪，陆和晏突然掐着她的腰将她整个人都抱进自己的怀里。她侧身坐在他的腿上，为了稳住自己的身子，不得不搂住他的脖子，偏偏他还在低头给迟秋阳回复微信。

舒窈气死了。

恼意上头，像是为了报复他似的，她忽然低下头，隔开了他落在手机上的视线，直接咬住了他的耳朵。

女孩的嘴唇柔软。

陆和晏的手顿了顿，须臾，忽然掐着舒窈的腰，将她拉远了一点，声音里漾着点撩人的笑意：“今天怎么这么主动？”

舒窈红着脸反驳他："我明明是在家……家暴你。"

她连声音都颤了起来。

她就着被他抱住的姿势拿过他的手机，看到迟秋阳在群里刷了屏。

迟秋阳："队长，你看节目了吗？"

迟秋阳："队长@陆和晏。"

迟秋阳："快出来！"

陆和晏："看了。"

迟秋阳："哈哈哈！小舒姐什么反应？"

过了两分钟。

迟秋阳："队长？"

迟秋阳："人呢？"

迟秋阳："被打了吗？"

……

迟秋阳大概实在太无聊了，刷了不知多少条消息，于是，等陆和晏低下头时，就看见他的小姑娘红着脸，正气势汹汹地在屏幕上乱戳着。

很快，群消息再一次弹出。

陆和晏："迟秋阳，你艺考过合格线了吗？"

陆和晏："文化课学得怎么样了？"

陆和晏："今年能过吗？"

……

她噼里啪啦一阵消息砸过去，弄得迟秋阳猝不及防，他抱着手机茫然了半天，才想起回了一句："？"

顿了顿，迟秋阳试探着问："小舒姐？"

又过了会儿，迟秋阳："小舒姐，我错了！"

舒窈发完之后，就把手机还给陆和晏了，也没管迟秋阳故作可怜的哀号。

她本来还觉得有点不好意思，骂了迟秋阳后，原先心中那满溢的不好意思很快就被好笑给占满了。她怼人怼得开心，靠在沙发上，眉毛都飞了起来，弯腰去桌子上够了瓶饮料过来，准备拧瓶盖的时候，不知想到什么，忽而转了一下手腕，将饮料递到陆和晏的跟前。

她理直气壮地说："我拧不开。"

陆和晏低头瞥了她一眼，嘴角噙了一抹笑，却没把饮料接过来，而是顺势握住了她拿着瓶身的手，另一只手轻轻松松地把瓶盖儿打开了。

这下舒窈眼睛彻底弯起来了。

陆和晏低头看着她，眼里亦蓄起了浓浓的笑意，他问："开心了？"

"嗯。"舒窈喝了口水，含糊着应了声。

陆和晏低低地叹气："怎么还跟个小孩儿似的。"

他们没说两句，小周就敲门进来了，舒窈连忙从陆和晏的腿上撤下来，回到沙发上坐好。

小周进屋后，瞟了眼沙发附近满地的狼藉，又瞟了眼舒窈通红的耳根，匆匆收回目光，不管心里怎样咆哮，表面依然风雨不动。

他说："陆哥，你之前让查的那些关于王铭的事情，资料都整理好了，一起给王七发过去吗？"

舒窈闻言，不由得问："王铭的什么事情？"

小周说："王铭又要做生意，又要提防家里的兄弟跟他争权，不由得就做了些不太光彩的事，陆哥这几年一直在搜集证据。王家目前最能跟他分庭抗礼的就是王七了，所以，陆哥想把那些东西发给王七，随便他怎么折腾。"

顿了顿，他又补充："其实先前王铭的势头是比王七弱一些的，但后来他不知怎么攀上了吴家，有吴家帮忙，现在险压王七一头呢。"

舒窈想起之前同学聚会的时候，吴笑笑和王铭的那一段争吵，和这件事倒是对上了。她道："王铭这些年做的那些事，王七查不到吗？"

"他做得隐秘，况且也都不是什么大事，王七可能没放在心上。"

但一件不是大事，两件不是大事，将所有的事情环环扣在一起，就是大事了。

“王七不好查清楚，我能查到，也是因为王铭这些年没提防过我。”陆和晏靠在沙发上，神情似有些嘲讽，“他觉得我会顾念旧情，不会管他这些闲事。”

“一个人脾气再好，也不可能任人欺负，不知道王铭究竟在想些什么。”陆和晏没说完，小周倒先吐槽上了，“以前不搭理他，只是懒得在他身上费精力、费时间罢了。”

王七的动作也快，拿到那些资料之后，五月底，就将王铭手里的权力削去了大半，而陆和晏他们的电影的拍摄也渐渐接近尾声。

快拍完时，牧导邀请一些媒体进行了一次探班活动。

因为不是独家，这些记者大抵想拍一些不同的东西，有人安排了专访，有人安排了探班小视频，而有人则是组织了一次开箱活动。

几位主演的箱子都被打开了。

记者来到陆和晏的房间时，他正坐在沙发上背台词，一群人闹哄哄地走进来，他不得不把剧本放下来，笑着对着镜头打了个招呼，就听小编问他：“陆老师一般出门的话，行李箱里都会带些什么呢？”

陆和晏起身去拿了几瓶饮料出来，放在桌子上，示意大家渴了就自己拿着喝，才用指节蹭了一下自己的鼻子，说：“洗漱用品，换洗衣物，差不多就这些了。”

“这么简单啊……”小编感叹了一句，“别的都不带吗？比如游戏机啊、书啊之类的东西，无聊的时候玩一玩、看一看？”

“出去玩的时候会带些书，拍戏的时候倒是不会，太忙了，没时间看。”他笑道，“所以，你们开我的箱子的话，应该会觉得很无趣。”

他说着，顺手就将自己的箱子提了过来——有点重。

他来的时候，行李一直都是小周帮他整理的，到剧组后，也是小周把里面的日用品和衣服拿出来的。明明主要的东西都拿出来了，也不知道小周到底在里面装了什么，这么重。

他这样想着，不由得抬头去看了一下小周，哪知后者扒着门框，正一脸愁苦地看着他。

陆和晏皱了皱眉，用眼神问小周：怎么了？

小周捂住眼睛，下一秒，小编突然惊讶地欸了一声，陆和晏循声望去，只见箱子里躺了一堆花花绿绿的——

《霸道总裁的新娘》《霸道总裁的白月光》《霸道总裁他不想离婚》《我和爱豆不得不说的故事》……

陆和晏：“……”

陆和晏将目光扫向小周，后者啊了一声，连忙走过来，大呼：“这是……这些是……”

屏幕前，观看直播的陆和晏的粉丝——

“哈哈哈，小鹿目光扫过去的时候，我就知道小周周要背锅了。”

“没想到你是这样的小鹿！”

“明人不说暗话，我想看《霸道小鹿爱上我》。”

“莫名有种反差萌是怎么回事……”

“自信一点啊，小鹿，你的箱子一点也不无趣，哈哈哈！”

陆和晏捏了捏眉心，第一次体会到什么叫遇人不淑、生无可恋。

小周还在那边欲盖弥彰地解释。

路过这里准备下楼的舒窈瞧见这边很是热闹，不由得探了个头，瞬间就被那些五花八门的小说吸引了目光。

陆和晏也看到她了，他的薄唇紧抿，脸上其实看不出什么情绪，也就常在他身边的小周能感受出他简直想打人了。

舒窈还在添乱：“阿晏啊。”

陆和晏冷冷地说：“嗯？”

舒窈说：“你不是说你没看过这些书吗？”

陆和晏抿了抿唇："为了逗你开心，破例了。"

围观的记者和观看节目的粉丝："？"

舒窈沉默了一会儿："你不要祸水东引……"

最终，这场直播还是以上了热搜榜而作为结局，热搜榜上的名字也非常漂亮——"陆和晏拍戏带一箱霸道总裁类小说"。

舒窈和晓雯靠在沙发上，翻看着网友们的评论，脸都笑僵了。而坐在他们旁边的两个男人，一个面色依旧沉静如水，一个絮絮叨叨认了大半天的错。

小周急得头都要秃了："当时你说床上那些都带着嘛，我看到书的时候，还特意问过你一遍，确定把床上的东西都拿着吗？你还记得你当时怎么回答我的吗？你斩钉截铁地说——是！"

他说："你也不能怪我，谁让你买……买这么多这种书看……"

陆和晏说："我没看。"

小周："是，你没看，你买着玩的。"

舒窈也咳了一声："我相信你。"

陆和晏："……"

"是迟秋阳的，他不好意思放在自己家，硬塞在我这里，让我帮他保管。"陆和晏叹了口气，"算了，反正都这样了，你们也别去骂迟秋阳了。"

他觉得自己高冷的人生遭遇了滑铁卢，整个人都有些浑浑噩噩，想了半天，总算给自己找到一个理由，就听小周在旁边配合道："嗯，我相信你！"

陆和晏彻底无言了。

舒窈忍了忍笑意，觉得再这样下去，陆和晏估计要自闭了。

她捏了颗桌上的提子塞进自己的嘴里，软着声音说："你把你的手机给我。"

陆和晏也没问她要干吗，就直接把手机递了过去。

舒窈打开他的照相机，给那一堆书拍了张照，又上传到他的微博上，配文：转发抽奖送书，抽几个人，看心情。

于是，“陆和晏抽奖送霸道总裁类的小说”又在热搜榜上挂了两天。

六月初，迟秋阳高考的时候，舒窈正在赶自己的最后几场戏。她和陆和晏回不去，只给迟秋阳打了电话为他加油。

李昕和江旭倒是抽空回去看他了，在群里嚷嚷着他今年看起来很自信，看来他那位叫“然然”的同学教得还不错。

七月中旬高考成绩陆陆续续放出来，那时舒窈的戏份已经杀青，回了北京，但陆和晏的戏份还没有杀青，他仍在影视城里待着。

开箱那一次短暂的打击并没有让陆和晏自闭，他第二天晚上便从生无可恋的状态里走了出来，还拿了两本书跑去敲舒窈房间的门，翻开其中的某一页，笑问她：他壁咚学得好不好。

迟秋阳今年果然一雪前耻，以第一名的成绩被电影学院录取。收到录取通知书的那天，陆和晏还是没有回来，以至于几人只好将庆祝的时间推迟，打算等他回来的时候好好宰他一顿。

只是，他们没有等来陆和晏，却先等到了一场意外。

起初看到影视城发生火灾的新闻时，舒窈还没联想到与《明月几时有》有关，直到陆陆续续有更详细的新闻爆出来，她才提着一颗心给陆和晏打电话。

电话响了好多声，那边始终没有人接。仲夏时节，她明明坐在空调屋里，却急出了满头的汗。

后来，她打通小周的电话，男生的声音里满是哭腔：“陆哥在急救室！”

等舒窈他们赶过去时，陆和晏已经从急救室里出来了。小周买了早饭，刚从外面走进来。林书雅看见他，便抓住他，直接问：“小鹿怎么样了？”

几双眼睛齐齐望着小周：“人没有大事，只是、只是……”

“只是什么呀？！”迟秋阳看不下去他吞吞吐吐的样子，直接发脾气了。

小周讷讷道：“医生说当时烟雾太浓，他声带受损，说话没问题，但继续唱歌恐怕会不行。”

烧起来的是他们居住的那栋小木楼，陆和晏住在最高层，本来就不好逃生。但其实那天他本来已经跑出来了，偏偏那几天剧组接来了一个小演员，小孩儿才八岁，哭喊声在外面都能够听见。

陆和晏泼湿了自己的衣服，又用湿毛巾掩住口鼻，直接就冲进去了。

迟秋阳都急哭了：“什么叫恐怕会不行？医生没个准信儿的吗？”

小周苦涩地说：“医生的意思是，也许能治好，也许就治不好了。”

这件事闹得很大，网上已经传得沸沸扬扬了，陆和晏的粉丝们得知自己的偶像出事了，有几个人不知道从哪里打听到了他所住的医院，却也不敢走近去打扰他，只好徘徊在医院门口不肯离开。

最后还是李昕戴着帽子和口罩下去了，没说陆和晏具体的情况，只说他没什么大问题，让粉丝们放心。

小姑娘们眼泪汪汪的，异口同声地说：“祝小鹿早一点康复！”

住院部这一栋楼外就是马路，稍微偏过头，就能看见大门口的情形，舒窈站在窗口望了一会儿，跟陆和晏说：“也不知道李昕跟她们说了什么，人已经走了。”

她这几天天天哭，眼睛又红又肿，陆和晏伤得太厉害了，暂时还发不出声来，要休养几日才能好。

于是，他闻言，便用手机给舒窈发微信：“大概是跟她们说我没事。”

想到这一茬儿，舒窈说：“你要不要发条微博报个平安？”

陆和晏笑：“已经发过了。”

舒窈和迟秋阳他们几个人快要着急死了，陆和晏却好似内心很平静，在听到自己的嗓子有可能会治不好的时候，仅是愣怔了一瞬，便低头在手机上打字：“没关系，幸好我多才多艺，我还能演戏。”

他好像总是这样，仿佛没有什么事情能将他打倒。旁人若是有他一半的经历，恐怕都要感叹一句“上天为何对我如此残酷”，但他能始终唇畔带笑，似乎那些事都是不值一提的小风小浪。

迟秋阳抹着眼泪，一拳捶在他的肩膀上：“少自恋。”

陆和晏笑了笑，没说话。

只是，他们几个到底还有工作要做，在这儿陪了陆和晏几天之后，便一一离开了。倒是舒窈的活动不多，离陆和晏远的，全都被她推掉了。

故而，这边一直都是她和小周在照应着。

舒窈拿出手机来，翻到陆和晏的微博，发现他的微博是五分钟前刚发出去的，配图是他的一张自拍照，照片的角落还露出了舒窈的一片裙角。

她当下就慌了，嗔怪地瞪了陆和晏一眼，直到看到底下的人全都在祝小鹿早日康复，才放下心来。

但粉丝祝福完自己的偶像后，又忍不住点开他发的自拍照，一点一点地抠细节，舒窈那一片裙角简直毫无意外地被发现了。

很快便有一群人在讨论——不知道陆和晏病房里的那个女孩子到底是谁。

大家的猜测也五花八门，从梁菲菲到舒窈再到宋林，总之，跟陆和晏合作过的女明星全被他们猜了个遍。最终有个人不知从哪儿翻出了舒窈前不久的一张机场照，她穿了条蓝色的刺绣吊带裙，和陆和晏自拍照里那一片裙角的花纹一模一样。

于是，大家都心照不宣地停下了继续深扒的念头，毕竟再继续了解的话，那样的局面恐怕不是她们想看到的。

舒窈坐在床边，一边削苹果，一边絮絮叨叨地控诉陆和晏："都怪你，我感觉林姐马上就要提刀赶来了。"

她平时斗嘴从来都斗不过陆和晏，现在趁他不能出声，每天都在嘚瑟。

"到时候林姐问起来，我就说我不知情，我说的是实话嘛，谁知道你居然不声不响就发了照片。"

"但是，你的粉丝那边怎么办？大家都那么喜欢你……"

她话未说完，头顶忽而响起一声低笑，陆和晏问："你不喜欢我吗？"

舒窈："啊？"

她眨了眨眼，半晌才反应过来方才发生了什么："你、你、你能……能说话了？！"

其实声音还是有一些哑的，陆和晏侧头看着她："我看你是很不想让我说话。"

舒窈辩解："我哪有……"

他们正说着话，小周就拿了手机进来："林姐的电话！"

陆和晏伸手将手机接过来，舒窈问小周："什么事？"

小周说："照片啊……"

舒窈连忙闭了嘴，转过头，只听陆和晏耐心地和林书雅说着话："嗯，能出声了……是有点哑，过两天就好了。"

见舒窈正眼巴巴地看着他，他把手机从耳边拿下来，开了免提，林书雅在另一头问："你发自拍照前怎么不问我一声？"

陆和晏说："就一条报平安的微博，没什么好请示的吧？"

林书雅："你再说只是报平安？"

陆和晏低声笑了笑："哎……"

林书雅说："当然，这也没什么，你跟舒窈关系好，大家都知道，到时候就说是去探病的就行，但你以后发微博还是要提前跟我说一声……"

“不用。”她话音未落，却被陆和晏打断了。

林书雅：“欸？”

陆和晏说：“不用特地去澄清，随便大家怎么猜。”

林书雅说：“这怎么行？你那些粉丝……”

陆和晏沉默了一会儿，语气平缓地说：“我觉得，无论是歌手，还是演员，希望与世界连接的桥梁，都是自己的作品。我与大家之间的关系是，我唱一首歌，我演一部戏，恰好打动了他们，他们在这一刻与我产生了共鸣，我们便相携着走这一段路。”

舒窈坐在旁边仓鼠似的啃苹果，陆和晏瞥了她一眼，她立马狗腿地把苹果凑到他的嘴边，他眯了眯眼，就着她的手咬了一口。

小周在旁边是一脸没眼看的表情。

陆和晏还在说：“所以，我觉得，歌手与听众、演员与观众之间的关系，与其说是偶像和粉丝，倒不如说是朋友更恰当些。我曾用音乐打动过他们，他们用自己的热情、温暖和爱回馈我，没有谁高谁低，我们是平等的。”

他似乎是笑了一声：“所以，林姐，我不想骗他们，也不必骗他们。”

人生苦短，爱恨由己，来去自由。

林书雅沉默了片刻，叹气道：“道理是这么个道理……”

她还欲多说，小周在旁边接道：“林姐，难道您不相信陆哥的能力吗？不相信陆哥可以凭自己的作品被人喜欢？”

陆和晏又在医院住了将近一个月才出院。

因为是在《明月几时有》的剧组里发生的意外，原本那天也该杀青了，却因为这个事儿连杀青宴也没能办。

好在当时火势并不算特别大，也没有什么人员伤亡，最严重的也就是陆和晏的嗓子。

牧导心里大抵觉得愧疚，这时趁陆和晏出院，便将还在这附近工作的人聚集在了一起，在南市补办了一场杀青宴，也算是给他去去晦气。

那天，舒窈刚好在南市有一场广告拍摄活动，等她赶到望月楼时，已经是深夜，宴席也快散了。

没想到，她在门口却碰到了同样姗姗来迟的阮恩辞。

舒窈前些天就听前来探病的陈思思八卦说，阮恩辞和叶珉似乎是在一起了，这时看她的神色，果然比拍戏时要好很多。

眼里多了些柔和的东西，不再像过去那样锋利扎人了。

舒窈先前在剧组时，和阮恩辞并没有过多交集，这时见面，也不过是互相点了点头打了声招呼，就前后脚进了望月楼。

却不想，到门口时，阮恩辞突然加快脚步走到舒窈的旁边。

舒窈歪了歪头，听见阮恩辞问："我先前听说小鹿的嗓子坏了，他目前的状况……还好吗？"

她这话问得突兀，舒窈脚步顿了一下，又听她笑着说："你不要误会，我不是故意要打探他的事情，只是叶珉以前嗓子也坏过，我只是想，如果你们有需要的话，或许可以试一试他的医生。"

对此，舒窈倒是有所耳闻。苏城的叶家是昆曲世家，早就听说叶珉是他们这一辈里最有天赋的一个，奈何小时候弄坏了嗓子，后来就再也没能继续唱戏。

之前林书雅也跟他们提过这件事，只是他们听说叶珉的嗓子也没治好，便直接否定了去找叶珉介绍医生的想法。而阮恩辞却像是看穿了她心中所想一般，说道："叶珉当时伤得比小鹿重……况且，每个人情况不一样，不试一试怎么知道呢？！"

她走过来就只是提个建议，采不采纳全看陆和晏他们自己，所以，说完这句以后，她就没再多劝了。

牧导的助理听说他们过来了，早就站在包厢门口等着了。

陆和晏嗓子有伤，喝不了酒，也吸不了烟，舒窈在他的口袋里装了很多润喉糖，让他想抽烟的时候，就拿出来吃一颗。

故而，等舒窈进去时，她就看见他剥开一颗糖塞进嘴里。

他靠在椅子上，手边还放着一杯蜂蜜水，正漫不经心地跟宋林聊天。瞧见舒窈进来，他语声一顿，紧接着目光便悠悠地定在她的身上了。

舒窈来得匆忙，妆还是拍摄时化的，衣服也是拍摄时穿的那一套。她平时多是淡妆，衣服也穿得随意，这时精心地打扮一番，五官的优越便完全突显出来了。

陆和晏嘴边噙着一抹笑，舒窈被他那样看着，心跳没来由就停了一拍。

她走到陆和晏的旁边坐下，听到他侧头问她："怎么这么晚？今天拍摄不顺利？"

"还好。"舒窈说，"路上堵车堵得太厉害了。"

陆和晏嗯了一声，从另一边拿过蜂蜜水，也给舒窈倒了一杯。

有演员看他们旁若无人地聊天，故意打趣他们："你们俩咬什么耳朵呢？舒窈老师来晚了，可是要罚酒的啊。"

其实，他们也想罚阮恩辞，只是阮恩辞平日里太冷淡了，除了讲戏，极少同大家交流。他们纵是有贼心，也没那个贼胆去招惹她，便把火力全集中在舒窈的身上了。

舒窈也不扭捏，闻言，端起一杯酒便兀自灌了下去。

陆和晏在旁边看着她，也没拦她，小姑娘最近一直绷着一根神经，适当地发泄一下也好。

坐在另一边的牧导见众人玩得疯了，转头拉着陆和晏讲话，说电影后期已经开始着手做了，他想尽快剪辑出来，希望能赶上金雀奖的提名。

最近一次的金雀奖已经确定会在明年的二月份举行，颁奖晚会开始的前一个月提名，在前两个月就要把各部片子送过去，所以，他们必须在十一月之前将所有的后期工作做完。

留给他们的时间不算多，但也不算少。

陆和晏一边跟牧导聊天，一边注意着舒窈这边的状况，她最近大概真的压抑太久了，喝起酒来无法无天的。

等她玩得差不多了，陆和晏才起身，将她捞起来。酒过三巡，众人原本也有散的意思了，大家互相寒暄了一下，于是该回酒店的回酒店，该回家的回家了。

晓雯早就被舒窈赶回家休息去了，此时只留下小周给他们开车。

他们散得晚，这时街上已经没什么行人了，夏风柔柔地从脸颊边拂过，舒窈抱着陆和晏的胳膊走到车前，某些恍惚的时刻，还以为自己又回到了高中时期。

他们仍是回到了舒窈在南市的家，车子在地下车库里停下来后，舒窈便整个人攀到了陆和晏的身上。小周拿着钥匙在前面目不斜视，还能听见舒窈一声一声地跟陆和晏回忆往事。

直到凌晨两点多，舒窈才清醒一些，房间里寂静无声，她摸到床边的开关，将灯打开，才发现自己已经换上了干净的衣服。

睡前的记忆断断续续地涌入脑海，舒窈记得，自己那时醉得厉害，被陆和晏抱着上楼时，似乎还吐了，弄得他满身脏兮兮的……

想到这里，她又低头看了眼自己身上的睡裙，心脏咚咚咚地狂跳。

她的脸烫得可以蒸鸡蛋，她将卧室的门打开一道缝隙来，客厅里也是安静的，只有月光穿过窗户在地板上投下一片皎洁的光。

她找出手机给陆和晏发微信："你在哪里？"

陆和晏很快就回道："醒了？"

舒窈索性给他拨了电话过去，她光着脚走出房门，循着他的声音慢慢地爬到阁楼上。阁楼的屋顶是玻璃的，一抬头，就能看见满天的星星。

陆和晏正坐在其中一级阶梯上写歌词，两只耳朵都塞了耳机，耳机里是舒窈温柔绵软的声音。

似是感受到了这边的动静，他抬起眼来，便看见女孩只着了条薄薄的睡裙，正歪头看着他。

他把耳机摘下，将手机和歌词本放在一边，缓步走过来，直接托着她的腰将她从地上抱起来，转而又放到旁边一张把铺了毛毯的藤椅上，低声询问：“怎么不穿鞋子？”

舒窈这才察觉自己的脚心有一阵阵凉意涌上来。

“忘记了。”她说，“太想看见你。”

她如此诚实，陆和晏便笑：“这么离不开我啊？”

舒窈想了想：“我以前从来没有想过，我会这么离不开一个人。”

他漫不经心地撩拨她，她却句句坦诚，他坐在她的对面，似真似假地叹息：“我也没想到我们窈窈竟然这么热情。”

哄小孩儿的语气又来了。

舒窈咬了咬唇，意识到他肯定要说昨晚的事情了，脸上刚退下去的红潮又涨了回来。

“我昨晚明明什么也没做……”她狡辩。

陆和晏说：“是没做什么，只不过是抱着我不撒手，非要我亲亲抱抱举高高罢了。”

舒窈被他说得直想找个地洞钻下去。

偏偏她还不死心，不撞南墙不回头，只是沉默了一会儿，又问：“我的衣服……你换的吗？”

陆和晏捏了几颗润喉糖在手里，来来回回地把玩着，听到她的话，微眯起眼：“你还想让谁帮你换？小周吗？”

舒窈万万没想到他居然完全抓错了重点，顿时就有些哭笑不得。她沉默了半天，才若无其事地说：“是啊。”

话音落下没两秒，她的下巴就被一只微凉的手捏住了，陆和晏的眼里透出些危险的气息，迫使着她仰起脸来，语声有些冷淡：“你再说一遍。”

舒窈张了张嘴，心里觉得甜得很，有些想笑，却还是硬着头皮继续作死：“谁换都一样的嘛。”

陆和晏微眯着眼盯了她一会儿，忽然低头在她的额头上印下一个吻，问道：“这样也是谁都可以的吗？”

不等她回答，那吻又移到她的眼睛上、嘴巴上、脖子上、锁骨上……

“这样也是谁都可以的吗？”

被他亲吻过的地方泛起了一阵阵战栗，舒窈整个人都没法思考了，语无伦次地问：“什、什么？”

陆和晏说：“谁都可以亲你吗？”

“你先停下来。”舒窈总算认输了，软着嗓子哀求他，“当、当然……只有你可以。”

陆和晏问：“只有我可以什么？”

舒窈闭了闭眼，一副羞愤难耐的模样：“亲我。”

陆和晏又问：“谁可以亲你？”

舒窈破罐子破摔地道：“你。”

陆和晏：“我什么？”

舒窈气死了，转过头不理他了，他捏了捏她的耳垂，低声笑了一下，又说：“什么时候去打个耳洞吧？”

舒窈问：“干什么？”

陆和晏说：“打个耳洞，戴耳坠给我看好不好？”

他和她挨得近，气息有一下没一下地扫在她的耳朵上，让她又热又痒。

舒窈侧头躲了躲，没答话。

陆和晏双臂环着她，仰头看了看天上的星星。

舒窈也随着他的目光往天上看，天色是极深邃的蓝，月朗星稀，繁密的星星在无边的苍穹里互相依偎，不遗余力地散发着自己那一点微弱的光。

舒窈说：“改天我们去拜访一下叶珉老师吧？”

陆和晏愣了愣，转而才想到舒窈的目的，他抿了抿唇，须臾说：“好。”

叶珉给他们介绍的是位中医，好巧不巧，对方居然恰好就住在陆和晏他们买下的练习室所在的那条巷子里。

因为其余人都有工作要忙，加上看病的话，去太多人也不太好，免不得会打扰到人家，故而，只有舒窈一个人陪陆和晏去看医生。

医生也姓陆，叫陆慕，看起来竟是格外年轻。只是对方似乎不大爱说话，除了看病以外，仿佛对外人的事情一概不感兴趣。

因为陆和晏的伤，他们的集体活动暂时都停了下来，每天要么就是出席一些只需要某一个人参加的活动，其余的时间都是留在练习室里进行新专辑的创作。

几人好像回到了刚组乐队时的样子，又搬回了永安巷里，陆和晏每天白天定时定点去找陆医生治疗，晚上便安静地坐在房间里写歌词。

陆医生大概是有些真本事的，陆和晏在吃了几服药之后，不知道是不是心理作用，觉得自己的嗓子似乎真的舒服了很多。

九月份，迟秋阳去学校报到，被记者们堵在了学校门口，询问了一些有关 Gruis 何时会复出之类的话。

迟秋阳歪了歪头，反问记者：“Gruis 什么时候退出了？”

“既然从来没有离开过，又何来的复出一说？！”

陆和晏的病在圈子里有一些传闻，但众人其实并没有什么确凿的证据，此时听见迟秋阳这样笃定地回答，大家反而觉得疑惑了。

迟秋阳开学以后就住进了学校的宿舍里，每个周末回到永安巷，就拿着手机给陆和晏拍视频，然后发到他们乐队的官博里，配文全是诸如“这是正在写歌的队长”“这是正在吃饭的队长”之类的话。

当然，有的视频里，舒窈也会不小心入镜，迟秋阳也没刻意把她的部分剪掉，粉丝问起来，他就回答：“没错，今天小舒姐又来找我们蹭饭吃了！”

十月末的时候，牧导就通知陆和晏和舒窈，说《明月几时有》的后期已经初步做完了，问他们两个要不要去看一看。

原本他们是打算去的，结果正准备出门的时候，舒长启和林静宜突然来了。

陆和晏出事的事情，舒窈一直没有告诉他们，怕两位老人担心，还特意嘱咐舒远替他们保密。

可舒爸舒妈一进门就冲两个小辈唠叨起来："这是要去哪里呀？你们两个小孩哦，出了事也不跟大人说一声。"林静宜将买来的各类补品放到旁边，走过去摸了摸陆和晏的喉结，满脸心疼地问，"怎么样了？听说在治疗了，最近感觉好点了没？"

她的声音里也满是关切，初秋的时节，阳光暖洋洋地照射在这方不算很大的院子里，陆和晏望了望墙边快要枯萎的藤叶，喉头没来由地就紧了紧。

自从父亲出事以后，家里的各种担子好像一下子全落在了他的肩上。

尽管其实也没有什么不能承受的重量，他有足够的金钱支撑他去做自己想做的各种事，并不用为生活发愁，可是，总有一股无形的压力压着他。那种感觉看不见，也摸不着，却无时无刻不让他觉得惶恐。

那是一种——万万不敢松懈，万万不敢倒下，因为身后不会有人接住自己的惶恐。

这口气，他提了太久，也从来没有坐下来深思过，哪怕有时陆昭坐在旁边佯装不经意地问他："哥哥，你累吗？"

陆昭说："你其实不用那么逞强的，事情发生的时候，你年纪也很小，这些年你把我护在翅膀之下，但事实上，你当时所受的打击并不比我小。

"你可以脆弱的。"

他是真的心疼哥哥，那样不善言辞的一个人，搜肠刮肚地在心里拼凑出一整句话来，断断续续地说完，总算等来哥哥的一句"好"。

可哥哥虽然说了好，却从未将这种提议放在心上过。

直到这一刻，他触碰到舒长启和林静宜毫不掩饰的担忧与慈爱，心里那点盾甲好像突然被一阵太过耀眼的阳光腐蚀了一般，塌陷得一丁点也不剩。

他有些不自在地转开目光，俯身将舒爸舒妈带来的东西拎进屋子里，才说："好多了。"

像是怕他们担心，他又补充："医生说，好好治的话，最迟半年就能好彻底。"

"那就好，那就好。"林静宜总算舒了一口气，坐到沙发上，转而又问，"弟弟呢？弟弟那边怎么样了？"

"回伦敦了，一直有医生看着……您不用担心。"

他这人从来桀骜，难得坐下乖巧地听长辈讲话，舒窈到旁边泡了两杯普洱茶端过来，窝在一旁质问舒远："你是不是跟爸妈说什么了？"

舒远大概就等着她的指责呢，很快就回："不能怪我……"

舒窈："所以，果然是你说的！"

舒远："你人在北京，却天天不回家，爸妈担心，我免不了要替你讲句好话。"

舒远："况且，爸妈知道了也不是坏事……"

舒远叹了口气："阿晏他这几年把自己逼得太紧了，有长辈关心关心他，不是坏事。"

舒远平时虽然看起来吊儿郎当，但该懂的东西一样没落。舒窈深知他说得也对，收了话题，又问他："对啦，最近明冬哥哥那边怎么样了？"

舒远："赵乾坤人品太差，就算你明冬哥不想接手东泰，东泰也万万不能落到这种人手上的。你明冬哥怕是不得不入世了。"

舒远："这世上的人，本来就很难完全遵照本心而活，多的是无可奈何。"

他似是还有别的事要忙，跟舒窈又说了两句，就去做自己的事情了。

这天恰好是周末，迟秋阳也从学校里回来了。晚上，江旭和李昕收工到家时，老远就闻到院子里飘来的菜香。

饭是林静宜自己做的，舒窈和陆和晏给她打的下手，舒长启和迟秋阳则坐在客厅里聊了一些最近的新闻。

小院里的气氛美好得不像话，他们明明不是一家人，此时却如一家人一般温馨而亲密无间。

陆和晏现在情况比之前好多了，能喝一点点酒了，但不能喝太烈的，舒窈便买了一些度数极低的果酒，坐在旁边陪着他们一起喝。

舒长启喝多了，拉着陆和晏同他说了很多，原本在清醒时不太敢直接提起的事，这会儿也借着酒劲儿说出来了。

陆家刚出事那会儿，原本舒长启是打算将陆和晏接回家里一起照顾着的，可当时舒窈突然强烈地拒绝，后来又直接不管不顾地出了国。

等他们再回过神来时，陆和晏也带着陆昭搬走了。

舒窈那时年纪小，遇到一点事就六神无主了，她只知道在那样的时候，陆和晏的名字不能和她牵扯在一起，所以，最好的办法就是乖乖听话，远离陆和晏。

等长大一些后，她也明白了当时的事情其实是有更好的解决办法的，但木已成舟，伤害既成，她也找不到立场再去跟陆和晏提这些。

她摸了摸鼻子，又听舒长启问陆和晏："你最近去看过你父亲吗？他怎么样了？"

陆漳洵还有一年就出狱了，前几天，陆和晏刚带着舒窈去见过他。

老人好像被这么多年的时光磨平了所有棱角，他们三人相对而坐了半天，最终陆漳洵也只是说了句："好，很好。"

他像是怕这一句话的力量不够似的，顿了片刻，又突然抬头对舒窈说："谢谢。"

他的声音有些哑，明明就只是简单的两个字，舒窈却仿佛听出了千山万重的深重情意。

她抿了抿嘴，没说话，眼眶却红了。

后来出来后，陆和晏擦着她通红的眼角，勾起唇嘲笑她，但他自己的眼睛分明也红了。

当晚，舒长启和林静宜便歇在了永安巷。房间不够，迟秋阳和江旭挤到了一间。晚上舒窈出来喝水，瞧见他们四个正坐在院子里聊天，不由得也搬了张凳子坐过去，问他们："你们大晚上不睡，在这儿聊什么呢？"

江旭沉默了片刻说："想家了。"

迟秋阳欸了一声。

他们皆是常年在外工作，有时过年也回不了一趟家，每一次回去都会发觉父母似乎又比上一次见面时老了一些，有心想陪在他们身边，却又无能为力。

舒窈抿了口热水，没法接这话。

她的爸妈就在房里睡着，她没法安慰他们，总显得有些"站着讲话不腰疼"。

还是迟秋阳最先缓过来，吐了口气说："我们说说别的嘛。"

李昕不太感兴趣："说什么？"

舒窈心知他们也没什么新话题聊，在脑中搜索半天，想起先前迟秋阳给她说过一些 Gruis 的组建史。他当时把每一个人是如何加入 Gruis 的过程都说了一遍，唯独没说他自己的，便问道："说起来，你们当初是怎么把迟秋阳拉进来的啊？他年纪跟你们几个比，小了那么多。"

江旭回房间拿了一包烟出来，点了一根烟，将烟盒扔在了桌子上，闻言，悠悠地笑道："你别看他现在好像很乖巧的样子，我们小迟当年也是个叛逆少年呢。"

那时候他才读高二，正是自我意识过剩的初期，觉得父母都不能够理解自己的理想，便天天嚷嚷着要退学去追梦。

迟父迟母哪里会由着他这么任性，思索许久之后，决定取个折中的法子，让他每周的周末可以去朋友的酒吧里，给酒吧的乐队兼职打打鼓。

而他的鼓打得也确实不错，时间久了，在附近渐渐也有了一些小名气，开始有一些小的商业活动会邀请他去帮忙。

帮忙是有酬劳的，他迫不及待地需要这些酬金来向父母证明自己的能力。可对方看他年纪小，对这里面的门道又一窍不通，在合同上动了手脚，等他做完了事情之后，才知道自己被骗了。

小小的少年独自站在闪烁的霓虹灯里，第一次体会到了成人世界的险恶。

恰好那时陆和晏被学校推举，也参加了同一场活动，散场后，他看见迟秋阳失魂落魄地坐在那儿等公交车，某种恻隐之心突然就冒了上来。他走过去，先是将自己的学生证递给了对方，才低声询问："想继续打鼓吗？"

李昕听到这里，在一旁对着迟秋阳笑："你那时候也是胆子大，刚被人骗过一遭，转眼就跟着老陆走了。"

迟秋阳被几人当面翻出往事，羞耻得不行，恨不得他们立马住嘴，恼羞成怒地说："我当时就想，他都是电影学院的学生了，那么厉害，总不至于骗我吧。

"况且，我也没什么可被骗走的了。"

怕打扰到正在睡觉的舒长启和林静宜，他们说话时，都刻意压了嗓子，就连笑也是极轻的。

舒窈差点因此而害自己笑岔了气，陆和晏的手覆在她的背后，替她轻轻顺着。其余三人被塞了一嘴狗粮，敢怒不敢言。

最近的天气一直很好，秋月高高挂在天际。

众人沉默了一会儿，好像都各自沉浸在自己的回忆里了。舒窈从口袋里摸了颗润喉糖递给陆和晏，又想起什么似的问他们："说起来，我一直有一个疑惑，想问一问各位。”

她板起了脸，看起来有些严肃，陆和晏率先回过神来，问她：“什么？”

舒窈说：“我如果冒犯到你们了，你们可不许生气啊。”

李昕说：“嗯，不生气，我们顶多就是抓着老陆打一顿。”

舒窈立马说：“也不准为难阿晏！”

“好。”江旭来了兴趣，“你说说看。”

舒窈说：“比如说，迟秋阳因为学业问题耽误了你们的工作、阿晏因为生病的问题而让你们的很多活动不得不停下来……你们会生气吗？”

时间不等人，像娱乐圈这样瞬息万变的地方，更加不等人。今天你停下来了，明天就会被人超过，甚至是被人忘记，而这或许本来不是你们……起码不该是你们目前就该担心的问题——

“所以，你们会在心里埋怨那些拖累了你们的人吗？”

她的语调轻柔，在“拖累”二字上特意加了重音。

其实，Gruis 还好，他们的主业是唱歌写歌，闭关半年甚至是一年去创作新专辑也不是什么稀奇事。粉丝在他们出新作品的时候来听他们的歌，在他们没有新作品的时候去听别人的歌，等他们再有好的作品出来的时候，大家再来听……这本来就是创作者的常态。

就比如这一次，他们虽然因为陆和晏推掉了许多活动，但也恰好给了他们一些时间静下心来好好做新专辑。这里头的得与失无法衡量，全看你自己想要的是什么。

再说了——

江旭静静地吐了个烟圈儿，问舒窈：“其实老陆并不是我们几个人里年龄最大的，最初组乐队的事儿，也不是他张罗的，但我们几个都认他是队长，你知道这是为什么吗？”

这个舒窈倒是没想过，在她心里，没有为什么，这位置本来就该是陆和晏的。

她喜欢他，觉得他是天底下最优秀的人，再高的荣耀他也配得上。

但这会儿她仍是做出一副好奇的样子，虚心求教："为什么？"

江旭说："Gruis 刚成立那会儿，我们空有一腔梦想，但没有钱，没有名气，也没有资源。当然，队长和李昕有钱，但那钱是他们自己的，不是乐队的，乐队要活，不能靠吃他们两个的老本来养活。

"那段时间一直是队长在到处给我们拉活动。

"但几个没权没势的年轻人，而且四分之三还是没毕业的学生，人家哪能看上啊？！那些人态度不好，有好几次，像我这样脾气的人，都忍不住想动手了，但队长硬是忍了下来。

"我虽然不知道他以前是什么样儿的，但从穿着打扮和行为举止里也看得出来，这家伙多半是含着金汤匙出生，过惯了养尊处优的生活的。"他说到这里，忍不住笑了一声，"你们能够体会到那种感觉吗？就好像天使跌到了污泥里。"

他这比喻太肉麻了，话音才落，就挨了陆和晏一脚："滚。"

江旭没理他，继续说道："我本来还没那么大的感觉，我这个人嘛，早就习惯了这种生活，可有一天，我看到李昕眼睛红了。"

他说："他居然哭了。"

他斜斜地靠在椅子上，整个人都没个正行，李昕差点走过去把他的椅子掀翻："你才哭了！"

江旭依旧没理李昕："他虽然没说，但我知道，那段时间我们的开销，大部分都是队长扛下来的，包括我们这个院子……"他伸手指了指，"他一开始没直接说买下来，顾及大家的自尊心，直到我们赚到第一笔数额还算不错的活动费的时候，他才提出说想把房子买下来，就当大家在北京有个家了。"

"我们那点钱哪够在这里买房子啊，欠的那些，基本上是他自个儿补的。"

这些话搁在他心里好久了，如今总算借着月色和舒窈的问题说了出来，烟灰缸里堆积了好几个烟头，迟秋阳没忍住，推推他："你少抽点。"

江旭说："我平时也不抽这么多，今天气氛好。"

迟秋阳哼唧了一声，弯腰把烟收走了。江旭似笑非笑地瞟了他一眼，也没再去跟他抢。

他们聊到快十二点才散，其余三人识趣地先走了，只留下舒窈和陆和晏相对无言。

舒窈嘴里含了一颗陆和晏的润喉糖，从左腮帮移到右腮帮，须臾又移回到左腮帮。

陆和晏见他们几个真的进去了，才懒懒地问舒窈："你刚刚是故意那么问他们的吧？"

"嗯……"舒窈没想到自己居然那么轻易就被看穿了，有些羞赧，"是。"想了想，她还是坦白地补充道，"我怕他们心里对你有怨。"

陆和晏似乎是嗤笑了一声，须臾漫不经心地问她："你知道为什么大多数的乐队，成员之间的感情都很好吗？"

舒窈问："为什么？"

天色越来越沉，星辰越来越亮，小园院秋色美好。

陆和晏弯腰，将他们刚刚遗留在桌子上的垃圾全收拢到掌心。

"因为啊——"

男人回过头，眉眼轻弯，嗓音带笑。

"因为队友是一个人这一生里，第一次主动选择的家人。"

第十章

窗纱外，
小鹿给我送枝花

不管隔了多么千山万重的距离，

我依然能在众多孤星之中——

找到你。

十一月，牧导就将《明月几时有》的正片送到了金雀奖的组委会那里，十二月中旬，电影正式上映。

秋天已经彻底远去，北方的冬早早地就来了。

电影上映前后，陆和晏和舒窈都跟着牧导去跑了几场路演，记者每每问起陆和晏及 Gruis 的近况，他都说最近正在做新专辑。

他的嗓子在陆医生的治疗之下，现在已经快要完全恢复了，但为了保险起见，他仍是没有唱太多的歌，以免用嗓过度。

也有记者提到舒窈频繁出没于 Gruis 的练习室一事，舒窈和陆和晏皆以“关系好”回答了。有些记者做足了功课，又问：“但我记得小鹿刚出道那会儿，似乎明确表示过不喜欢舒窈？”

那时他们恰好在南市的电影院里跑路演，陆和晏闻言，声音有些冷淡地笑问：“我什么时候明确表示过了？”

记者举例说他那时听到舒窈的名字时，表情有多么不好云云。

陆和晏却反问：“您和您的家人朋友不会吵架吗？”

记者被他噎住，舒窈连忙在一旁打圆场：“我们那段时间确实闹了矛盾……”

陆和晏显然不想多聊自己的私事，记者讨了没趣，也没再继续问了，转而又问起与电影有关的问题。

后来，电影开始的时候，舒窈和陆和晏坐在台下，她低下头，小声地问他：“你刚刚干吗那么激动？！等回头他们又该瞎写了。”

陆和晏握住她搭在旁边扶手上的手，轻轻笑了一声：“我如果不让他们赶紧停止问这些，牧导该不高兴了。”

毕竟他们来跑路演，电影才是主角。

许是因为牧导的好口碑，《明月几时有》第一天的票房就破了亿，在网上的评价也都非常好。很多看过的人都写了长篇大论的影评，自发地给身边的家人和朋友推荐起了这部片子。

陆和晏在路演时说的那一段话并没有引起多少讨论，毕竟自出道以来，他爱怼记者的性格，不少人也早有耳闻。

他从来就不喜欢别人过度地关注自己的私生活。

艺人是公众人物，但公众人物不代表要把自己的每一件事都暴露在大众的目光下。作为演员的他会好好拍戏、好好宣传，作为歌手的他会好好唱歌、好好创作，那么，除此以外的东西，他就没有必要去一一迎合大众了。

因为票房高，《明月几时有》在过了原来设定的档期之后，又往后延了一周，最终以十八亿的票房下线。

这个成绩还算不错，原本牧导是打算办个庆功宴的，但是，想到金雀奖那边还没结果，就准备等结果出了再好好办一下。

舒窈在一旁笑着说："假如没有得奖，岂不是连庆功的心情也没有了。"

然后，她被陆和晏冷淡的一眼弄得讪讪地缩起了脖子。

好在牧导在电话那一头并没有听见舒窈的话，陆和晏挂了电话以后，就瞧见舒窈正抱着半个西瓜偷偷往房间里跑。

她最近不知怎么回事，突然迷上了西瓜，每天都要买回一小个，趁大家不注意的时候偷吃掉。

他们最近专辑的创作已经进入尾声，就等正式录制了，每天忙得不可开交，竟然完全没注意到舒窈在干些什么。所以等他们发现的时候，问题已经出来了。

北京的冬天是真的冷，她最近每天早晨都会跟着陆和晏他们晨跑，可那天他们等了好久，都没有等到她，最后陆和晏打开门进去，就见她眯着眼睛裹着被子正瑟瑟发抖。

她的额头滚烫，脸都被烧红了，迟秋阳就近请了陆医生过来，虽然已经见过很多面，但他们同陆医生仍没有熟识起来。

陆医生就像天山上的雪莲，只可远观，饶是迟秋阳这样的话痨，都没法和他说上几句话。

这个形容又是江旭想出来的，他这么描述的时候，其余几人皆是一副不忍直视的模样。

反倒是陆医生，从舒窈的卧室里出来时，恰好听到江旭在院子里的这一句感慨。他的脚步顿了顿，常年面无表情的脸上竟也难得地扯出了一点笑。

舒窈的烧一直持续了两天才彻底退去，这两天一直是陆和晏在旁边不眠不休地照顾她。

先前顾及着她正在生病，陆和晏没有兴师问罪，想着等她好了以后，再好好教育她。未料他这边稍不注意，她就妄想携西瓜潜逃。

舒窈猫着腰刚走到拐角处，就被陆和晏从身后直接捏住了脖子。

客厅里没有开空调，他的手在外面冻得冰凉，舒窈被他捏得战栗了一下，将西瓜紧紧地抱在怀里，还企图用明知故问来让自己蒙混过关。

她说："你干吗……"

陆和晏冷笑了一声，没有答话，手仍然扼着她命运的喉咙。

他不说话，舒窈反而更心虚了，她沉默了一会儿，小声叫他："阿晏？"

她叫了好几遍，陆和晏终于声音凉凉地命令她："放下。"

舒窈自知理亏，咬了咬唇，闷闷地走回到桌子旁边，将西瓜放了上去。

她最近越来越像某种小动物，心里明明张牙舞爪，但表面仍是一副乖巧听话的样子。

陆和晏低头望着她，突然想起以前不知在哪里听过的一句话，说恋爱中的女孩，会越来越可爱。

他缓步走到她的跟前，慢慢把那半个西瓜裹上保鲜膜，准备放进冰箱里，瞧见女孩可怜巴巴的模样，心里忍不住发笑，手里的动作慢了些，侧头问她："这么好吃？"

舒窈说："我这个人吧，哪段时间喜欢吃什么，就得天天吃，直到吃够了为止。"她仰头看着他，眼里全是讨好，"你就让我吃吧，等我吃够了，就再也不碰了。”

她本以为自己这样解释，男人就会松懈几分，未料陆和晏听完她的话后，却直接将西瓜塞进了冰箱里。

舒窈看着他的动作，一颗心彻底地凉了下来，完全不知道自己方才究竟哪句话惹到了他，就听到他站在冰箱边语气危险地问她：“你喜欢我吗？”

他这样说着，却突然把那半个西瓜拿了出来，揭开保鲜膜，用勺子挖出来一块，自己吃了。吃完以后，他又拿着西瓜走到舒窈的跟前，淡淡地问她：“想吃吗？”

他像个拿着精美楼阁故意诱惑人的“蜃妖”，舒窈明知道这其中有诈，却仍忍不住被他迷惑得点了头。

果然，看见她的反应，陆和晏忽而低低笑了一声，下一秒，她的下巴就被人擒住了。

擒住她的那只手的手指冰凉，上面还散发着一点与其主人气质极不相符的西瓜的味道，她被迫着抬起头来，后背抵上身后的木桌，正慌乱间，头顶的人突然低头吻了过来。

男人气势汹汹，动作却又轻柔得不像话，一点一点将自己舌尖的气息度给她，嘴里还在含糊不清地说话：“还想吃吗？”

舒窈被他亲得六神无主，眼睛里蓄着点点泪意。

“不想吃了。”她说。

但男人仍不放过她，又问她：“你喜欢我吗？”

他说：“你喜欢一个人的时候，是不是也会不管不顾、一腔热血地奔过去，一直到自己不喜欢，然后彻底抽身离开？”

他的语气里带了一些咬牙切齿的味道：“你打算什么时候离开我？”

他这些问题简直就是莫名其妙，舒窈觉得陆和晏这分明是借题发挥。

她用手推拒着他，小声地给他顺毛：“水果和人哪里是一样的？！就像我会喜欢很多水果，却只会喜欢一个人。”

陆和晏闻言，神色果然好了很多，舒窈又接着说：“喜欢你，是没有尽头的，我永远都不会觉得够。”

她把自己年少时在言情小说里学到的那些情话全用上了，此时文思泉涌，还想再说上两句，就听到迟秋阳在门外大呼一声：“队长！队长！”

舒窈吓得两条腿都软了，他们此时正在客厅里呢，别人一进来，就能看见他们俩的姿势。

陆和晏大概也想到了这一点，松了手，舒窈连忙从他的怀里溜出来，跌跌撞撞地跑进自己的房间里，听见身后他的声音里快结出了冰碴子：“什么事？”

迟秋阳满脸兴奋地说：“金雀奖的提名名单出来了！”

《明月几时有》在这一次一共获得了三项提名：最佳剧情片、最佳改编剧本和最佳男主角。

网上在同一时间公布了消息，陆和晏的粉丝都开心得在微博里搞起了各种转发抽奖活动来庆祝。

陆和晏自出道以来，满打满算就只演过三四部戏，偏偏其中之二就分别获得了柏林电影节的提名和金雀奖的提名。

虽然柏林电影节主要提名的是电影，这是整个团队的荣誉，而不是他一个人的，但他自己演的电影能够获得肯定，总归是一件值得开心的事。

而金雀奖这个最佳男主角的提名，却是直接肯定了陆和晏这个人作为演员的能力。

当然，也有一些黑粉酸溜溜地说，陆和晏作为一名乐队主唱，却整天混迹于影视圈里，实在是不务正业。

这种言论刚发出来，粉丝就立马气势汹汹地跑去反驳了：您也不务正业地得个金雀奖提名试试？再说了，要不要我把去年 Gruis 在金曲奖上拿的奖一一报给你听？

于是，黑粉立马就讪讪地闭嘴了。

今年的金雀奖颁奖典礼在苏城举办，舒窈和陆和晏特地提前两天过去，绕到叶珉的家里，对他帮忙介绍医生一事表达了感谢。

林书雅和小周比他们晚一天到，跟他们一起过来的还有牧导、宋菻等人。

自从上一次杀青宴后，他们整个剧组也好久没聚了，宋菻和牧导倒是去永安巷看过陆和晏几次，主要就是关心关心他的恢复情况。

听说陆和晏现在已经恢复得差不多了，大家都很开心，宋菻直接嚷着颁奖典礼结束后，大家一定要好好去庆祝庆祝。牧导听得眼皮直跳："你这语气，不知道的还以为咱们这奖拿定了呢。"

宋菻笑了笑，说："牧导您出手，至少也得拿一个吧。"

他们到达晚会地点的时间不早不晚，走上去后，主持人照常问了一些对拿奖有没有信心以及最看好谁之类的问题，几人回答得滴水不漏，主持人大概觉得无趣，很快就放他们进去了。

颁奖典礼晚上八点才正式开始，舒窈坐到主办方安排的位置上时，才得知今晚秦疏是最佳男主角的颁奖嘉宾。

消息还是秦疏自己透露的，舒窈低着头和他在微信上聊天，坐在旁边的陆和晏突然将头凑了过来，问她："干吗呢？"

舒窈说："秦疏今晚给你颁奖。"

她心里太紧张了，一不注意嘴瓢了一下，陆和晏忍不住笑了笑："你就这么相信我能拿奖？"

舒窈觉得总不能说我说错话了吧，那样好像不相信他似的，便理直气壮地答："当然。"

陆和晏低低地笑："那假如我没拿到怎么办？"

他又说："如果拿到奖了，奖杯给你当作聘礼，好不好？"

他微微侧着头，呼吸几乎就贴在她的耳边，这次颁奖典礼是直播性质的，一举一动都能被观众看到。

她的手在底下悄悄捏了一下陆和晏的：“你注意点形象。”

陆和晏懒懒地道：“我有什么形象？！”

舒窈说不过他，自暴自弃地放弃了挣扎，这才后知后觉地体味到他方才那一句“聘礼”是什么意思。

她睁大了眼睛，耳朵都红了，两只手在自己的腿上快绞成了麻花，半晌才嗫嚅着问他：“那……那如果你没拿到呢？”

“没拿到的话啊……”陆和晏托起了下巴，双臂撑在膝盖上，歪头看向舒窈，“那只能劳烦你再等两年了。”

剧情片和编剧的奖早早就公布了，紧接着才是最佳女配角、最佳男配角、最佳女主角、最佳男主角……

舒窈觉得这个过程果然磨人，晚冬的季节，她额头上竟然隐隐有冒汗的征兆。

当年她坐在这里等自己的结果时，都没这么紧张。

大概她的表情实在太凝重了，陆和晏有心想让她放松一下，便闷声笑问她：“这么紧张你的聘礼啊？”

“我哪有……”

舒窈回过神来，被陆和晏揶揄的眼神弄得有些恼羞成怒了，趁他不注意，突然伸出脚在椅子底下狠狠地踩了他一下，于是，当秦疏公布完名单，镜头晃到他时，屏幕上出现的便是他眉头紧皱瞪着舒窈似笑非笑的脸。

正在看直播的粉丝都惊呆了：我的天！在这种激动人心的时刻，小鹿究竟在干什么啊！

众人的目光齐齐聚过来，连秦疏也微微笑着望向了他们，意识到发生了什么的舒窈简直想找个地洞钻进去，连听到陆和晏得奖时的开心都被打了个折扣。

秦疏在台上笑着打趣他们："看来，小鹿太开心了，一时还没回过神来。"

许是因为觉得他俩刚刚的表现着实太丢人了，陆和晏的耳后也泛起了点点红色，但他仍顶着一张面无表情的脸走到了台上。

大屏幕里又放了一遍他在《明月几时有》的高光片段，会场安静下来，所有的光都暗下来，唯有陆和晏头顶的那一盏是亮的。

大概是这场景太有感染力了，舒窈远远地看着他，躁动的心忽地就安静了下来。

陆和晏显然也从刚刚的情绪里走了出来，他接过秦疏递来的奖杯，神色里还隐隐带着几分惊讶。

他微微弯下腰，低下脑袋，目光在会场里逡巡一圈，最终落在舒窈的身上。

他没有像其他人那样讲许多感谢的话，他在停顿了半晌之后，语气淡淡地说："我一直觉得自己是个特别幸运的人，很感谢所有来到我身边的人，让我一直觉得自己很幸运，不管是我的家人、朋友，还是粉丝。"

他笑了笑："能拿到这个奖，我很开心，我会努力用更好的作品来回馈大家的。"

四面八方的掌声响起来，男人笔直地立在台上，周遭都是暗的，仿佛他就是她唯一的那一束光。

舒窈张了张嘴，在这样的场景下，心里无端萌生出一阵感动来。

他们的故事当年从这里开始，此时又在这里延续，仿佛中间经历的所有曲折也好，甜蜜也好，都只是为了成全此时这一声宿命般的叹息。

编剧奖也被《明月几时有》拿到了，他们领了两个奖回来，牧导兴致很高，拉着他们吃酒吃到了凌晨。

等回到酒店时，舒窈他们才发现迟秋阳、李昕、江旭几人正在房间里等着他们。

钥匙是晓雯递出去的，因为有小周跟着，舒窈就先让她留在酒店休息。

此时酒店的房间被他们几个拥有着可怕的直男审美的人布置得像高中元旦晚会的现场，到处都是五颜六色的花和气球，舒窈进门时，差点以为自己走错了地方。

偏偏那几个罪魁祸首还得意扬扬地撒起了彩纸，舒窈在心里想着他们明天白天得费多大的劲打扫干净，才会不被酒店的清洁人员吐槽，林书雅则是站在后面一脸和蔼地笑着。

他们订的房间是套间，外面连着阳台，阳台上有桌子，迟秋阳把买来的零食和酒全摆上了桌子，招呼着几人赶紧过来坐下。

明明得奖的人是陆和晏，他们却好像比他还要开心。

几个大男生围坐在一起，天南海北地胡侃了一会儿，又语气夸张地吹陆和晏的演技。

连陆和晏本人都听不下去了，敲敲桌子，让他们快点停下来。

林书雅端了杯酒靠在栏杆上看窗外的夜色，也在看这几个男人，等他们说够了，她才问他们：“你们几个，接下来有什么打算？新专辑做得怎么样了？”

迟秋阳吞了口鸡腿肉，很艰难地咽下去后，才说：“接下来每个人继续朝着自己想去的方向，大步走呗！”

他年纪小，这话说得豪情万丈的。

江旭撸了把他的头发，接道：“新专辑其他的工作都差不多做完了，就等录音了。”

陆和晏在他们几个说话的时候，拿着手机在发微信，没过一会儿，舒窈的手机就震动起来。

陆和晏：“想不想偷溜？”

舒窈：“？”

陆和晏：“等一下你说你回你的房间拿个东西，我稍后就来。”

她没怎么骗过人，心脏怦怦乱跳，做了许久的心理建设，才让自己的语气镇定一些：“我……我先回房间拿个东西。”

夜色已经浓重地罩了下来，她站在酒店门口等了约有十分钟，才等到陆和晏。

冬夜冷，他换掉了参加晚会时的那一身衣服，穿了一件黑色的羽绒服。

走到门口时，他瞧见旁边坐了几个小姑娘，手里拿着横幅，上面明晃晃地写的是他的名字。

是来看颁奖典礼的粉丝，散场后无意间看见陆和晏进了这家酒店，几个人便想着在这里等一会儿，看看能不能等到他。

其实，她们就只是想一想，并没有认为自己的愿望会成真，因为她们最多等两个小时就会走了，绝对不可能在这里守一夜。

没想到，在两个小时的最后几分钟里，陆和晏突然从门里走了出来。

舒窈的鞋带开了，落后了几步，抬头时，便看见酒店的玻璃门外，陆和晏正声音冷淡地问粉丝：“大晚上的不好好睡觉，蹲在这儿干吗呢？”

粉丝心里又惊又喜，仰着头，吞吞吐吐半天，才说：“等你……”

像是怕他误会，她们又连忙说：“我们不是故意跟着你的，真的只是无意间看见……也、也无意打扰你，我们这就准备走了……”

陆和晏低低地嗯了一声，走到路边，开始拦起车来。几个粉丝在后面看着他，想上前，又不敢上前，犹豫了半天，最后终于有个胆子大些的，慢慢挪过去，停在离他一米远的地方，吞吞吐吐地叫他：“小鹿……”

她问：“你是不是……是不是和舒……舒窈在谈恋爱？”

陆和晏拦车的动作突然顿了顿。

后面的几人也瞬间安静了下来，全都目光灼灼地望向陆和晏。

他转过身子，回头看了眼还在玻璃门里没走出来的舒窈，其余几人好像这才注意到里面还有人，脸上皆露出了惊讶的神色。

陆和晏笑了笑，须臾后，答道：“是，正在谈恋爱。”

粉丝的眼睛好像忽然蓄了点泪水，又问："那你们……为什么没有公开？"

陆和晏意外地很有耐心："没有必要把私生活公之于众。"

粉丝又问："那你为什么又告诉我们了？"

陆和晏笑了一声："因为也没必要欺骗和隐瞒。"

粉丝好像无话可说了，恰好这时有出租车驶过来，陆和晏回头问她们："你们住在哪里？"

将几人送上车后，他才隔着车窗嘱咐："下次不要这样了，几个小姑娘深更半夜在外面，太不安全了。"

他走过去，当着司机的面将他的工作牌拍了下来，又将车牌号也拍了下来，这才轻笑着冲他们摆摆手："再见。"

几个女生似乎这才回过神来，扒着车窗，哽咽着说："不管怎么样，我们会一直等你给我们带来更好的作品的，小鹿加油啊！"

另一人从旁边伸过头来:"也……也祝你幸福啊，我们不会乱说的！"

陆和晏笑着点点头，目送着车子离开。

北风卷着头顶的树叶在半空中打着旋儿，不知何时，天上竟然落起了雪。有夜间遛狗的行人从旁边走过，拖长了声音感叹："下雪了哟，要过年了哟——"

陆和晏缓步走回去，上了台阶，双手插在裤兜里，用后背顶开玻璃门，侧头问舒窈："还不打算出来？"

他说着，随手将自己手里一直提着的纸袋扔到舒窈的手里。

舒窈接过来，跟在他后面出了门，才发现袋子里是他今晚拿到的奖杯。

公布奖项之前，他玩笑一般的话语好像又响在了耳边，舒窈的脚步顿了顿，神思一下子就被他突如其来的这一下砸乱了。

陆和晏还在旁边淡笑着说："聘礼。"

雪渐渐大了起来，在昏黄的路灯光下飘动浮着，宛如老电影里的静谧场景。

陆和晏停下脚步，回头看着舒窈，似笑非笑地问她：“聘礼都收了，你打算什么时候嫁给我？”

夜风拂过来，街边有流浪歌手抱着吉他在唱歌。

“一闪一闪亮晶晶，好像你的身体，藏在众多孤星之中，还是找得到你。”

舒窈拉着陆和晏驻足，仰头看了看天空，也跟着轻哼了两句——

“挂在天上放光明，反射我的过去，提醒我，我不再是一颗寂寞的星星。”

女孩嗓音低而软，像喃喃私语般荡在他的耳边。他闭眼听了一会儿，走过去弯腰在流浪歌手面前的吉他包里放了些纸币，才转过身，拉住她，低声问她：“什么歌？”

“《克卜勒》。”

“克卜勒定律？”

“是。”舒窈说，“是指行星在宇宙空间绕太阳公转所遵循的定律。”

所以，这首歌的意思是——在广袤无垠的宇宙中，总有一颗与你遥相呼应的星星，能够同你在茫茫夜空之中照亮彼此。

所以，不管天空多暗，不管隔了多么千山万重的距离，我依然能在众多孤星之中——

找到你。

（全文完）

后记

给你
温柔宇宙

希望下一次再见的时候，

你我都能够更加挺拔呀。

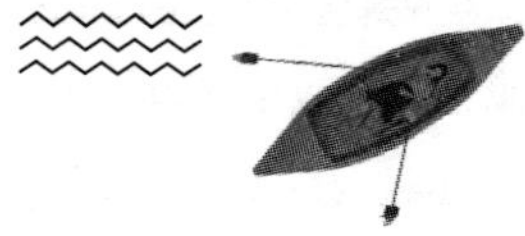

最近会断断续续收到读者的私信，问我《半粒星辰》是不是虐文——“总觉得结局会很虐耶”——以至于我不得不发微博解释：“后面甜哭你！”

我说得太夸张啦，其实似乎也并没有非常甜。

昨晚和朋友讲电话，对方说起自己正在追的一个小说，不由得感叹道：“为什么别人可以写出那么有趣的故事啊！”

我说：“对呀对呀，好佩服他们，但可能我本身就不是什么幽默的人，所以故事里的人也好难幽默起来。”

朋友又说：“为什么别人的男主可以那么撩啊？”

我：“是欸！我发现我真的没办法让男主撩起来……”

说完以后，突然觉得好丧气。

《半粒星辰》在写的过程里，我发过一条微博，大概也是吐槽说自己为什么没有掌握能够写出甜甜故事的技能吧。有一些超温柔的小朋友给我回：你这样也很好，有你自己的特色嘛。

我没好意思回，我其实一直觉得自己就是最没特色的那一类作者。

我好爱思考这种问题，小时候作文天天被老师拿到讲台前念的时候、拿作文比赛一等奖的时候……会觉得自己在这方面是一个很有天赋的人。这几年写起故事，才发现自己对“很有天赋”这个形容大概是有什么误解。

也曾经在短篇里尝试着讲一些该如何与天赋的边界和平相处之类的话，但实际操作起来其实很难，人没办法完全掌控自己的情绪。后来只好安慰自己，起码——起码也有一些人，是喜欢看我写的这种风格的故事的对不对？虽然没有大风大浪、大悲大喜，但好歹也还算恬静温柔。

我之前在某一期的专栏里写过，我说写《半粒星辰》的过程中，我也有过很痛苦的时候，觉得自己写得不那么理想，觉得故事进行不下去，但我坚持着写到最后，直到敲完最后一个标点符号的时候，整颗心突然就温柔起来。

对，温柔。

《半粒星辰》其实是一个很温柔的故事欸！

不管是舒窈、陆和晏，还是沈明冬、陆昭、陈思思、秦疏……大家都是好温柔的人。

所以舒窈在当初面对威胁时，会选择离开陆和晏，不管她这个行为到底是对还是错，但她的出发点都是善意的——因为不想让陆和晏面对更多非议，不想别人说他不好，不想让他与更广阔的世界打的第一声招呼是以这样一个狼狈的形象。

她把自己笨拙的外壳小心翼翼地剥给少年，盼望能为他遮一遮风，挡一挡雨。

当然她的少年也很温柔。

我每次和别人说起阿晏，都忍不住要感叹一下自己好狠心，我好像把我所能想到的所有悲惨经历都给了他——母亲早亡、家道中落、父亲入狱、弟弟大病、朋友背叛、喜欢的女孩子不辞而别……我设身处地地想一想，假如我是他，我恐怕都要忍不住怨恨上天为什么要对我这么残忍。

当然他也不是没有怨过恨过的，也不是没有颓丧过的，但最后却仍能做到对这个世界抱有期待，报以善意。又或许，我这样写其实是不合理的，过于理想化了……但那又怎么样呢？

我就是想写这样一个人，他被世界温柔对待过，也被世界残酷伤害过，而他最终选择用温柔去面对这个世界。

也正因此，他才会得以和舒窈重逢。

我有时候会觉得这世上的缘分都好奇妙哦，多走一步、少走一步、在某个岔路口犹豫了一秒，也许两个人就错过了。所以当遇见非常非常喜欢的人的时候，尤其是当对方也喜欢你的时候，真的是天大的好运气呀。

我格外珍惜这种好运气，也会尽量让我故事里的人们都能够抓住这种好运气。

于是舒窈回归了，陆和晏在明知舒窈也会参加这个综艺之后，还是坦然地来了……也许来之前他们都没有想到他们的爱情会真的再飞回来，又也许他们其实已经想到了，因为爱情属于勇敢的人。

而他们愿意勇敢。

当然也有不那么勇敢的人，譬如说陈思思。

其实陈思思这个人物身上多多少少会有一些我自己的影子吧——当喜欢上一个在自己眼里很优秀的人的时候，会变得很自卑，觉得自己不足以与他相配。

所以只打算默默地喜欢，远远地看着。

因为觉得他值得更好的人，不该在我这样的人身上蹉跎光阴。

但关于她与秦疏的故事，我还是留有余地的，毕竟故事我只能写到这里，但这短暂故事结束后，他们各自的人生都还在继续呀。

舒窈和陆和晏的故事在继续，秦疏和陈思思的故事在继续，陆爸爸很快就会出狱，陆昭的病情也在渐渐好转……所有的人似乎都在朝着越来越好的方向发展——大概也正因为此，我才会在写完之后，忍不住发出一句“我们星辰其实是个很温柔的故事吧”这样的感慨。

我那天在专栏里写：“如果说写作也是一种修行的话，一个人在写完一个故事的时候，总会得到一点什么吧？我想我在《半粒星辰》这里得到的，大概就是温柔与治愈了。”

虽然我仍有许多不足，故事依然写得不够有趣，情节安排仍旧不够巧妙，但在写完这个故事后，我已经能够与“天赋的边界”坦然共处了，我接受它，但没有向它妥协，我要更努力地往前走。

毕竟梦想不该被辜负，那一小撮喜欢我的人也不该被辜负。

所以，希望下一次再见的时候，你我都能够更加挺拔呀。

最后再说件还算巧妙的事吧。

其实最初打算写一个名叫《半粒星辰》的故事，是2018年2月的事情了，但由于种种原因，我中间改了好多次书名。直到快写到结局的时候，书名才再一次改回为《半粒星辰》。

恰好在收尾的前几天，我看我喜欢的某位明星的直播，他当时在唱孙燕姿的《克卜勒》，我扫了一眼歌词，发现还蛮喜欢，就顺手把它写进了结局里。

后来我仔细想了一下，假如我的书名没有改回为《半粒星辰》，假如它仍然叫着别的任何一个名字，都不会像《半粒星辰》这样与我的收尾这样契合。

就觉得——缘分真的好奇妙哦，很多东西好像真的在冥冥之中都被安排好了一样。

就像这本书会绕过千千万万人，最终出现在你的手里，或许也是一种缘分吧。

希望你能喜欢它呀，也希望它在某一个特殊的时刻，也能给你以温柔、以治愈。

长欢喜
2019.10.12
写于苏州